JAMES REDFIELD
MICHAEL MURPHY
ET SYLVIA TIMBERS

ET LES HOMMES DEVIENDRONT DES DIEUX

TRADUIT DE L'AMÉRICAIN
PAR CLAUDE-CHRISTINE FARNY

J'AI LU

Collection dirigée
par Ahmed Djouder

Titre original:

GOD AND THE EVOLVING UNIVERSE
Publié avec l'accord de Tarcher/Penguin Putnam Inc.

Nous dédions ce livre à tous les pionniers,
tous les grands hommes qui ont posé les bases
d'une compréhension plus profonde
de la nature humaine.

Note des auteurs

Nous sommes aujourd'hui à un tournant de notre histoire. Toujours hantés par l'horreur du terrorisme qui nous rappelle que l'aliénation et la haine ont trop souvent caractérisé les actes des hommes, nous voyons en même temps se manifester ce qu'il y a de meilleur dans la nature humaine lorsque, dans le monde entier, des gens font preuve d'un amour et d'un héroïsme dignes d'une réelle humanité.

Nous croyons que l'homme est à l'aube d'une nouvelle compréhension de cette humanité, une compréhension qui tient compte des profondeurs dans lesquelles il sombre lorsqu'il cesse d'affirmer son potentiel le plus haut. Notre aspiration à une plus large conscience de nous-mêmes a, d'une certaine façon, pris un caractère d'urgence. Depuis quatre cents ans, avec ses découvertes inimaginables pour nos ancêtres, la science ne cesse de nous ouvrir le monde. Elle nous a révélé la nature des galaxies lointaines, la structure des particules subatomiques et le processus d'évolution par lequel notre univers est passé d'une minuscule semence à ce cosmos immense en perpétuelle expansion.

Mais le tournant où nous sommes aujourd'hui ne concerne pas uniquement notre existence physique. Inéluctablement, nous sommes appelés à compléter notre exploration de l'univers par une exploration tout aussi audacieuse et systématique de notre vie intérieure. En dépit de quelques actes négatifs isolés, l'intérêt pour les mystères de l'âme n'a jamais été aussi répandu, les expériences de transformation personnelle n'ont jamais été aussi nombreuses.

Ces expériences, qui se produisent dans le monde entier, sont rendues possibles par certaines découvertes de la psychologie, de l'anthropologie et de la médecine, mais également par les connaissances autrefois ésotériques de toutes les traditions sacrées. Elles augmentent en nombre et en complexité parce que le savoir disponible aujourd'hui sur nos capacités évolutives est plus vaste et plus accessible que jamais. À mesure que se précise dans notre conscience la nature de la spiritualité et de la vie intérieure, notre vision de l'évolution humaine gagne en beauté et en profondeur.

Notre objectif, en écrivant ce livre, est double. D'une part, nous voulons proposer une vision plus large de notre potentiel humain en étudiant différentes capacités et expériences qui sont à notre portée et pourraient être développées par une attention et une pratique disciplinées. D'autre part, nous voulons suggérer qu'une actualisation de ces capacités pourrait être le signe avant-coureur d'une nouvelle étape dans notre évolution – une étape aussi significative que l'émergence de la vie dans la matière et la naissance de l'humanité à partir des premières cellules, une étape qui nous doterait d'aptitudes nouvelles et de niveaux d'expérience encore jamais atteints.

Nous croyons qu'en poursuivant l'exploration de sa vie intérieure l'humanité va découvrir de nouvelles possibilités créatrices, antidotes à la haine et à l'aliénation, et accomplir des progrès culturels bien supérieurs à ce que nous pouvons imaginer aujourd'hui. En présentant cette image d'une évolution continue, nous affirmons que l'histoire n'est pas seulement cyclique mais orientée vers un but, un dessein plus haut qu'elle a toujours cherché à atteindre.

Dans la première partie, nous présentons les temps forts de ce remarquable voyage qu'est notre histoire. Nous commençons par considérer la façon mystérieuse dont nous sommes arrivés sur cette planète et l'extraordinaire évolution du monde depuis le Big Bang jusqu'à l'apparition de la vie sur Terre puis celle de l'humanité. Nous évoquons ensuite brièvement certaines phases décisives de l'histoire humaine qui nous ont préparés pour le bond qualitatif que nous pouvons maintenant envisager. Dans la deuxième partie, nous abordons l'émergence de capacités humaines extraordinaires, étudiant non seulement leur manifestation et leur impact sur nous mais aussi la façon dont elles semblent vouloir se combiner avec d'autres qualités émergentes, ce qui nous permettrait, à terme, de nous hisser vers une dimension supérieure de la vie.

Dans la troisième partie, nous suggérons comment, en cultivant et en favorisant systématiquement ces aspects de la nature humaine, nous pouvons contribuer au renouveau des institutions et de la culture, à une plus grande communion avec d'autres niveaux d'existence et à une éventuelle transformation du corps lui-même.

Dans la quatrième partie, enfin, nous proposons des exercices qui sont, selon nous, susceptibles de contribuer à des transformations personnelles et sociales. Il nous a semblé utile d'y ajouter une liste de livres traitant de la transformation, parmi lesquels des œuvres classiques et populaires importantes qui ont contribué à forger une nouvelle vision des possibilités humaines. Nous espérons que ces informations vous aideront à découvrir une dimension de la vie qui, pour être extraordinaire, n'en est pas moins votre héritage légitime.

Venez explorer avec nous une évolution qui ne nous a pas seulement amenés là où nous sommes aujourd'hui mais qui se poursuit – et invite chacun à y prendre part.

J.R., M.M., S.T.
Automne 2001

Première partie

*

LE RÉVEIL

1

Le mystère de notre être

Depuis bien des années, une nouvelle vision du monde a commencé à se former dans le cœur et l'esprit d'hommes du monde entier. Cette image intuitive de notre place dans l'univers, si elle n'est pas encore complètement articulée, se fonde sur l'idée que l'homme possède des capacités qui lui permettent d'accéder à une dimension plus grande – à une Vie qui semble, par essence, liée à l'évolution de l'univers. Et nous ressentons ce lien parce que nous nous développons à partir de la même source transcendante que le monde et parce que nous sommes secrètement agis pour manifester de plus en plus ouvertement la part divine qui est en nous.

Le témoignage de l'expérience

La prise de conscience, le réveil qu'inspire cette vision du monde peut être enrichi par la lecture des divers philosophes, scientifiques, saints et sages qui ont proposé de nouvelles perspectives sur la nature humaine et l'univers. Comme nous le verrons, les idées et expériences de ces précurseurs sont maintenant largement accessibles. Toutefois, les intuitions les plus à même de nous faire pressentir nos capacités non réalisées et leur relation avec la Transcendance ne se trouvent pas dans les livres mais dans l'expérience directe. Pour certains, ces ouvertures se produisent pendant la prière ou la méditation. Pour d'autres, elles interviennent au cours d'activités destinées à les aider à sortir de leurs difficultés. Mais elles peuvent aussi bien survenir dans les moments où l'on s'y attend le moins – pendant un jeu, au travail, au cours d'une rêverie. Quel que soit le déclencheur de ces expériences ou leurs racines cachées, elles font se déployer jusqu'à l'extraordinaire notre façon ordinaire d'être au monde.

On se promène en forêt par un beau jour d'été, passant de l'ombre à la lumière, lorsque subitement tout change. Les couleurs paraissent plus riches. Les arbres, les buissons se dressent avec une présence plus vibrante. Les sons semblent magnifiés et l'on perçoit des parfums jusqu'alors ignorés. La forêt a pris une dimension magique, vivante. Un monde ordinairement invisible nous est soudain révélé. Hallucination ou image bien réelle du monde si nos sens étaient plus développés ?

Il y a d'autres types d'expériences qui nous entraînent au-delà du familier. N'avez-vous jamais senti ce qu'allait dire une amie avant qu'elle ne le dise ou deviné qui appelait lorsque le téléphone sonnait ? Apparemment banals ces événements attirent notre attention sur des pouvoirs que nous avons tendance à négliger. N'avez-vous jamais eu la surprise de voir un moment important de votre vie se passer exactement comme vous l'aviez imaginé ? Lorsque ce genre de choses arrive, nous sommes envahis par le sentiment du mystérieux – l'impression qu'une intelligence supérieure, qu'un destin veut s'actualiser à travers nous.

Nous pouvons aussi vivre des expériences encore plus étranges. Des contacts avec un être aimé absent ou disparu, par exemple – chuchotements insistants pendant la nuit, vision fugitive, parfum qui n'appartient qu'à lui, sentiment immédiat et troublant de sa présence toute proche. Plusieurs sondages Gallup récents ont montré que les personnes ayant des expériences de ce genre sont plus nombreuses qu'on ne le croit. Certaines disent avoir vu des mondes lumineux inaccessibles à nos sens ordinaires. Il y a même des moments encore plus extrêmes où notre identité change, où nous sommes ramenés à une perception de nous-mêmes plus vaste, plus globale. Nous savons alors qui nous sommes réellement et ce que nous avons à faire. Nous sommes redevenus un avec le monde, partageant le même but, la même source secrète et le même formidable voyage.

Malheureusement, ces moments de réveil sont fugitifs. Le voile retombe. Nous revenons à notre état de conscience habituel. Mais nous n'oublions pas complètement ces rappels, aussi brefs soient-ils. Même si leur souvenir s'éloigne, ils continuent à nous hanter. Sans relâche, ils reviennent nous murmurer, nous rappeler qu'une vie plus grande nous attend. Quelle Vie ? Notre existence actuelle n'est-elle pas notre seule réalité ? Quelle destinée plus grande partageons-nous avec le monde ?

Dans les chapitres suivants, nous étudierons ces moments d'éveil et les moyens de les favoriser. Car en vérité, croyons-nous, ils sont les signes avant-coureurs de cette Vie qui s'efforce de naître en nous. Par la pratique, ce que nous révèlent ces instants peut être développé et intégré de manière à devenir un aspect permanent de notre être.

Mais nous devons commencer par mesurer la signification profonde de ces rappels et les forces sociales qui s'y opposent. Nous avons besoin d'un cadre de référence qui leur fournisse un contexte et suggère des idées sur les moyens de les développer. Cela ne peut pas être la superstition. Ni aucun dogme. Il nous faut une vision qui résiste à l'épreuve du temps. Pour comprendre ce que ces instants d'éveil veulent nous signifier, nous devons faire appel à nos meilleures sources tant scientifiques que religieuses, philosophiques, littéraires ou artistiques. Dans les chapitres suivants, nous irons puiser à toutes ces sources.

Et nous partirons de la science et du mystère de l'évolution car il n'y a pas de meilleur point de départ. Les expériences que nous venons d'évoquer ébranlent notre monde et suggèrent l'existence de dimensions souvent oubliées dans le tourbillon de notre vie quotidienne. Elles nous ramènent aux sempiternelles questions : qui sommes-nous ? comment sommes-nous arrivés ici ? où allons-nous ? L'évolution historique de notre univers qui gagne chaque jour en magnificence constitue la base indispensable à toute réflexion sur ces questions. L'univers *va* quelque part et sa dynamique s'est enclenchée dès le premier instant du big bang.

Histoire de l'évolution

Minéraux au commencement,
nous sommes devenus plantes
puis animaux avant d'être des hommes
oubliant chaque fois notre état antérieur
sauf quand le printemps nous rappelle vaguement
que nous reverdissons.
C'est ainsi que le jeune homme
se tourne vers un maître. C'est ainsi que le bébé se penche
vers le sein, sans connaître le secret
de son désir, obéissant à son instinct.
L'humanité est guidée sur le chemin de l'évolution
par cette migration d'intelligences
et bien qu'apparemment nous dormions
en nous veille une conscience
qui dirige ce rêve
et qui un jour va nous réveiller
à la vérité de ce que nous sommes.

Rumi
XIIIe siècle

Jamais la science n'a connu de plus grand triomphe que la découverte de l'évolution. En montrant que l'univers s'est développé à partir d'un germe minuscule pour donner naissance à la vie et à l'humanité, elle a découvert une vérité qui unifie les découvertes de plusieurs domaines de recherche, astronomie, physique, géologie, biologie, paléontologie, anthropologie et psychologie. Et dans ce contexte unifié nous pouvons inscrire les aptitudes humaines transcendantes décrites dans ce livre. L'aspiration, la capacité de l'homme à atteindre une dimension supérieure de l'être sont une phase émergente de l'évolution.

L'histoire peut s'écrire comme suit :

Il y a environ quinze milliards d'années, l'explosion d'un on-ne-sait-quoi, pas plus gros qu'un atome, donnait naissance à notre univers qui, une seconde plus tard, s'étalait sur plusieurs millions de kilomètres. Essayez d'imaginer cela : l'ensemble de l'énergie nécessaire à la formation de notre cosmos brutalement propulsée à une vitesse de plus en plus grande, dans un jaillissement de lumière, formant des générations successives d'étoiles qui créent à leur tour des éléments encore plus complexes. C'est une image qui dépasse l'entendement : l'énergie contenue dans le germe originel a donné naissance à l'ensemble de l'univers, déployé sur des millions et des millions de kilomètres, avec des étoiles et des galaxies trop nombreuses pour être comptées. Et pendant dix milliards d'années, petit à petit, s'est mis en place le décor qui devait permettre à l'évolution d'effectuer un grand bond en avant. Un nouveau genre d'existence allait émerger sur la Terre.

Dans les eaux de nos mers primordiales apparurent des organismes différents des molécules complexes qui les avaient précédés. Ils étaient capables de se mouvoir volontairement, de se reproduire et de percevoir leur environnement grâce à des facultés sensorielles nouvelles. L'évolution avait fait un bond en avant. La vie commençait. Des créatures unicellulaires peuplèrent la Terre et les eaux.

Et à partir de ces formes de vie minuscules, improbables, quatre milliards d'années plus tard naquirent les bactéries qui emplirent l'atmosphère d'oxygène, l'oxygène qui rendait possible l'existence d'une variété de plantes et d'animaux multicellulaires. Parmi ces organismes complexes, les poissons avaient des ouïes qui se transformèrent en poumons chez les amphibiens, leur permettant de respirer l'oxygène abondant de la Terre et de quitter progressivement l'eau pour la terre ferme. Ces premières créatures terrestres évoluèrent pour donner les reptiles, les dinosaures, les oiseaux, puis les mammifères, et enfin les primates, ancêtres de l'*Homo sapiens*.

Si la science n'a pas encore découvert tous les secrets de l'évolution, nous savons que sont apparues sur Terre des formes de vie de plus en plus complexes, dotées de capacités leur permettant de percevoir leur environnement, de traiter toutes sortes d'informations, de manipuler des objets, de se mouvoir avec agilité et de s'occuper de leurs jeunes mieux que ne le faisaient leurs ancêtres. Ces capacités ont continué à se développer jusqu'à ce que l'évolution soit prête pour un nouveau bond qualitatif. En Afrique apparut un animal qui se tenait debout, savait se servir d'outils et commençait à parler. Une nouvelle espèce était née, dotée d'un cerveau plus gros qu'aucune autre et d'une capacité de transformation tout à fait inédite. Elle créa des groupes sociaux complexes, découvrit le feu, raconta l'histoire de son origine et dessina des images qui nous émerveillent encore. Elle contempla les étoiles et le monde de l'esprit. Dès le début, elle eut le pressentiment d'une dimension divine hors de portée de ses sens.

Nous pouvons considérer l'apparition de notre espèce comme un troisième moment de l'évolution, analogue à l'émergence de la matière et de la vie, au sens où quelque chose de nouveau venait à exister. Réflexion sur soi et évolution dirigée de l'intérieur s'ajoutaient aux processus gouvernant le développement des formes de vie plus anciennes. Cette créature nouvelle, de plus en plus consciente d'elle-même, ressentait la souffrance d'autrui. Elle se mit à désirer une vie plus grande. Et avec le temps, poussée par ce feu qui croissait en son cœur, elle réussit à mettre le pied sur la Lune, dirigea vers les étoiles des faisceaux d'une musique éternelle, libéra la puissance de l'atome et construisit le monde humain complexe qui se développe inexorablement autour de nous.

Depuis sa naissance, l'univers a accompli un voyage mystérieux. Il est passé de l'obscurité à la lumière. Il est devenu cosmos avec ses milliards de galaxies où la matière a donné naissance au vivant. Et puis, il y a à peine un instant à l'échelle cosmique, l'une de ses créatures a commencé à se demander qui elle était, d'où elle venait et où elle pouvait bien aller.

Réalité de l'évolution

L'épopée de notre univers, mille fois racontée par les scientifiques, les théologiens et les philosophes, est une histoire en devenir. Mais quelle que soit la façon dont on la décrit ou les théories que l'on propose pour l'expliquer, nous savons que l'évolution est un fait. L'univers est né avec le big bang et, en quelques milliards d'années, a donné naissance à la matière, à la vie, à l'espèce humaine. Bien que nous ne connaissions pas tous les détails de ce stupéfiant déploiement, nous savons qu'il s'est produit. Le fait que l'univers soit en évolution a été prouvé selon les normes les plus rigoureuses.

La science a par exemple découvert les restes fossiles de milliers de plantes et d'espèces animales allant d'organismes microscopiques jusqu'au *Tyrannosorus rex*. Les paléontologues ont grandement amélioré leur mode de datation des fossiles grâce au carbone 14 et autres méthodes qui leur permettent de déterminer avec précision quand a commencé la vie et pendant combien de temps telle ou telle espèce a prospéré ; ce faisant, ils ont établi les grandes lignes de la progression des espèces, depuis les plus simples jusqu'aux plus complexes. Les généticiens ont affiné leur compréhension des mutations et des recombinaisons génétiques qui provoquent des diversifications au sein des populations végétales et animales et donnent naissances à de nouvelles espèces, tandis que les géologues apprenaient comment les changements climatiques et géologiques affectent l'évolution du vivant.

Les astrophysiciens ont découvert que le cosmos est en expansion et laisse dans le ciel des traces de son passé, tandis que les astronomes dressent progressivement la carte de ses contours et révèlent à nos esprits ébahis comment il donne naissance à de nouvelles galaxies, étoiles, planètes, ainsi qu'à des objets éloignés qui gardent leur mystère.

Parallèlement, paléontologues et anthropologues comprennent de mieux en mieux comment l'humanité a émergé de ses ancêtres primates. Ils ont par exemple découvert qu'il y a environ cent mille ans notre espèce s'est séparée de ses parents les plus proches avec un cerveau aussi gros, des mains aussi habiles et un corps aussi agile que les nôtres aujourd'hui. Comme l'évolution du cosmos en général et celle des animaux sur notre planète, le développement de nos ancêtres humains est de mieux en mieux connu, sans pour autant perdre son mystère.

Considérées dans leur ensemble, ces découvertes forment un tableau de plus en plus imposant, une vision merveilleusement détaillée de l'évolution de la vie. Selon Ernst

Mayr, éminent historien de la pensée biologique, l'évolution « a été si complètement confirmée que les biologistes modernes la considèrent simplement comme un fait ».

Comment l'univers évolue

Les preuves toujours plus nombreuses de l'évolution n'empêchent pas certaines personnes de nier son existence. L'une des raisons de cet entêtement est sans doute l'absence de distinction entre l'évolution en tant que fait et les théories concernant le pourquoi et le comment de ce fait. Nous savons que le cosmos, les espèces animales et les hommes évoluent, mais nous en sommes encore à découvrir comment fonctionne l'évolution.

Il est important de se souvenir que la découverte, due à Charles Darwin, de l'évolution de toutes les créatures vivantes à partir d'un ancêtre commun doit être distinguée de ses théories sur la façon dont elle s'est produite. Darwin et son compère naturaliste Alfred Russel Wallace ont supposé que parmi les plantes et les animaux, les individus les mieux adaptés à leur environnement survivent généralement en plus grand nombre et ont une descendance plus nombreuse que les moins bien adaptés. En augmentant le nombre relatif de gènes plus performants chez les membres de leur espèce, ces organismes en améliorent la faculté de survie. Pour Darwin, toutes les espèces naissaient grâce à ce processus qu'il nommait « sélection naturelle ».

Mais, plus les savants en apprenaient sur l'histoire du vivant, plus ils furent amenés à raffiner et à élargir leurs théories afin de rendre compte des complexités de l'évolution. Commentant la théorie darwinienne à chacun des centenaires de son auteur (1909, centième anniversaire de la naissance de Darwin, 1959 centenaire de la publication de son *Origine des espèces* et 1982 centième anniversaire de sa mort), Stephen Jay Gould a écrit :

> ... 1909 marquait l'apothéose de la confusion quant à la façon dont s'était produite l'évolution, alors que le fait qu'elle se soit produite ne faisait plus aucun doute. [Mais] en 1959, la confusion avait laissé place à son contraire, un état de satisfaction non souhaité. Le darwinisme avait triomphé... Presque tous les biologistes de l'évolution avaient conclu qu'après tout la sélection naturelle fournissait le mécanisme créateur du changement évolutionniste. À cent cinquante ans, Darwin triomphait. Pourtant, dans l'euphorie de la victoire, ses disciples de la dernière heure avaient élaboré une version de sa théorie beaucoup plus étroite qu'il ne l'aurait lui-même permis.
>
> [Certains] experts ont même déclaré que l'immense complexité de l'évolution avait entraîné sa résolution finale... [Mais] aujourd'hui [1982], la théorie darwinienne affiche une santé remarquable. La confiance dans les mécanismes de la sélection naturelle fournit un substrat théorique et un point d'accord qui nous permettent de dépasser le pessimisme anarchique de 1909. Mais les contraintes d'une version exagérément rigoureuse, tellement en vogue en 1959, s'assouplissent. Des découvertes passionnantes en biologie moléculaire et dans l'étude du développement embryonnaire ont permis d'envisager des modes de changement différents des altérations cumulatives, progressives, prônées par les darwiniens purs et durs.

Gould a lui-même contribué à cette rupture avec le darwinisme strict. Avec Niles Eldridge, il a mis au point un schéma de l'évolution appelé modèle des équilibres ponctuels, qui relativise l'importance donnée par Darwin au changement progressif des espèces vivantes. Darwin pensait que les espèces nouvelles se développaient graduellement, sur de très longues périodes de temps, mais cette idée fut contredite par les archives fossiles où l'on trouve beaucoup de lacunes entre les espèces. Eldridge et Gould (ainsi que d'autres biologistes) ont supposé que ces lacunes étaient dues au fait que les nouvelles espèces se développent rapidement, aux côtés de leurs ancêtres, et laissent donc relativement peu de traces de leurs formes intermédiaires. Faute de se développer ainsi, elles sont réabsorbées dans l'espèce dont elles proviennent. « Les lignées, écrit Gould, changent peu au cours de leur histoire, mais il arrive que des événements de spéciation rapide ponctuent cette tranquillité. »

Une autre modification de la théorie de l'évolution est en cours chez les savants qui étudient l'auto-organisation, cette tendance des formes vivantes et des formes inorganiques à créer des systèmes ordonnés autoreproductibles. Jusqu'à une date récente, la plupart des théoriciens de l'évolution croyaient, suivant Darwin, que la sélection naturelle opérait des modifications *aléatoires* du vivant pour produire les espèces les mieux adaptées à la survie dans un environnement donné. Mais à propos de cette nouvelle idée, le biologiste Stuart Kaufman écrit :

> Nous savions déjà que les systèmes physiques simples manifestent un ordre spontané : une goutte d'huile dans l'eau forme une sphère ; les flocons de neige ont une symétrie hexagonale. La nouveauté c'est que le domaine de l'ordre spontané est considérablement plus vaste que nous ne le pensions. On découvre un ordre profond dans des systèmes vastes, complexes et apparemment aléatoires. Je crois que cet ordre émergent sous-tend non seulement l'origine de la vie elle-même mais aussi l'essentiel de l'ordre observé dans les organismes aujourd'hui. C'est également l'avis de beaucoup de mes collègues qui commencent à trouver les preuves de cet ordre émergent dans différents types de systèmes complexes.
>
> La plupart des biologistes, héritiers de la tradition darwinienne, supposent que l'ontogenèse (le développement

> d'organismes depuis l'œuf fertilisé jusqu'à l'adulte) est due à une laborieuse simplification d'un système moléculaire follement complexe patiemment élaboré par l'évolution. Je propose l'hypothèse inverse : le bel ordre qui préside à l'ontogenèse est en grande partie spontané, c'est une expression naturelle de la stupéfiante auto-organisation qui abonde dans des réseaux régulateurs très complexes. Il semble que nous nous soyons lourdement trompés. L'ordre, vaste et génératif, survient spontanément.
>
> [Si] cette idée est vraie, alors il nous faut repenser la théorie de l'évolution, car il faudra maintenant compter la sélection naturelle et l'auto-organisation au nombre des sources d'ordre existant dans la biosphère.

Les spécialistes de l'évolution prennent donc conscience du fait que certains aspects de l'évolution restent mystérieux. Nous insistons sur ce point parce que nos propres thèses concernant l'évolution humaine ne risquent pas d'être ébranlées ou invalidées par aucune modification de la théorie de l'évolution que nécessiteraient de nouvelles découvertes scientifiques. Notre reconnaissance de l'évolution comme une réalité ne doit pas être limitée par le fait que sa théorisation reste incomplète.

Comme vous le verrez dans les pages qui vont suivre, savoir que l'évolution nous a amenés où nous sommes et continue à intervenir dans les affaires humaines peut nous permettre d'élaborer les moyens pratiques de réaliser pleinement notre potentiel inexploité. Nier l'évolution ou lui dénier toute influence sur notre développement futur serait renoncer à un fabuleux héritage.

Les méandres de l'évolution

Il y avait dans l'ancienne Turquie un fleuve, le Mœander, qui tournait et virait autant qu'un tire-bouchon. Ce légendaire cours d'eau nous a donné l'image qui nous sert aujourd'hui à décrire un mouvement compliqué, langoureux, tel que celui de l'évolution des espèces et la lente et tortueuse transformation de l'homme.

Mais, malgré ses méandres, l'évolution progresse. Et qui plus est, elle se dirige probablement vers une prodigieuse transition. C'est du moins ce que nous croyons. Dans ce livre, nous présentons les éléments qui parlent en faveur de cet événement, l'évidence qu'une étape supplémentaire de l'évolution est amorcée dans l'espèce humaine, de façon spontanée mais aussi par une pratique volontariste.

Depuis le big bang, les méandres de l'évolution ont donné naissance à trois mondes, l'inorganique, le biologique et l'humain, qui peuvent être considérés comme représentant trois étapes ou champs successifs. Dans cette progression, l'évolution elle-même a évolué, d'abord quand la matière a produit la vie, ensuite quand la vie a créé l'*Homo sapiens*.

Pour Theodosius Dobzhansky et Francisco Ayala, théoriciens de l'évolution, ces deux moments de transition sont des exemples de « transcendance de l'évolution » puisque chacun a donné naissance à un nouvel ordre d'existence. « L'évolution inorganique a dépassé les bornes de son organisation physique et chimique quand elle a donné naissance à la vie, écrit Ayala. De la même façon, l'évolution biologique s'est elle-même transcendée en donnant naissance à l'homme. »

L'apparition de la vie et l'émergence de l'humanité ont marqué le début de nouvelles phases de l'évolution. Toutefois, elles ont été rendues possibles par d'innombrables modifications préalables. Par exemple, la création de nouveaux éléments dans les étoiles en explosion et la formation subséquente de molécules complexes sur la Terre ont rendu possibles les cellules vivantes, et l'évolution de vertébrés terrestres, à partir de leurs ancêtres poissons, a amené le développement de primates qui, à leur tour, ont permis l'émergence de l'homme.

L'un des principaux architectes de la théorie de l'évolution, G. Ledyard Stebbins, a décrit les étapes successives de l'évolution organique en distinguant les progrès mineurs des avancées majeures. Il estime les premiers à six cent quarante mille et les secondes à vingt au moins, cent au plus, au cours des centaines de millions d'années où animaux et plantes se sont développés. Bien que ces chiffres ne soient qu'approximatifs, ils reflètent l'immense complexité des progrès de l'évolution.

Nous avons cité Stebbins pour établir une analogie essentielle avec ce livre. Nous sommes convaincus que l'humanité aussi progresse à grands et à petits pas vers une nouvelle transformation décisive. Selon nous, tout indique qu'un nouveau domaine d'évolution cherche à se former dans l'espèce humaine. Ce nouveau domaine, comme le passage de l'inorganique à la vie et celui de l'animal à l'homme, est rendu possible par d'innombrables progrès, grands ou petits, depuis la naissance d'une conscience spirituelle chez nos lointains ancêtres jusqu'aux découvertes scientifiques récentes concernant nos capacités encore largement inexplorées de nous hisser à un niveau supérieur de Vie.

Mais compte tenu de l'ignorance, du libre arbitre et de la perversité des hommes, cette évolution n'est pas garantie. Comme nous l'avons dit, le cours de l'évolution est tortueux et a parfois frôlé l'interruption. Dans les premières microsecondes de son existence, par exemple, après une première collision cosmique de matière et d'antimatière, l'univers s'est trouvé doté d'un surplus de particules relativement modeste – mais, sans ce surplus, il n'aurait jamais été que pure énergie. Aucun élément n'aurait existé, ni étoiles, ni planètes, aucun lieu où la vie telle que nous la connaissons n'aurait pu se développer. Ce fut le premier des nombreux événements qui peuvent être considérés, rétrospectivement, comme de chaudes alertes dans notre aventure cosmique.

La collision de la Terre avec une météorite, il y a soixante-cinq millions d'années, fut une nouvelle épreuve. Elle permit à nos ancêtres mammifères de prospérer en éliminant les dinosaures, mais il s'en fallut d'un cheveu que la Terre ne soit détruite et l'avenir des mammifères – le nôtre – définitivement interrompu. Puis, dans l'histoire des hommes, des cultures entières ont disparu tandis que d'autres ont stagné, sans progresser notablement pendant de nombreuses années. À tous les niveaux de son évolution, l'univers a donc connu des moments critiques et de longues périodes sans progrès durable.

Les mêmes principes s'appliquent aux possibilités d'évolution que nous étudions ici. Désastre écologique, guerre mondiale, maladies imprévisibles, révoltes populaires irrépressibles ou autre catastrophe risquent de réduire la vie sur Terre à un point tel que peu d'individus ou d'institutions auraient le désir ou les capacités de cultiver les extraordinaires aptitudes dont dépend notre évolution future. De tels événements, capables de détruire les conditions mêmes de tout progrès humain, seraient évidemment fatals à une troisième transcendance de l'évolution.

Pour nous résumer, *aucune évolution animale ou humaine n'est automatiquement progressive*. Il y a progrès lorsque le changement provoque une amélioration, quelle que soit la manière dont on définit cette amélioration, alors que l'évolution animale et humaine est parfois régression et conduit souvent à l'extinction d'une espèce ou à la disparition d'une culture. Des biologistes comme George Gaylord Simpson et Francisco Ayala ont proposé des critères permettant d'évaluer les progrès du monde animal, notamment l'augmentation des comportements adaptatifs, le développement d'organes sensoriels plus efficaces, l'élévation du niveau d'énergie, comme chez les animaux à sang chaud, le développement des aptitudes à traiter l'information, l'amélioration des soins aux jeunes, la colonisation d'environnements nouveaux et une individualisation plus poussée.

Il existe aussi des critères permettant de juger le développement d'un être humain, critères physiques, émotionnels, moraux, cognitifs ou spirituels, ainsi que des standards d'évaluation des sociétés humaines, qu'il s'agisse des droits et libertés individuelles, de la façon de traiter les jeunes et les faibles, de la justice sociale, de la prospérité, de l'expression artistique, de l'environnement végétal et animal ou de la liberté en matière de religion. Ces critères permettent d'établir que beaucoup d'individus et de cultures n'ont *pas* progressé par rapport à leurs prédécesseurs et que certains ont même nettement régressé.

Les mêmes principes s'appliquent également au développement des capacités humaines extraordinaires. La longue expérience des traditions sacrées a démontré qu'extases, illuminations et pouvoirs surnaturels ne constituent pas des garanties d'humanité ni de progrès, et de nombreuses études contemporaines témoignent que méditation, psychothérapie et autres moyens d'évolution ne transforment pas automatiquement ceux qui les entreprennent. Lorsque nous suggérons qu'un progrès *doit* ou *peut* se produire, cela ne veut pas dire qu'il *va* nécessairement se produire. La progression de l'humanité dépend de nous, même si nous avons des raisons de croire qu'elle a de bonnes chances de se poursuivre.

Une théologie cachée

Comme nous l'avons souligné, l'évolution de notre univers ne s'est pas faite sans progrès de toutes sortes. Cette évidence a poussé nombre de scientifiques, de philosophes et de théologiens à se demander si l'évolution avait un *telos*, un but fondamental, un dessein qui nécessite cette complexité croissante, évidente dans le développement des éléments et des étoiles, des créatures terrestres et dans l'émergence de la conscience humaine. Comme nous le verrons, bien des penseurs en ont conclu que tel était le cas.

Nous le croyons aussi. Si le monde qui nous entoure manifeste un caractère évidemment aléatoire, si on peut le voir comme un dé qui roule, nous pensons que le dé est pipé. Avec tous ses méandres et ses accidents décisifs, notre univers a donné naissance à une complexité de plus en plus grande dans le monde matériel et aux capacités croissantes de l'être humain. Ce constat peut permettre de garder l'espoir dans les moments de doute, de rester optimiste en période de négativité et d'exploiter avec courage nos ressources les plus profondes.

Par ce livre, nous voulons dire notre certitude que l'univers a un *telos*, une tendance fondamentale à manifester sa divinité latente. Dire que l'évolution a des méandres ne veut pas dire qu'elle n'a pas de direction. De fait, beaucoup de propriétés des êtres vivants suivent une progression linéaire évidente d'un domaine d'évolution à un autre.

Par exemple, la perception grossière du monde extérieur d'un organisme unicellulaire, la vision humaine et l'extraordinaire acuité visuelle de certains athlètes et mystiques présentent une continuité apparente. Ce développement des capacités perceptives se poursuit depuis environ quatre milliards d'années, même si chez nos ancêtres animaux il était le fruit de la sélection naturelle et si notre développement à nous fait appel à notre conscience humaine, à notre volonté, à un entraînement régulier et à la capacité de transcender notre ego par la pratique.

Autrement dit, l'aptitude à percevoir les stimuli extérieurs continue de se développer même si elle prend des formes différentes aux divers stades de l'évolution. Et le même principe s'applique à d'autres propriétés.

Conscience corporelle, agilité physique, traitement de l'information et autres aptitudes façonnées par la sélection naturelle au cours de l'évolution animale peuvent être améliorés par la discipline et parfois, semble-t-il, par des pouvoirs supérieurs.

Dans la deuxième partie, nous développons l'idée que nos caractères humains, tous hérités de nos ancêtres animaux, sont susceptibles d'être perfectionnés. Ces progrès suggèrent que l'évolution est influencée par des desseins ou des actes qui jusqu'à un certain point transcendent et subsument les mécanismes actuellement reconnus par la science officielle. Et le développement de telles capacités au cours des milliards d'années suggère que la nature a effectivement un *telos*, une tendance à se dépasser, une pulsion, une attirance vers des fins plus grandes.

Si cette tendance universelle existe effectivement, elle est à l'œuvre depuis le big bang et elle s'exerce encore aujourd'hui. Les hommes sentent depuis longtemps qu'une dimension transcendante les appelle, ils ont souvent exprimé leurs intuitions dans leurs mythes, leur poésie, leur spéculation philosophique. Dans le chapitre suivant, nous verrons que cette intuition n'a cessé de se développer depuis l'âge de pierre.

2

Les phases de réveil : historique

Avec l'apparition de l'humanité, l'évolution est entrée dans une ère nouvelle. Intelligence, facultés de communication et autres attributs de la vie animale ont connu un développement spectaculaire dès que les hommes ont formé des groupes sociaux créatifs, maîtrisé le feu, créé de nouveaux outils, inventé le langage et tenté de mieux comprendre le monde qui les entourait. Ils se sont alors éveillés à la transcendance et progressivement rapprochés de la réalité de leur vraie nature. Cette évolution, amorcée à l'âge de pierre, s'est accélérée au temps de la civilisation, et nous a préparés, avec ses méandres et ses retours en arrière, à une nouvelle phase de l'évolution.

Dans ce chapitre, nous passerons brièvement en revue certains des moments décisifs qui jalonnent cette progression. Nous n'essaierons pas d'être exhaustifs, car cela dépasserait nos compétences et le cadre de cet ouvrage. Notre propos n'est pas non plus de porter des jugements définitifs sur l'importance relative des grandes cultures de l'Histoire. Nous voulons simplement suggérer qu'il existe une continuité dans l'épanouissement de la conscience humaine, évoquer sa tendance irrépressible à dépasser ses limites apparentes et illustrer sa capacité toujours surprenante à poursuivre son développement.

Nous avons eu de nombreux prédécesseurs. Ces hommes remarquables ont tracé les pistes, ouvert les frontières qui nous permettent de poursuivre l'exploration. En rappelant leurs propres avancées, nous apprécierons mieux nos possibilités d'évolution, notre incessant désir de vivre et les aventures intérieures qui nous attendent.

Le chamanisme

À un certain moment de l'âge de pierre – il y a environ cinquante ou soixante mille ans d'après les paléontologues – le développement des capacités de nos ancêtres a connu une accélération. Les activités humaines, élaboration du langage, fabrication des outils, création d'œuvres artistiques et intérêt pour le monde spirituel, se sont mises à progresser plus rapidement qu'avant. Ce réveil doit beaucoup aux chamanes. Hommes ou femmes, ils étaient à la fois médecins, visionnaires, maîtres des rituels, artistes et capables de voyager dans des dimensions invisibles.

On trouve les premières traces de l'existence du chamane dans des grottes comme celles de Lascaux, Pech-Merle et Les-Trois-Frères où il est représenté comme une figure masquée évoquant un oiseau en vol, un animal magique ou autres formes exprimant les pouvoirs extraordinaires de sa conscience. Ces images dont certaines remontent à plus de vingt mille ans, associées à ce que nous connaissons du chamanisme actuel, montrent que ces chamanes ont toujours été les principaux médiateurs entre leur communauté et le monde des esprits.

Dans les cultures préhistoriques, les chamanes ont gagné leur rôle central grâce à la connaissance des pratiques de guérison et des rituels, à la capacité d'aider les hommes à chasser et à l'utilisation de sortilèges pour l'amour et le combat. Mais s'ils nous intéressent ici c'est surtout parce qu'ils savaient entrer en transe ou se mettre dans des états altérés de conscience, ce qui leur donnait le pouvoir de guérir, d'interpréter les rêves et de mettre leur communauté dans un rapport plus étroit avec les mondes inaccessibles à nos sens ordinaires.

Des travaux effectués en Sibérie, Asie centrale, Australie, Afrique et Amérique, du Sud comme du Nord, ont montré qu'il existe de remarquables similarités entre les pratiques chamaniques des différentes parties du monde. Dès l'âge de pierre, par exemple, les hommes croyaient généralement que le chamane en transe était capable de voyager dans divers mondes inférieurs et supérieurs, de communiquer avec des êtres surnaturels, de libérer l'esprit des morts et de ramener vers les corps les âmes égarées. Au cours de ces voyages, dit-on encore aujourd'hui, les chamanes apprennent à guérir les maux physiques et spirituels, à localiser le gibier à distance, à guider leur tribu vers de nouveaux territoires si nécessaires et plus généralement à aider leur groupe. Grâce aux superpouvoirs acquis dans l'au-delà, ils peuvent présider aux rites de passage associés à la naissance, à l'adolescence, au mariage et à la mort. Ces pouvoirs s'organisent selon une structure qui va se préciser, comme nous le verrons plus tard, dans les traditions sacrées ultérieures, mais dès l'âge de pierre, et pour la première fois sur Terre, ils apparaissent de façon organisée. Le chamanisme est donc la première officialisation des visions et des pratiques qui ouvrent l'humanité à d'autres mondes, à des pouvoirs extraordinaires et au contact avec la Transcendance.

Il y a plusieurs façons de devenir chamane. Dans certaines cultures, la fonction est transmise par un parent. Ailleurs, ce sont des « guérisseurs meurtris » qui, après avoir connu la folie, une crise grave, une infirmité ou une maladie mortelle se retrouvent dotés de pouvoirs dont celui de guérir. Mais, dans presque tous les cas, ils doivent vivre des expériences et des épreuves initiatiques qui produisent des états altérés de conscience, la sensation d'une identité transcendante et autres propriétés extraordinaires. Imbus de l'autorité que leur confèrent ces pouvoirs, ils participent à la guérison des malades, président aux rituels sacrés et guident les leurs dans le monde des esprits.

À l'âge de pierre, les chamanes sont devenus, dans beaucoup de cultures, les symboles manifestes de la Transcendance. On peut donc les considérer comme les précurseurs des prophètes, saints et voyants qui ont donné naissance aux grandes religions de ce monde et de tous les visionnaires qui ont aidé l'humanité à découvrir les capacités extraordinaires décrites dans ce livre.

Les écoles antiques du mystère

Plusieurs milliers d'années après la naissance du chamanisme, l'éveil de l'humanité à la Transcendance amorcé à l'âge de pierre se poursuivit dans les centres de rituels religieux qui s'ouvrirent en Grèce, Syrie, Anatolie, Égypte et Perse. Dans ces « écoles du mystère », on pouvait pratiquer l'adoration de diverses déités, des rites de transformation spirituelle et assister à des drames religieux complexes inspirés par le mariage sacré des dieux, leur mort et leur renaissance.

Selon l'éminent érudit Karl Kerenyi, « la participation à ces mystères garantissait une vie délivrée de la peur de mourir ». Lors de fêtes annuelles et saisonnières, les rituels offraient à leurs participants une vision de l'éternité et des origines de la vie. À Éleusis, ville célèbre pour ses mystères, les spectateurs revivaient une version théâtralisée de l'enlèvement de Perséphone et de ses retrouvailles avec sa mère Déméter, déesse de la fertilité. Bien que les initiés fussent censés ne rien révéler de ce qu'ils voyaient, des poètes comme Pindare et Sophocle ont trouvé pour décrire ce que révélaient les mystères des accents dignes de l'éloquence d'Homère : « Il est béni entre tous les hommes celui dont les yeux ont contemplé ce spectacle. »

Une autre fête grecque importante, célébrée en l'honneur de Dionysos, reflétait la fascination des hommes pour la mort et la résurrection. De même, dans l'Égypte ancienne, des drames sacrés évoquaient la renaissance du dieu Osiris, l'intervention de la déesse Isis et la naissance de leur fils. Au cours des mystères de l'ancienne Perse on sacrifiait au dieu Mithra un taureau sacré pour s'assurer la fertilité de la terre, et les initiés consommaient du pain et de l'eau représentant le corps et le sang du divin pour renouveler le mystère de la vie éternelle. Des rites du même genre étaient également pratiqués par les tribus germaniques qui adoraient Wotan et par les druides celtes. Leur prévalence dans les premiers temps du christianisme est confirmée par l'injonction bien connue de saint Paul concernant l'Évangile du Christ : « Vois, je t'apporte un mystère. »

La philosophie grecque aussi fut influencée par ces rites. On le constate en lisant le célèbre mythe de la Caverne de Platon et certains passages de plusieurs *Dialogues*. Dans *Phèdre*, par exemple, Socrate dit :

> La beauté, elle, était resplendissante à voir, en ce temps où, mêlés à un chœur bienheureux, nous en avions une vision bienheureuse et divine, en ce temps où nous étions initiés à cette initiation dont il est permis de dire qu'elle mène à la béatitude suprême. Cette initiation, nous la célébrions dans l'intégrité de notre nature, à l'abri de tous les maux qui nous attendaient dans les temps à venir. Intégrées, simples, immuables et bienheureuses étaient les apparitions dont nous étions comblés car, dans une lumière pure, nous étions purs.

Ces fêtes, ces rituels ont entretenu la relation de l'homme avec la Transcendance dans les civilisations postérieures à l'âge de pierre et préservé des pratiques initiatiques comparables à celles que le chamanisme avait lui-même préservées. Ils ont gardé vivante l'intuition du lien secret unissant l'âme au divin et, comme les grandes époques de réveil ultérieures, ils ont attiré un nombre incalculable de gens vers une dimension supérieure de la vie.

Les hymnes védiques et les Upanishad

La conscience humaine a, selon nous, accompli un nouveau pas décisif avec l'émergence de la culture védique en Inde, au deuxième millénaire avant notre ère. Il est difficile de dater avec précision l'origine de ses textes fondateurs, mais la plupart des érudits estiment aujourd'hui qu'ils furent composés et transmis oralement par les envahisseurs aryens du nord de l'Inde. C'est aujourd'hui le recueil de textes sacrés le plus ancien encore utilisé dans une forme proche de l'original.

Les Veda se composent de quatre livres, le plus ancien étant le Rig-Veda. Ils contiennent des hymnes et prières aux dieux, des recommandations pour les rites sacrificiels, des formules pour la guérison et la nutrition, des mythes de l'Inde ancienne, une philosophie spirituelle et des instructions pour les pratiques yogiques. Leurs enseignements ont longtemps été considérés comme l'autorité ultime en Inde hindoue, comme la source de la religion, de la philosophie et de la littérature. Mais ces enseignements sont de valeur inégale car, à partir des croyances superstitieuses de l'Inde ancienne, ils s'élèvent jusqu'à une compréhension de la nature humaine et des pratiques transformatrices qui n'ont jamais été surpassées ni en profondeur ni en subtilité. Cette évolution se trouve plus manifestement aboutie dans le recueil de textes appelés les Upanishad.

Les Upanishad, qui constituent la partie finale des Veda, sont des traités composés par des poètes, des mystiques et des philosophes, plus que par des prêtres, entre 800 et 200 avant J.-C., même si certains, rédigés en sanscrit, datent du XVe siècle de notre ère. Le mot sanscrit « upanishad » est déjà une instruction spirituelle puisqu'il signifie « assis aux pieds du maître ». En suivant cet enseignement, l'aspirant connaîtra l'expérience directe de l'Ultime, ou *brahman*, qui par essence ne fait qu'un avec l'*atman*, le Soi. Dans le Chandogya Upanishad, on trouve cet enseignement magnifiquement résumé dans la formule : « Tu es Cela. »

Ces textes sacrés affirment et réaffirment que la pratique du yoga est le meilleur moyen de favoriser cette réalisation. Il est dit dans le Katha Upanishad : « La voie est étroite et aussi dure à traverser que le fil d'un rasoir. Ce n'est pas en apprenant beaucoup que l'on atteint l'*atman*, ce n'est ni par l'intellect ni par l'enseignement sacré. » Seule l'expérience directe, que peuvent provoquer la concentration et la méditation yogique, permet de connaître l'*atman*, le Soi essentiel qui est Un avec *brahman*, réalité transcendante et omniprésente. Tel est l'enseignement central des grands textes indiens. Ils disent que les plus profonds mystères de l'existence ne peuvent être pénétrés par un effort intellectuel, mais uniquement par la vision spirituelle qui implique l'expérience directe de l'Ultime dans son être (*sat*), sa connaissance (*chit*) et sa joie (*ananda*) éternels.

Les premiers hymnes védiques célébraient le lien mystique entre vie humaine et Transcendance, mais les Upanishad ont porté cet enseignement à un niveau supérieur en établissant une relation intime entre maître et disciple et en enseignant, poétiquement, que tout être humain peut accéder à la connaissance et à l'identité transcendante.

L'idée que l'on peut, par une pratique transformatrice, réaliser l'unité avec le divin dans ses aspects tant immanents que transcendants, a été fixée pour la première fois par l'écriture dans ces textes indiens.

Le taoïsme

Du septième au IVe siècle avant notre ère, le monde a connu une autre formidable vague de créativité intellectuelle et spirituelle en Asie, en Grèce et au Moyen-Orient. Comme nous l'avons vu, la culture védique a donné naissance aux Upanishad. En Chine est apparu le taoïsme ; en Inde, le Bouddha ; chez les juifs, certains des plus grands prophètes ; à Athènes et dans d'autres cités grecques la spéculation philosophique a fait un bond en avant. Certains philosophes ont qualifié cette période d'« âge axial » tellement le tournant opéré dans les conceptions éthiques et spirituelles de la moitié du monde a été spectaculaire. Jamais auparavant un si grand nombre de cultures n'avaient progressé au même moment dans les domaines philosophiques et religieux. Cette période sans précédent dans l'histoire a fourni aux hommes des connaissances et des pratiques innombrables qui les ont préparés et nous préparent encore à ce qui pourrait bien être une nouvelle étape de l'évolution.

Il est dit dans le *Tao-Tö Khing*, texte central du taoïsme, que le sens du tao ne peut être capturé par des mots. Comme l'écrit Lao-tseu, son auteur, c'est « le mystère au-delà de tous les mystères ». Le mot « tao » signifie pourtant « la voie » au sens où l'eau trouve et suit son cours naturel, où les nuages sont poussés par le vent. Le taoïsme enseigne que rien dans la vie n'est statique, que tout est flux dynamique, et que le bien-être et la paix intérieure ne peuvent être atteints à moins de se mettre en harmonie avec cet aspect fondamental de l'existence terrestre.

Le *Tao-Tö Khing*, composé au VIe siècle avant J.-C., exprimait la synthèse de la philosophie et du chamanisme chinois qui donna naissance au système philosophico-religieux qu'est le taoïsme. Ses enseignements, pour être d'une grande élévation métaphysique, n'en sont pas moins à l'origine de nombreux arts pratiques, notamment le *feng sui* (littéralement « vent et eau »), qui permet aux architectes et aux paysagistes de travailler en harmonie avec les reliefs et les forces de la nature ; la calligraphie qui apprend à laisser le flux intuitif guider la main pour dessiner de belles écritures ; le *tai-chi*, art martial basé sur l'harmonisation des mouvements du corps avec le *chi*, l'énergie subtile qui circule dans l'univers tout entier ; et l'art pictural taoïste qui illustre l'équilibre, la puissance et la beauté des courants qui circulent dans l'univers (parfois représentés par le symbole yin-yang et des créatures magiques comme le dragon).

Le taoïsme insiste sur le développement du *chi* ; le juste usage de *i*, la volonté ; la pratique de *wu-wei*, le « non-faire », l'abandon aux forces de la nature ; et *tsu-jan*, la spontanéité disciplinée. L'ensemble de ces vertus procure sagesse, joie, beauté et bonté. Mais, en les cultivant, nul ne peut « forcer la rivière ». Chercher la libération spirituelle par la volonté ou l'orgueil ne peut que conduire à l'échec. Comme le dit au IIIe siècle avant notre ère le sage Tchuang-tseu, « Ce qui est aisé est juste. Le juste moyen de progresser aisément est d'oublier la juste voie et d'oublier que le chemin est aisé. »

Le taoïsme a apporté une profondeur et une subtilité nouvelles aux arts de la vie quotidienne et, par son influence sur le bouddhisme zen et la culture asiatique en général, il a donné aux hommes quantité de moyens de cultiver les beautés naturelles et la grâce du monde. Son influence peut par exemple se retrouver aujourd'hui dans la tendance des architectes et des paysagistes à « jouer avec la nature », dans l'utilisation des plantes médicinales et de l'acupuncture et dans l'intérêt que porte la psychologie moderne à la notion de « courant ». Plus qu'aucune autre tradition antérieure ou postérieure, le taoïsme a élaboré une philosophie, une esthétique et un ensemble de pratiques qui favorisent l'harmonie avec les structures et les rythmes internes de la Terre et de la nature humaine. Les valeurs du taoïsme sont importantes pour notre vision de l'évolution ultérieure de l'homme. Si nous ne distordons pas sa philosophie du « non-faire », à l'instar de certains adeptes, en restant passifs devant le spectacle du mal, nous pouvons tirer profit de son exaltation de l'immanence divine.

Le bouddhisme

Le bouddhisme est né au Ve siècle avant notre ère comme réforme de la culture religieuse indienne et, depuis, il n'a pas cessé d'être à la fois un laboratoire et un outil de propagation de techniques libératrices. Son créateur Gautama Bouddha (l'Illuminé) a enseigné dans diverses parties de l'Inde au VIe siècle. Prince par sa naissance, Gautama vécut dans le luxe et les plaisirs d'une cour royale jusqu'à son mariage et la naissance de son fils. Mais un jour, ayant découvert la mort, la misère et l'injustice en dehors de son palais, il aspira à une vie plus riche de sens et de valeur. Selon la légende, il renonça alors à sa famille et à ses privilèges pour pratiquer, pendant six ans, un ascétisme rigoureux. Puis il s'assit sous un figuier pipal et fit le vœu d'y rester tant qu'il ne serait pas libéré des entraves de ce monde. Il y resta effectivement jusqu'à son illumination et à la révélation des principes qui allaient constituer son enseignement.

Ces principes sont les « quatre nobles vérités » du Bouddha. La première est que toute vie est marquée par la souffrance (*dukha*), la deuxième que la souffrance est causée par le désir (*kama*), et la troisième que l'homme peut se libérer de la souffrance et atteindre le *nirvana* (littéralement extinction des flammes du désir). La quatrième noble vérité est que pour parvenir au nirvana, il faut suivre « le noble sentier octuple » qui comprend la vision ou compréhension juste, la pensée juste, la parole juste, l'action juste, les justes moyens d'existence, le juste effort, la juste concentration et la juste attention. Chacune de ces pratiques a été développée de diverses manières à mesure que la pratique bouddhiste se déployait dans différentes écoles, mais leur unité essentielle perdure dans l'attachement bouddhiste aux idées et aux disciplines qui peuvent libérer de la souffrance et de l'ignorance spirituelles par le détachement et la sagesse. Le Bouddha privilégiait les voies pratiques d'accès au nirvana par rapport aux voies métaphysiques et, bien que son enseignement soit à l'origine d'une des philosophies les plus complexes du monde, l'importance de ce pragmatisme ne s'est jamais démentie. En se développant, au cours des siècles, cet enseignement a engendré une éthique puissante de la compassion envers tous les êtres. Cet esprit de sacrifice s'est encore développé avec la doctrine du *bodhisattva,* être illuminé qui renonce au nirvana jusqu'à la libération complète de tous les êtres.

Le bouddhisme a produit un grand nombre de philosophes, de saints et de sages parmi lesquels : Ananda, disciple favori du Bouddha, selon la légende ; Ashoka Maurya, empereur indien qui régna de 269 à 232 avant J.-C., qui soutint la communauté bouddhiste, lui permettant de gagner en importance, et qui contribua au rayonnement de ses enseignements au-delà des frontières de l'Inde ; Nagarjuna (vers 150-250 après J.-C.), philosophe tenu en si haute estime par une partie de la communauté bouddhiste qu'il fut parfois qualifié de « second Bouddha » et reconnu comme le fondateur de l'école Madhyamaka (la voie du milieu) dont l'influence a contribué à l'émergence de la tradition du mahâyânisme (grand véhicule) en Chine et au Japon ; Bodhidharma (470-543), moine indien qui personnifie la pénétration bouddhiste en Chine et est considéré comme son « premier patriarche ; » Padmasambhava (VIIIe siècle), fondateur du bouddhisme Vajrayana, principale religion du Tibet ; vénéré par la tradition tibétaine sous le titre de Guru Rinpoche (précieux maître), il aurait transformé les démons et les dieux du chamanisme Bon en déités du panthéon bouddhiste tibétain ; Milarépa (1052-1135) le plus célèbre poète-yogi du Tibet qui, après avoir surmonté une grande adversité dans sa jeunesse, étudia avec le fameux guru Mar-pa le Traducteur et passa douze ans seul dans une grotte avant d'atteindre l'illumination ; Dogen (1200-1253), fondateur de la branche Soto du zen et l'un des philosophes les plus influents du bouddhisme, professait que la pratique de la méditation (zazen) ne conduit pas seulement à l'illumination mais *est* l'illumination ; Matsuo Basho (1643-1694) considéré comme l'inventeur du haïku, court poème évoquant un moment d'illumination et révélant l'essence la plus profonde des choses banales ; Hakuin (1686-1769) qui devint bouddhiste à l'âge de huit ans et fut l'un des principaux maîtres de l'école zen de Rinzai ; et le quatorzième dalaï-lama qui quitta le Tibet en 1959 pour travailler à la survie de son peuple, militer en faveur des droits de l'homme, de la paix mondiale et de la non-violence.

Les principaux apports du bouddhisme sont, pour nous, la richesse de ses techniques d'évolution, les enseignements éthiques qu'elles impliquent et les secrets de la pratique préservés par ses différentes lignées. Au cours de ces deux millénaires, le bouddhisme a accumulé d'immenses ressources de savoir dans lesquelles on peut puiser pour développer les capacités émergentes que nous décrirons dans la deuxième partie. Ce trésor considérable, ancré dans les traditions yogiques de l'Inde ancienne, s'est enrichi des apports du chamanisme tibétain, sibérien et mongol ; du taoïsme et autres traditions chinoises ; du bouddhisme zen et d'autres sources encore. Au Sri Lanka, en Birmanie et en Thaïlande il a intégré l'ascétisme absolu hérité de l'Inde. Au Tibet, il s'est incorporé les enseignements de la tradition Bon ancrée dans le chamanisme et le culte des esprits. En Chine, il a associé à son message essentiel ceux, plus terre à terre, du taoïsme : « non-faire », beauté et arts du quotidien. Au Japon il s'est adapté à la culture guerrière du samouraï essentiellement centrée sur le courage, l'énergie et l'attention soutenue à toute chose.

Grâce à ces adaptations, le bouddhisme a souvent dépassé les aspirations de son fondateur et de ses premiers adeptes. Il est ainsi devenu l'héritier d'un grand nombre de pratiques libératrices et d'intuitions concernant notre potentiel supérieur. Parmi ces pratiques, citons les disciplines méditatives du bouddhisme Theravada du sud de l'Asie, les techniques tibétaines de visualisation et de mobilisation de l'énergie et les exercices d'attention du zen qui sont aujourd'hui largement pratiqués, non seulement en Asie mais en Europe et aux Amériques. Au cours des siècles, le génie du bouddhisme a été d'adapter ses techniques aux différentes cultures qui l'accueillaient pour les rendre plus largement accessibles. La connaissance de notre nature émergente, qui va se précisant, aura sans doute de plus en plus recours aux ressources offertes par les différentes écoles du bouddhisme.

Le miracle grec

À l'époque où taoïsme et bouddhisme commençaient à se développer en Asie, les cités grecques étaient à l'apogée de leur puissance et de leur grandeur. Les richesses accumulées grâce à l'esprit d'entreprise des

Grecs favorisèrent des progrès dans divers domaines, politique, mathématiques, histoire et arts, qui posèrent les fondations de la culture occidentale. La démocratie, née à Athènes, l'épicentre de ce réveil culturel, reste un idéal pour le monde entier. De nouvelles écoles philosophiques furent fondées, en corrélation avec des découvertes mathématiques et des observations du monde physique qui anticipaient les méthodes scientifiques des temps modernes. Historiens, dramaturges et orateurs grecs contribuèrent à forger la notion de la grandeur et des droits de l'individu qui allait influencer la Renaissance. Et des penseurs comme Pythagore, Platon et tant d'autres, orientèrent la culture de leur temps vers un mélange de spéculation métaphysique, d'intuition mystique, de finesse psychologique et d'esprit scientifique. Ces évolutions historiques sont à l'origine de l'idée que nous devons explorer les complexités de notre monde et de notre nature en évolution.

Nommer toutes les grandes figures de la Grèce antique déborderait largement le cadre de ce bref historique, mais certains ont marqué plus que d'autres notre vision des possibilités humaines. Commençons par Pythagore qui a vécu de 580 à 500 avant J.-C. environ. Pour lui, il n'existait pas de différence entre « science » et « religion » : comprendre la nature des choses physiques et leur relation avec l'âme humaine était une activité spirituelle. À Crotone, en Italie, il fonda une communauté ascétique vouée à l'étude des mathématiques, à la découverte de soi, à la discipline et à la contemplation du cosmos, car il croyait que cette pratique intégrale exaltait l'âme et la rapprochait de l'éternité. Plusieurs découvertes de la géométrie lui sont attribuées (notamment le célèbre théorème qui porte son nom). Il formula la théorie des intervalles musicaux et imagina les intervalles entre les corps célestes qui, harmonisés, produisaient la fameuse « musique des sphères ». Ses enseignements sur la transmigration des âmes influencèrent Platon, les néoplatoniciens et d'autres philosophes.

Socrate (470-399 avant J.-C.) fut l'une des figures importantes d'Athènes au temps de sa splendeur. C'était un homme vigoureux, physiquement et intellectuellement, qui avait bravement combattu pour sa cité, un fin critique des opinions dominantes et un précurseur original de la dialectique, dans la pensée et la conversation. Son scepticisme libérateur se manifeste dans la réponse qu'il est censé avoir donné à l'oracle de Delphes qui affirmait que nul n'était plus sage que Socrate. Si cela est vrai, aurait-il répondu, c'est parce que je suis le seul à savoir que je ne sais rien. Pour lui, les opinions les plus banales devaient être repensées. Sans ce questionnement, la vie ne valait pas la peine d'être vécue. Son obstination à stimuler l'autoanalyse et la critique des normes sociales le firent condamner au bannissement par les autorités athéniennes. Mais sur les conseils de son guide spirituel ou *daimon*, il préféra choisir la mort. Socrate est devenu un exemple moral et spirituel pour la culture occidentale. Il a mis au point le questionnement dialectique, appelé « méthode socratique », développé chez son principal disciple, Platon. Pendant deux mille cinq cents ans il n'a pas cessé d'être une source d'inspiration éthique.

Selon le philosophe anglais Alfred North Whitehead, toute la philosophie occidentale ne serait qu'une série de notes ajoutées à l'œuvre de Platon, et la plupart des historiens considèrent qu'aucun philosophe occidental n'a eu plus d'influence que ce disciple de Socrate. Dans ses *Dialogues* où Socrate est souvent le principal orateur, Platon étudie les éternelles questions concernant notre identité et les modes d'acquisition du savoir. Il propose aussi des moyens pratiques de bien vivre, d'améliorer l'éducation et de gérer l'activité sociale et politique. Présentant ses questions et hypothèses sous des formes extrêmement variées, il se montre, dans ses écrits, particulièrement imaginatif et ludique. Bien que ses opinions sur divers sujets aient changé au cours des quarante années où il écrivit, plusieurs thèmes récurrents marquent son œuvre. Celui de l'anamnèse, par exemple, qui serait notre façon d'apprendre en nous souvenant de ce que nous savions avant notre naissance terrestre. L'idée que le cours de notre vie nous est inspiré, comme l'enseignait Socrate, par un guide spirituel ou *daimon* qui peut être un maître sévère mais que la connaissance de soi permet d'approcher. Grâce à l'interrogation dialectique (*dianioa*), la pratique de la vertu et la contemplation ou perception directe (*noesis*) du vrai, du bon et du beau, l'âme peut trouver la sagesse et la vie éternelle. Platon fonda une école sur les terres de sa famille, près des jardins d'Akademos. Nommée l'« Académie » elle a, pendant neuf siècles développé et propagé la philosophie platonicienne qui, depuis, n'a cessé d'influencer le monde.

Aristote (384-322 avant J.-C.) fut l'élève de Platon, ce qui ne l'empêcha pas de remettre en question certains aspects du système métaphysique de son maître, notamment sa « théorie des formes » selon laquelle il existe des Idées éternelles imparfaitement représentées dans les choses de ce monde. Le génie d'Aristote était universel. Il inventa une logique formelle qui eut une place centrale dans le développement de la pensée occidentale. Il classifia les espèces végétales et animales avec une exactitude qui favorisa la détermination des critères de la biologie moderne (quelque deux mille ans plus tard, Charles Darwin a dit d'Aristote qu'il était « le plus grand biologiste de tous les temps »). Dans sa *Poétique* il inventa virtuellement la critique littéraire. Ses écrits sur l'éthique comptent parmi les plus influents. Et l'importance qu'il donne à l'observation attentive du vivant, de l'inorganique et de la nature humaine a contribué à l'élaboration de la méthode scientifique telle qu'elle est pratiquée aujourd'hui.

En dépit de leurs différences, Aristote et Platon étaient d'accord sur bien des points. Tous deux insistaient sur la connaissance de soi et la pratique de la vertu pour parvenir à la sagesse et à la réalisation de l'être ; tous deux affirmaient que nous pouvons apprendre à contempler et donc à « voir » (par la *noesis*) l'éternelle activité de Dieu ; tous deux reconnaissaient la dépendance mutuelle des vertus, disant par exemple que le courage sans prudence est suicidaire ou que la justice sans pitié est cruelle ou brutale. Considérés comme les deux plus grands philosophes de la Grèce antique, ils ont donné au monde l'exemple d'une largeur de vue et d'une souplesse intellectuelle sans précédent en embrassant dans leur vision l'ensemble des réalités physiques, sociales, morales et spirituelles. Leur influence a perduré, non seulement chez les platoniciens et les aristotéliciens, mais aussi dans d'autres écoles de pensée.

On retrouve par exemple leur influence dans l'œuvre de Plotin, l'un des fondateurs du néoplatonisme, qui vécut à Rome au IIIe siècle de notre ère. Il est souvent considéré comme le plus grand philosophe occidental de la période (quinze siècles) qui sépare Aristote de saint Thomas d'Aquin. Sa doctrine, selon laquelle l'ensemble de la création jusqu'à l'homme émane de « l'Un » et aspire en permanence à y retourner, a profondément influencé la philosophie et la pratique mystique ultérieures, qu'elles soient païennes, juives, chrétiennes ou islamiques. Les écrits de Plotin (rassemblés par son disciple Porphyre dans les soixante-neuf parties de l'ouvrage intitulé les *Ennéades*) restent essentiels aujourd'hui en ce qu'ils suscitent et entretiennent la réflexion sur la nature humaine et sa relation à la Transcendance.

L'apport de la Grèce antique a donc été essentiel pour l'élaboration d'une vision et d'une pratique complexes, globales, de la transformation. Sans la démocratie, inventée par les Athéniens, nous n'aurions ni la liberté de nous connaître nous-mêmes ni la garantie des droits nécessaires pour poursuivre l'exploration de notre potentiel. Sans l'humour farceur, la fertilité et l'esprit scientifique qui caractérisent la philosophie grecque, nous n'aurions pas ce mélange de souplesse intellectuelle et de rigueur indispensables à la théorisation et à l'étude du potentiel humain. Pythagore, Platon, Aristote et autres penseurs grecs étaient des avatars de l'esprit intégral. Ils ont montré au monde comment associer intelligence sociale, spéculation philosophique, pratique de la vertu et intuition mystique dans une vision globale du cosmos et de la nature humaine.

Les prophètes juifs

Les grands prophètes juifs de cette même période, entre le IXe et le IVe siècle avant notre ère, ont élargi le concept d'un Yahvé tribal pour en faire le Dieu de tout un peuple. Pour Isaïe, Yahvé était le Dieu unique, le Tout-Puissant qui contient et transcende les forces de la nature. Irréductible à des images, Il souffre pour Sa création, a pour elle des desseins que les humains ne peuvent pas comprendre et exige de Son peuple la soumission à Son amour et à Ses principes éternels. Cette conception plus vaste de la déité renforçait l'idée que tous les humains, hommes, femmes, pauvres, malades et opprimés sont les enfants également aimés du Dieu vivant. Pour Isaïe, Michée, Amos, Jérémie et Élie nous sommes appelés par Yahvé pour résister à l'injustice et nous occuper des démunis. Seule la vertu permet à l'homme de refléter la splendeur de Dieu, son Créateur.

Cette vision du Créateur n'était évidemment pas partagée par tous les juifs. Mais les révélations d'Isaïe et des autres prophètes ont donné à l'humanité une forte image d'un Dieu unique, personnel, activement impliqué dans le monde. En dépit des distorsions que lui ont fait subir les bigots et autres fanatiques religieux, cette vision a été propagée par le judaïsme et sa descendance, christianisme et islam, pendant deux mille cinq cents ans. « Dans une perpétuelle recherche de sens », écrit Huston Smith, éminent philosophe des religions, le judaïsme a témoigné en faveur de la liberté et de la justice dans les affaires humaines et « posé les fondations de la conscience sociale qui fut le sceau de la civilisation occidentale. »

Les grands prophètes juifs ont compris que pour instituer la paix entre les hommes, il fallait satisfaire aux critères éthiques. À ce tournant de l'histoire, en un temps où le pouvoir avait force de droit, ces hommes passionnés ont osé déclarer que le modèle de tous les hommes, en matière de comportement, devait être la justice et la vertu. Leurs révélations, transcrites dans l'Ancien Testament, préparent la transformation de la religion en une force politique. Leur parole résonne encore aujourd'hui : si la vie n'est pas comme elle doit être, un changement radical s'impose.

Les prophètes étaient les antennes spirituelles d'Israël dont ils contrôlaient la fidélité à l'Alliance passée entre Moïse et Dieu au mont Sinaï. En signalant à leur peuple ses erreurs, en mesurant ses réalités à l'aune des idéaux sacrés, ils furent les précurseurs de la critique morale appliquée à tous, y compris les puissants de ce monde. Nous reconnaissons aujourd'hui dans cette tradition l'un des éléments essentiels de la justice sociale. Pour les prophètes juifs, l'essence de la religion se trouve dans l'action morale, pas uniquement dans les rituels et l'extase mystiques. « Dans aucun autre texte sacré, écrit le philosophe Walter Kaufman, on ne trouve des livres qui s'élèvent contre l'injustice sociale avec autant d'éloquence, de radicalité et de sensibilité. » Les prophètes juifs ont sommé le monde, avec plus de virulence que personne avant eux, de reconnaître que, comme l'écrit Huston Smith, « tout être humain, par la seule vertu de son humanité, est un enfant de Dieu et, à ce titre, possède des droits que même les rois sont tenus de respecter ». Et leur insistance sur la transformation de soi à travers la droiture morale marque une avancée signifiante de la conscience humaine.

Parallèlement à ce progrès du monothéisme et de la morale, la culture juive a introduit une nouveauté dans la vision qu'avait l'homme de sa place dans le monde. Alors que les grands visionnaires de l'Asie et les philosophes de la Grèce antique voyaient la vie sur Terre comme une ronde sans fin dont seule s'échappait l'âme libérée, les juifs ont commencé à la voir comme un voyage vers des jours meilleurs. Un jour, viendrait un Messie qui libérerait Son peuple et instaurerait une ère de justice et de paix. Par cet agent de la volonté divine, le monde serait sauvé. Le temps était une flèche, pas un cycle sans fin. Le monde se dirigeait vers de plus hautes perspectives.

Bien que d'autres visionnaires, dans d'autres cultures, aient déjà exprimé le sentiment d'une progression générale du monde, les juifs furent les premiers à lui donner une forme structurée, forte et stable. Le judaïsme affirmait que non seulement l'âme humaine mais l'ensemble du monde est engagé dans un voyage cosmique. C'est une vision de l'histoire radicalement contraire à celle, cyclique, de l'Asie et des Grecs. Cette idée d'une fin transcendante aux événements du monde, partagée pour la première fois dans l'histoire par tout un peuple, fut reprise par le christianisme et plus tard, comme nous allons le voir, par les philosophes européens qui, associant l'idée moderne de progrès à celle de la Transcendance dont nous serions le témoignage, ont vu le monde comme une manifestation progressive de sa divinité implicite.

Nombreux sont les prophètes, philosophes, mystiques et saints qui ont incarné et développé les enseignements du judaïsme. Parmi eux, Amos qui insista sur la justice sociale ; Osée dont le message essentiel était l'amour de Dieu pour ses créatures ; Isaïe qui alterne entre les reproches à ceux qui s'éloignent de l'Alliance avec Dieu et l'assurance que Son amour et Son pardon sont universels ; Jérémie qui réclama passionnément la justice sociale et la non-violence ; le rabbin Hillel (vers 60 avant J.-C.) l'un des principaux artisans du judaïsme au début de l'ère chrétienne qui insista sur l'assistance aux pauvres, la justice sociale, la vie spirituelle, les habitudes de sainteté et l'étude de la Torah ; Philon (vers 25 avant J.-C. - 50 après J.-C.), philosophe-théologien d'Alexandrie, très versé dans le platonisme, pour qui la vie juive était une pratique mystique conduisant à l'union avec Dieu ; Moïse Maimonide (1135-1204), souvent considéré comme la plus grande figure de la judéité médiévale, connu comme médecin et comme philosophe qui enseignait que la foi religieuse doit pouvoir se justifier rationnellement ; le Baal Shem Tov (1700-1760), charismatique fondateur du hassidisme en Europe de l'Est et célèbre guérisseur, professeur et mystique qui ancra le hassidisme dans la loi traditionnelle juive et dans la cérémonie extatique ; le Maggid de Mezeritz (1700-1772), qui prit la tête du mouvement hassidique à la mort du Baal Shem Tov, et qui en fit un mouvement de masse orienté vers l'enseignement mystique, néoplatonicien, de la cabale ; et Martin Buber (1878-1965), le plus connu des interprètes du hassidisme au XXe siècle, qui introduisit dans la psychologie et la pensée religieuse contemporaines de nombreux principes du judaïsme.

Plusieurs siècles après cette époque de déploiement intellectuel et mystique, un autre prophète naquit dans le peuple juif. À l'instar de ses prédécesseurs, il délivra le message de Dieu dans un monde en danger de devenir spirituellement sourd. Le sens profond de la vie, proclama-t-il, ne se découvre qu'en relation avec Dieu et dans l'établissement d'une société juste. On l'appelait Jésus de Nazareth.

Depuis six cents ans, les juifs espéraient la venue d'un guide grand et saint, un Messie qui élèverait son peuple et réparerait ce monde spirituellement brisé. Ceux qui suivirent Jésus furent tellement bouleversés par l'autorité spirituelle de leur maître qu'ils crurent reconnaître en lui le Messie annoncé. Lorsque cette petite communauté se mit à répandre la bonne nouvelle de Jésus à travers l'Empire romain, des non-juifs répondirent, d'abord en petit nombre, puis de plus en plus nombreux. En trois cents ans, le christianisme devint la religion dominante de l'Empire romain, et il ne lui fallut que deux mille ans pour devenir la principale religion du monde. Il va sans dire que, comme tout mouvement de grande envergure, le christianisme a commis des erreurs. Mais les idées et les pratiques chrétiennes ont aussi été la source de profondes réalisations individuelles et de progrès moral pour l'ensemble du monde.

L'enseignement de Jésus est dominé par son témoignage de l'amour de Dieu pour l'humanité, amour que nous devons transmettre à nos semblables, même nos ennemis et nos tourmenteurs. Son exhortation passionnée – « Mais je vous le dis : aimez vos ennemis et priez pour ceux qui vous persécutent afin d'être les enfants de votre père céleste » – nous permet de comprendre l'extraordinaire fraternité qui unissait les premiers chrétiens dans un monde où régnait une terrible oppression. Le théologien John Crossan a décrit leur rêve utopique « dans lequel les biens matériels et spirituels, les ressources politiques et religieuses, les ouvertures économiques et transcendantes sont également disponibles pour tous sans interférence de courtiers, de médiateurs ou d'intermédiaires ». Avec cette primauté donnée à l'amour et au partage, le christianisme primitif préserva et développa la croyance juive en un temps linéaire, la promesse que le monde avait un sens et un but. Cette théologie devait s'exprimer de diverses manières au cours de la longue histoire du christianisme.

Saint Paul est souvent qualifié de second fondateur du christianisme. Véritable pierre angulaire de la théologie chrétienne, ses lettres ne sont surpassées en importance que par les Évangiles. Son interprétation du message christique est centrée sur les pouvoirs transformateurs de l'amour. « L'amour est patient, écrit-il, l'amour est plein de bonté. L'amour n'est point envieux ; il n'est pas présomptueux ; il ne s'enfle pas d'orgueil. Il ne cherche pas son intérêt ; il ne soupçonne point le mal. Il ne se réjouit pas de l'injustice, mais il met sa joie dans la vérité. Il excuse tout, il croit tout, il espère tout, il supporte tout. L'amour est infini. » (1, Corinthiens XIII, 4-8)

Après saint Paul, saint Augustin (354-430) fut le penseur le plus influent de l'Occident chrétien. Il déclare dans ses *Confessions* qu'il faut « croire et comprendre ce que l'on croit », doctrine qui est devenue l'un des piliers épistémologiques de l'Église. Mais, comme toutes les religions du monde, le christianisme a engendré diverses façons d'aborder la Transcendance. Ses principes fondamentaux ont été incarnés, interprétés et enrichis par un grand nombre de penseurs, de saints et de mystiques. Parmi eux, Denys l'Aréopagite (Iᵉ siècle), moine athénien influencé par le néoplatonisme, qui décrivit l'ascension de l'âme vers Dieu en des termes extatiques et influença les mystiques contemplatifs ; Origène, contemporain de

Plotin au IIIe siècle et le plus grand théologien de l'Église chrétienne d'Orient (nous y reviendrons au chapitre 15) ; les pères du désert (en Égypte, Palestine, Arabie et Perse) qui, aux IVe et Ve siècles, inspirèrent de nombreuses vocations à la vie ascétique dans un Empire romain décadent, y compris chez les aristocrates ; saint Benoît qui, au VIe siècle, fonda le premier grand ordre au mont Cassin. Les règles de vie monastique qu'il y imposa allaient longtemps servir de modèle à d'autres ordres ; les moines irlandais du haut Moyen Âge qui contribuèrent à la préservation de la civilisation occidentale en faisant des copies des manuscrits grecs et latins qu'ils apportèrent sur le continent ; sainte Hildegarde de Bingen (1098-1179) mystique allemande, bénédictine, abbesse, poétesse, peintre, dramaturge, compositrice et visionnaire chez qui les talents pratiques et artistiques s'assortissaient d'une grande élévation spirituelle ; saint François d'Assise (1182-1226), figure universellement aimée qui incarna la compassion, la simplicité et l'amour de la nature d'une façon propre à frapper l'imagination des générations successives ; saint Thomas d'Aquin (1225-1274), le plus grand théologien chrétien du Moyen Âge, qui étudia les principales interrogations des hommes avec une largeur de vues et une profondeur extraordinaires ; Maître Eckhart (1260-1327) dont la doctrine sur la Divinité intérieure (« L'œil par lequel je vois Dieu est le même œil par lequel Dieu me voit ») a récemment attiré beaucoup d'attention et qui rappelle des idées similaires dans l'hindouisme, le bouddhisme et le soufisme ; sainte Thérèse d'Avila (1515-1582), grande mystique, abbesse réformatrice des règles du carmel dont l'*Autobiographie* et autres écrits comptent parmi les textes les plus influents sur la vie contemplative ; saint Jean de la Croix, autre mystique bien connu qui travailla avec sainte Thérèse à la réforme du carmel ; le mystique laïque protestant Jacob Boehme (1575-1624) qui influença les quakers, William Blake, le philosophe Schelling ainsi que d'autres poètes et philosophes ; sainte Thérèse de Lisieux (1873-1897) carmélite française dont la simplicité exemplaire inspira bien des gens, dans le monde entier ; Padre Pio (1887-1968), moine capucin charismatique, guérisseur, stigmatisé qui attira derrière lui un grand nombre de chrétiens et de non-chrétiens du monde entier ; Mère Teresa (1910-1998), nonne albanaise qui acquit une renommée mondiale en aidant les pauvres et reçut le prix Nobel de la paix en 1979 ; le théologien contemporain Paul Tillich qui tira la théologie chrétienne vers de nouvelles directions ; et Teilhard de Chardin (1881-1955), père jésuite et paléontologue français dont la vision de l'univers en termes d'évolution a fortement influencé la pensée religieuse du XXe siècle.

Cette liste de figures illustres pourrait facilement être allongée, mais elle est suffisante pour suggérer l'extraordinaire richesse et la profondeur du christianisme. Comme les autres traditions sacrées précédemment évoquées, celui-ci a suscité et entretenu une grande variété de capacités supranormales chez des individus appartenant à différentes couches de la société. En développant l'idée christique selon laquelle l'amour de Dieu passant à travers nous peut sauver le monde, il a mis en relief notre potentiel de transformation et contribué à préparer l'humanité à sa future évolution spirituelle.

L'islam

C'est la deuxième religion du monde pour le nombre de ses adeptes, et ce nombre ne cesse de croître. Bien que l'islam se donne généralement pour origine la naissance de Mahomet au VIe siècle, en Arabie, beaucoup de musulmans considèrent leur religion comme l'aboutissement de la tradition qui, commencée avec Abraham, a d'abord produit le judaïsme et le christianisme. La première affirmation centrale de l'islam est « Il n'y a de dieu qu'Allah » (*La ilaha illa'llah*). Et ce Dieu n'est autre que le Dieu unique des juifs et des chrétiens, le Créateur de l'univers, Celui qui révéla Sa volonté à Abraham, à Moïse et aux prophètes juifs, le Dieu que Jésus appelait Père. Mais la doctrine musulmane considère que le message de Dieu a souvent été déformé ou perdu par les juifs et les chrétiens. C'est pourquoi Dieu a décidé de Se révéler complètement, clairement à l'humanité. Et il a choisi pour instrument le très pieux et très charismatique Mahomet dont le rôle est célébré dans la seconde grande affirmation de l'islam : « Dieu est grand et Mahomet est Son prophète. » Le texte de la révélation divine est contenu dans le *Qur'an* (Coran), livre saint de l'islam. Pour les musulmans, le Coran est « la parole vivante de Dieu », sa présence même sur Terre. Deuxième source de sagesse, les « hadith » (traditions) qui sont les récits de la vie du Prophète par ceux qui l'ont connu. Par l'*islam*, la soumission, l'homme se rend à la volonté d'Allah et aux enseignements du Coran.

Et l'islam a renforcé la pratique dévotionnelle, par la tradition des cinq prières quotidiennes. Les musulmans peuvent prier chez eux, au travail ou à la mosquée, mais ils doivent se tourner vers La Mecque avant de louer Dieu, silencieusement ou à haute voix. Toutefois il y a toujours eu parmi les musulmans des croyants qui désiraient une réalisation plus profonde. Le soufisme, tradition mystique (et souvent ésotérique) de l'islam, leur permit d'assouvir ce désir. Si les croyants ordinaires prient cinq fois par jour, l'idéal des soufis est une prière permanente. Si, pour les musulmans il n'y a qu'un Dieu, pour les soufis, il n'y a que Dieu. Nous ne sommes que les rayons du Soleil Secret, cherchant toujours à retrouver notre Source.

Trois grâces sont accordées à ceux qui aiment Dieu de toute leur âme comme les soufis. Il y a *islam* (la soumission), *imam* (la foi) et *ishan* (la conscience de la présence divine). Elles furent évidemment accordées au grand saint islamique Al-Hallaj (mort en 922) qui déclara : « Je suis la Vérité », manifestant ainsi combien il sentait que Dieu est notre Être profond. Mais pour la plupart des soufis, l'union extatique avec Dieu n'implique pas obligatoirement une vie monastique. Cheikh Muzaffer, maître soufi contemporain, le dit en substance : « Nous pouvons laisser nos mains s'occuper des affaires de ce monde pendant que notre cœur est occupé de Dieu. »

Le soufisme et une grande partie de la philosophie islamique ont été, comme le mysticisme juif et chrétien, influencés directement ou indirectement par le néoplatonisme. Parmi ceux qui s'y réfèrent, il faut citer Abdou Hamid al-Ghazzali (1058-1111), théologien cultivé et brillant pour qui la quête de l'expérience directe de Dieu était à la fois le couronnement d'une vie religieuse et la voie royale vers la vérité ; Shihabuddin Suhrawardi de Jabal, en Perse (vers 1153-1191) qui relia les idées platoniciennes à une théologie extatique des anges et de la lumière ; Ibn 'Arabi (1165-1240), Andalou, l'une des figures de visionnaire et de philosophe les plus exceptionnelles de toutes les traditions religieuses ; Cheikh Ahmad Ahsaï qui fonda, au XVIIe siècle, l'école Shaïki du mysticisme iranien. Ces philosophes, et d'autres comme Avicenne de Perse (980-1037) et Averroès d'Espagne (1126-1198), ont contribué à préserver la philosophie de la Grèce antique, en l'intégrant à la pensée islamique, pendant tout le Moyen Âge. Ce faisant, ils ont créé entre philosophie et expérience mystique une interface lumineuse dont nous pouvons aujourd'hui nous inspirer pour la recherche de la transformation intégrale.

En dehors de ces philosophes inspirés, l'islam compte aussi des poètes mystiques de très grande envergure. Parmi eux, une femme, Rabia al-Adawiyya (IXe siècle) qui donna naissance, dit-on, à ce thème essentiel du soufisme, l'amour illimité de Dieu ; elle écrivit : « Je vais incendier les cieux / Éteindre les flammes de l'enfer / Ainsi nous n'aurons plus que l'amour pour adorer Dieu » ; Abou-Yazid al-Bistani (mort en 874) du nord-ouest de l'Iran ; Hafiz (vers 1320-1389), l'un des plus appréciés parmi les poètes mystiques du soufisme, célèbre pour son esprit farceur et son union enthousiaste avec le divin qu'il célébra dans plus de cinq mille poèmes ; et Kabir (1440-1518), visionnaire indien célèbre pour son humour, sa tolérance et pour avoir prêché le simple amour de Dieu.

Mais le plus connu des poètes soufis est Djalal al-Din-Rumi (1207-1273), l'un des plus grands auteurs mystiques de tous les temps. C'était un musulman cultivé et dévot, un maître soufi lorsque, en 1244, à l'âge de trente-sept ans, il rencontra Shams de Tabriz. Leurs trois ans de conversations initiatiques le firent évoluer. Après la mort de Shams, Rumi fut traversé par la poésie et jusqu'à la fin de ses jours il dicta des milliers de poèmes, paraboles, fables et contes initiatiques paillards. Les vingt-deux mille vers de sa poésie lyrique, rassemblés dans le *Mathnawi*, forment une longue rhapsodie sur l'amour et ses innombrables surprises, l'évolution de la conscience et l'union extatique avec Dieu. C'était ce qu'il appelait le « travail secret », l'« ouverture des yeux du cœur » ou la « croissance de l'âme. » Plus de sept cents ans après sa mort, c'est encore l'un des poètes les plus appréciés du monde, car ses vers conservent toute leur puissance de rappel :

Il y a en toi une force qui te tient en vie
Cherche-la
Un joyau sans prix se cache dans ton corps
Cherche-le
Oh, soufi errant,
Si tu es en quête du plus grand des trésors
Ne cherche pas à l'extérieur
Regarde en toi et cherche Cela.

Depuis le milieu du XXe siècle, le soufisme a attiré un grand nombre d'adeptes, en Europe comme dans les deux Amériques, des gens qui désiraient une réalisation spirituelle authentique sans les contraintes de la vie monastique. La truculence, l'humour et la liberté d'expression du soufisme, la dimension imaginative de ses grands philosophes et la richesse de ses pratiques attirent de plus en plus d'hommes et de femmes. Plusieurs maîtres actuels ont fait œuvre de pionniers en adaptant l'enseignement du soufisme à la société moderne, notamment l'écrivain iranien Idris Shah et l'Indien Azrat Inayat Kahn avec son fils Pir Vilayat Khan. Ces hommes et d'autres qui n'étaient pas soufis, comme le Russe Gurdjieff et son disciple Ouspensky, ont rassemblé autour d'eux des groupes voués à la méditation, à la connaissance de soi et à des exercices dévotionnels directement inspirés des écoles ésotériques soufies.

Si l'islam, comme bien d'autres religions, a provoqué dogmatisme, intolérance, haine et cruauté, il a tiré la vie morale et spirituelle d'une grande partie de l'humanité vers des dimensions plus élevées. Il a aussi donné une expression richement imaginative à la dévotion et à l'extase mystiques. La tradition d'une pratique ésotérique soufie et l'esprit synoptique de ses plus grands philosophes peuvent largement contribuer à la vision et à la pratique de la transformation intégrale.

La Renaissance

On doit au Moyen Âge qui dura presque mille ans, de la chute de l'Empire romain à la Renaissance italienne, l'institutionnalisation du christianisme en Europe, les merveilles de l'architecture gothique, la lumineuse sagesse de Maître Eckhart, Ibn al-Arabi et Maimonide, la poésie de Dante et l'établissement progressif des villes, du commerce et de l'ordre social. Mais le Moyen Âge fut aussi une ère de grandes épreuves, guerres, misère, désastre des croisades, et une période d'oubli de la culture gréco-romaine antique. Si quelques clercs avaient préservé certains manuscrits grecs et romains, l'essentiel des connaissances avait été perdu lorsqu'un jeune poète érudit de Florence nommé Pétrarque (1304-1374) eut la grâce de les redécouvrir. Souvent qualifié de premier humaniste et père de la Renaissance, Pétrarque professait un amour de la poésie et une passion pour la vie qui annonçaient effectivement la préférence de nos sociétés modernes pour le monde naturel au détriment du monde surnaturel et pour l'expression individuelle au détriment du pieux anonymat.

L'amour de Pétrarque pour la culture grecque et romaine se répandit dans tout Florence puis dans d'autres villes-États de l'Italie au cours des deux siècles suivants. Clercs, érudits et hommes d'affaires se plongèrent dans la littérature, l'histoire, le droit, la politique classiques et adoptèrent l'architecture, l'esthétique et l'éthique classiques. Cette re-naissance prit une ampleur supplémentaire lorsqu'un aristocrate éclairé, Cosme de Médicis, fonda l'Académie platonicienne de Florence, dirigée par Marsile Ficin (1433-1499), l'érudit le plus influent de son temps. Lecteurs et étudiants y redécouvrirent les *Dialogues* de Platon, la poésie persane, la philosophie arabe et la mystique juive, s'initièrent à la magie, à l'alchimie et autres sciences occultes. Ficin, qui produisit de brillantes traductions de Platon, Plotin et autres auteurs de l'Antiquité, était favorable à une éducation globale des capacités intellectuelles, morales et contemplatives des élèves. Il retrouva chez Platon l'idée que l'âme humaine est en partie divine, concept qui devint central à la Renaissance. Il s'ensuit, écrivit-il à un ami, que l'homme « pourrait lui-même créer les cieux et tout ce qui s'y trouve s'il réussissait à obtenir les outils et les matériaux célestes ».

Les arts, eux aussi, s'épanouirent. La branche florentine des Médicis, avec notamment Cosme et son petit-fils Laurent, homme d'État et poète, protégea Botticelli, Michel-Ange, Léonard de Vinci et autres artistes de génie. Léonard de Vinci personnifiait l'homme universel, idéal de la Renaissance. Se décrivant lui-même comme « disciple de l'expérience », il aborda les problèmes scientifiques avec une extraordinaire originalité, dessina des édifices, des machines de guerre et produisit des œuvres d'art qui comptent parmi les chefs-d'œuvre de l'humanité.

Le penchant médiéval pour le surnaturel fut progressivement complété par le réalisme matérialiste et l'affirmation de l'individu. Benvenuto Cellini, orfèvre célèbre, célébra dans son autobiographie son propre talent et ses hauts faits ; Nicolas Machiavel, homme politique et philosophe, écrivit *Le Prince*, analyse cynique du pouvoir matériel des hommes ; et des peintres comme Giotto, Mantegna et Masaccio introduisirent le réalisme dans leur peinture des personnages et des visages. Cette attitude est bien illustrée par une anecdote sur le sculpteur florentin Donatello qui aurait crié à l'une de ses statues : « Parle donc ! Pourquoi ne parles-tu pas ? » Ces mots reflètent une conscience nouvelle, liée à la considération nouvelle pour la forme distinctive, la beauté et la bonté de la personne humaine. Une autre avancée culturelle s'annonçait. La nécessité de transcender le monde, thème central de la plupart des traditions religieuses, était remplacée par la célébration des surprenantes possibilités d'évolution de ce monde. Cette conscience se propagea rapidement à travers toute l'Europe.

La Renaissance est aussi l'époque où l'anonymat, tenu en haute estime par la philosophie médiévale et européenne, fut supplanté par l'expression, le pouvoir et la réalisation de l'individu. Ces mots de Pic de La Mirandole, érudit florentin, en témoignent : « Dieu le père a mis en l'homme dès sa naissance les germes de toutes possibilités et de toute vie. » Sans cette valorisation du potentiel humain et sans l'amour du savoir et de la nature développé à la Renaissance, nous ne pourrions pas explorer intégralement nos chances de vivre une vie extraordinaire sur Terre ni le vaste éventail des possibilités que nous allons décrire.

Les Lumières

Au début du XVIIIe siècle, cet intérêt pour la nature et pour l'individu s'était largement répandu dans la culture occidentale. « Nous pouvons, par la parole et par la plume, écrit Voltaire, donner aux hommes plus de lumière et les rendre meilleurs. » Ces mots du philosophe résumaient bien la primauté de la raison, la révolte contre l'oppression religieuse et le rejet de la royauté. Par cette proclamation, Voltaire contribua à donner son nom au « siècle des Lumières » dont il fut une des figures emblématiques.

L'opposition entre foi et raison, née dans l'Angleterre élisabéthaine, exprimée par Shakespeare, le philosophe Francis Bacon et d'autres, s'intensifia pendant la Renaissance et la Réforme protestante et prit une nouvelle acuité avec les stupéfiantes découvertes de la science. Comme l'écrit Richard Tarnas dans *The Passion of the Western Mind* : « Le besoin d'une vision éclairante et unifiante, capable de transcender des conflits religieux insolubles était largement ressenti. C'est au cœur de cette vive agitation métaphysique que s'amorça la révolution scientifique qui devait triompher dans la mentalité occidentale. » Des découvertes scientifiques de plus en plus nombreuses rendirent obsolètes les explications surnaturelles du monde et de la nature humaine.

Avec les Lumières s'affirmait le triomphe de la raison et du savoir. Ce mouvement à la fois littéraire, scientifique et philosophique se fondait sur les découvertes de Copernic, Kepler, Galilée, Newton, Harvey, Linné et autres savants, sur le rationalisme du philosophe René Descartes, les méthodes expérimentales de Francis Bacon, l'empirisme du philosophe anglais John Locke et le scepticisme du penseur écossais David Hume. Les chefs de file du mouvement, Voltaire, Rousseau et Diderot notamment, rejetaient la sagesse traditionnelle, qu'elle soit proposée par l'Église ou par l'État, parce qu'elle entravait le progrès scientifique et conduisait à la persécution politique.

À la fin du XVIIIe siècle, les Lumières exerçaient une influence considérable sur la vie européenne et américaine. Célébrant le savoir et son pouvoir, Diderot et d'autres réunirent tous les progrès scientifiques et technologiques du temps dans les dix-sept volumes de l'*Encyclopédie*, ouvrage qui témoigne bien de l'ambition de ses auteurs. L'appel à la liberté intellectuelle, à la tolérance et à la primauté de la raison qui caractérise ce mouvement fut repris en Angleterre par l'historien Gibbon, en Allemagne par les philosophes Lessing et Goethe, en Amérique du Nord par Benjamin Franklin et Thomas Jefferson et en Russie par l'empereur Pierre le Grand qui, ayant parcouru l'Europe, s'était enthousiasmé pour l'esprit de découverte qui y régnait.

L'influence des Lumières se concrétisa dans l'espace et dans le temps par la création d'organismes consacrés à l'amélioration du travail scientifique et à sa protection contre toute ingérence de l'Église et de l'État. Les grandes capitales se dotèrent d'académies inspirées du modèle platonicien, Londres en 1660 avec la Royal Academy, Berlin en 1700 et Saint-Pétersbourg en 1724. Ces institutions devinrent les garantes des grands principes de la science : observation attentive de la nature, formation d'hypothèses vérifiables, expérimentation contrôlée, prédiction valide des événements naturels et découverte des rythmes ou « lois » naturelles.

Mais, en se développant, la science révéla sa part d'ombre. Dans son ardeur à se libérer des croyances et dogmes douteux de la religion officielle, elle rejeta de plus en plus les découvertes des contemplatifs et autres explorateurs de la vie intérieure, même lorsque ces découvertes étaient le fruit d'efforts rigoureux et confirmées par un grand nombre de chercheurs. Nous développerons ces thèmes dans les pages qui suivent. Dans sa volonté de démêler le vrai de la superstition, dans sa passion d'établir des données vérifiables, la science s'est progressivement détournée des réalités confirmables de la vie intérieure, qui révèlent pourtant beaucoup de choses sur le potentiel humain. En discréditant les anciens mythes et des pratiques démodées comme l'alchimie, les philosophes et les savants des Lumières ont rejeté hors de leur champ de recherche tous les phénomènes spirituels, même ceux qui étaient en principe vérifiables. Et ils sont finalement arrivés à une vision du monde et de l'homme strictement matérialiste. Le refus de toute dimension spirituelle dans la science a également contribué à l'exploitation et à la destruction du monde naturel.

Mais, en dépit de ses excès, le mouvement des Lumières a ouvert et libéré l'esprit humain. En refusant l'oppression intellectuelle, morale, sociale et politique, il a permis le renversement des régimes despotiques. Ses analyses froides et ses critiques satiriques des égarements de l'Église ont aidé la religion à se libérer des superstitions et des dogmes. Et son exaltation de la raison a contribué à l'épanouissement des sciences, au développement des technologies, à l'amélioration de la santé et à la prospérité économique. Tous ces progrès scientifiques et sociaux nous ont apporté un surcroît de liberté et de connaissances nécessaire au développement de notre potentiel humain.

Les idéalistes allemands

Avant l'ère des Lumières, peu de gens avaient deviné que l'âge du monde excédait quelques milliers d'années. Au début du XVIIIe siècle, par exemple, Isaac Newton, le plus grand savant de son époque, soutenait l'hypothèse avancée par l'archevêque James Ussher selon laquelle la Terre avait été créée en 4004 avant J.-C. Mais un siècle plus tard géologues et paléontologues montrèrent que notre planète existait depuis des millions d'années. Et cette découverte donna naissance à l'idée de progrès. Les libertés nouvelles, fruits des Révolutions américaine et française, les étonnants succès de la science, les merveilles de la technologie et une prospérité croissante permirent de croire que l'humanité s'acheminait vers des jours meilleurs. L'ancien dicton, attribué au roi Salomon, selon lequel il n'y a – et il n'y aura jamais – rien de nouveau sous le soleil, était remis en question par les savants, les philosophes, ainsi que par les profanes.

Le naturaliste français Georges Louis Buffon fut parmi les premiers à affirmer le grand âge de notre planète. Dans son *Histoire naturelle* où il conte l'histoire de la Terre, il avance le chiffre de soixante-quinze mille ans. Cette audacieuse rupture avec la tradition reflétait l'impact grandissant de découvertes comme celle des fossiles par les naturalistes Jean-Baptiste Lamarck et l'Anglais sir Charles Lyell. Celui-ci avançait, dans ses *Principes de géologie* (1833), que les transformations du globe résultaient de changements progressifs étalés sur plusieurs millions d'années. Les fondations du concept traditionnel d'un monde statique s'ébranlèrent. Non seulement la Terre était bien plus vieille qu'on ne le supposait, mais en plus elle avait donné naissance à des formes de vie de plus en plus complexes, de plus en plus conscientes. Ainsi dévoilé, l'immense panorama du développement planétaire incita les gens à se poser des questions. Quelle était la relation entre cet univers en mutation et Dieu ? Et le rôle de l'homme dans les progrès du monde ? La nature humaine était-elle susceptible d'évoluer, elle aussi ? Comme les prophètes juifs deux mille ans avant eux, les savants commencèrent à ressentir le temps comme une droite orientée. Le monde avait accompli un sacré voyage. Qu'est-ce qui le faisait avancer ? Où voulait-il aller ? La réponse à ces questions fut donnée par deux philosophes idéalistes allemands, Friedrich Schelling en 1801 et son ami Friedrich Hegel en 1806. Brièvement, leur réponse peut se résumer comme suit :

Tout en restant transcendant à toutes choses créées, l'esprit divin s'est impliqué dans la genèse du monde matériel et dans le processus qui s'ensuivit. Ce processus, malgré ses méandres, a produit sur Terre des niveaux d'existence de plus en plus élevés. Comme l'écrit Schelling : « Je pose Dieu comme étant à la fois premier et dernier ; comme l'alpha et l'oméga, comme le non-évolué, *Deus implicitus*, et le pleinement évolué, *Deus explicitus*. » Dieu, qui est éternel, était au commencement. Dieu, l'Éternel, est avec nous aujourd'hui. Dieu, dans l'éternité, sera avec nous tant que le monde continuera à se déployer.

L'évolution suit donc l'involution. Ce qui était implicite devient progressivement explicite à mesure que l'esprit immanent se manifeste. En cela, dit Schelling, le monde est un « esprit endormi », qui se réveille en même temps que se déroule l'histoire. Ou, pour reprendre les termes de Sri Aurobindo, visionnaire indien du XXe siècle, « la nature apparente, c'est le Dieu secret ». Cette vision du monde pourrait être qualifiée de « panthéisme évolutionniste », puisque le divin y est à la fois immanent et transcendant à l'univers, ou « émanationnisme évolutionniste » pour bien marquer que l'univers émane de Dieu.

De même que Schelling, Hegel voyait le monde comme un esprit en développement. Pour lui, chaque étape de l'évolution humaine est à la fois annulée et préservée par le progrès dialectique de l'histoire. Dans *La Phénoménologie de l'esprit* (1806), il retrace ce processus allant de l'esclave qui, dans l'Antiquité, combat avec succès les difficultés de la nature, au stoïque qui situe la liberté en lui-même, indépendamment des exigences de la nature, puis au sceptique qui développe la liberté en dissipant les catégories restrictives de la pensée, au chrétien qui découvre la liberté dans un Dieu transcendant, à l'intellectuel moderne qui s'approprie les plus hauts principes de la raison. Dans cette dialectique, les formes successives de la conscience intègrent et dépassent les formes qui les ont précédées.

D'autres penseurs ont suivi les traces de Hegel et Schelling, notamment les philosophes russes Soloviev et Berdiaeff, le prix Nobel français Henri Bergson, le philosophe anglais Alfred North Whitehead, le théologien américain Charles Hartshorne, le théologien et paléontologue français Teilhard de Chardin, le philosophe mystique indien Sri Aurobindo et le philosophe américain Ken Wilber. Bien qu'il existe entre eux des différences de pensée significatives, chacun de ces hommes a envisagé le développement de l'univers en relation avec quelque chose d'ultime, éternel, d'infini. Chacun, à sa manière, a permis d'embrasser d'un seul mouvement nature et surnaturel en liant la progression du monde à un *Geist*, une déité, au *Satchitananda* ou autre version d'une réalité transcendante et pourtant immanente. La richesse de leurs spéculations montre bien quel champ de recherche philosophique prometteur s'ouvre à partir du moment où l'on considère l'univers en relation avec un principe suprême ou une divinité.

En outre, la pensée de ces philosophes éclaire les processus particuliers et les conditions spécifiquement humaines qui inhibent ou favorisent les capacités émergentes dont nous parlons ici. Voir le monde, à l'exemple des idéalistes allemands, comme un dévoilement progressif de sa nature divine, nous aide à comprendre pourquoi toutes les propriétés humaines – perceptions, savoir, volonté, amour – peuvent progresser, se développer et se hisser à des niveaux supérieurs. Si nous sommes secrètement liés à la source de ce monde, nous devons jusqu'à un certain point partager ses pouvoirs de transformation.

Des philosophes comme Schelling, Hegel, Teilhard de Chardin et Aurobindo représentent, historiquement, un glissement de perspective, de la vision d'un monde qui ne va nulle part à la conviction qu'au fil du temps il donne naissance, avec ses retours en arrière et ses catastrophes, à des niveaux d'existence nouveaux et supérieurs. Dans cette optique, notre développement en tant qu'individus est fondamentalement lié à l'évolution du monde. Par l'actualisation de nos capacités latentes, nous participons à la manifestation progressive du divin dans l'univers. Cette vision des choses, proposée par les idéalistes allemands, constitue le terrain philosophique le plus adéquat pour la réalisation progressive de l'Être dont il est question dans ce livre.

La découverte de l'évolution

En juillet 1858, vingt-cinq ans après la publication de ses *Principes de géologie* qui redéfinissait les temps géologiques, sir Charles Lyell patronna, avec le botaniste J.D. Hooker, la lecture d'un rapport à la Linnean Society de Londres. Cette conférence, selon les deux hommes, dont le titre serait *De la tendance des espèces à former des variétés ; et de la perpétuation des variétés et des espèces par des moyens naturels de sélection*, était le résultat des recherches de deux infatigables naturalistes, Charles Darwin et Alfred Wallace. Ils expliquèrent comment, ayant travaillé indépendamment, d'un côté et de l'autre de la Terre, l'Anglais et l'Américain étaient arrivés en même temps à la théorie de la sélection naturelle pour expliquer l'évolution des espèces.

Darwin avait commencé à développer ses idées bien des années auparavant mais, « soucieux de s'épargner le préjudice » d'une divulgation prématurée, comme il le dit dans ses Mémoires, il en avait retardé la publication. Et il rassemblait des preuves à l'appui de sa théorie depuis vingt ans lorsqu'il reçut de Wallace l'annonce de sa propre découverte. Très courtoisement, Darwin soumit le texte de Wallace à Lyell en même temps que ses propres travaux assortis d'une lettre affirmant leur antériorité. Et c'est discrètement, sans tambour ni trompettes, que les idées de Darwin-Wallace furent tout d'abord présentées au public.

L'exposé de leur théorie révolutionnaire ne suscita qu'un pesant silence. Mais un an plus tard, le 21 novembre 1859, la publication du livre de Darwin intitulé *L'Origine des espèces* provoqua un considérable tumulte au sein de la communauté scientifique et un rejet méprisant de la part de l'Église. Toutefois, Darwin trouva quelques défenseurs illustres comme le biologiste Thomas Huxley qui dit de son livre que c'était « l'outil le plus puissant d'extension du savoir naturel qui soit parvenu entre les mains de l'homme depuis les *Principia* de Newton ». Souvent qualifié de « publication du siècle », *L'Origine des espèces* annonçait fièrement la théorie de l'évolution et la sélection naturelle. Plus d'une âme sensible s'émut du fait qu'il n'impliquait pas le divin dans le processus de développement du vivant, mais beaucoup d'intellectuels croyants acceptèrent l'évolution comme un fait. Et l'influence du darwinisme sur la science et la religion fut effectivement déterminante et durable.

Si Darwin est le personnage clé de cette découverte, beaucoup de pionniers lui avaient ouvert la voie. Les sources de l'évolution, écrit Daniel Boorstin dans *Les Découvreurs*, étaient nombreuses et variées :

> Il faudrait rappeler : les intuitions des Grecs de l'Antiquité ; l'hypothèse de saint Augustin selon laquelle si toutes les espèces étaient bien créées par Dieu, certaines n'étaient au départ que des germes appelés à se développer par la suite ; la notion médiévale de monde organique ; l'évolution pour Montesquieu d'une multiplication des espèces lors de la découverte des makis volants de Java ; les spéculations du mathématicien français Maupertuis sur la combinaison accidentelle des particules élémentaires ; l'hypothèse de Diderot selon laquelle les animaux supérieurs seraient issus d'un « animal primordial unique » ; la théorie de Buffon sur le développement et la « dégénérescence » des espèces ; les doutes profonds de Linné quant à l'immobilité de celles-ci ; les visions d'Erasmus Darwin, le grand-père de Charles, décrivant des plantes et des animaux aiguillonnés par « le désir, la faim et le danger » jusqu'à donner naissance à des formes nouvelles – etc.

Deux hommes eurent une influence décisive sur Darwin. Tout d'abord, Thomas Malthus dont les théories sur la population contenaient la notion de lutte pour l'existence. Darwin confirme dans ses Mémoires que les idées de Malthus lui ont fourni l'une des clés du mécanisme de l'évolution, lorsqu'il dit que la sélection naturelle est « la doctrine de Malthus appliquée avec une force décuplée à l'ensemble du règne animal et végétal ». Le deuxième homme est Lyell lui-même dont l'amitié et l'intérêt pour le concept d'espèces ont fortement influencé Darwin. Le naturaliste français Jean-Baptiste Lamarck (1744-1829) contribua aussi à faire admettre les idées évolutionnistes. Sa conception de l'évolution, ou *transformisme*, fondé sur l'héritage des caractères acquis, ne pouvait suffire à expliquer l'origine de nouvelles espèces, mais ouvrit la voie à Darwin en plaçant une longue succession d'êtres vivants dans une perspective évolutive.

Après la publication de *L'Origine des espèces*, de plus en plus de gens admirent que la Terre avait mis une éternité à se développer, produisant, à de très longs intervalles, des organismes unicellulaires, d'innombrables espèces animales et végétales, puis l'espèce humaine. Les travaux de Darwin fournissaient un cadre pour la compréhension du développement de la vie ainsi qu'une brillante théorie de ses mécanismes. « Alors, pourquoi croyons-nous à l'évolution ? » demandait sir Peter Medawar dans un essai intitulé *Les Preuves de l'évolution*. Seule l'évolution, répondait-il, explique le caractère des ressemblances et des différences qui apparaissent dans les études d'anatomie comparée ; seule l'évolution explique les organes vestigiels, comme les deuxième et quatrième doigts des chevaux ; seule l'évolution explique la présence de créatures étranges comme les poissons dotés de poumons, les dinosaures à plumes et les mammifères ovipares.

Comme nous l'avons rappelé, les faits de l'évolution ont confirmé beaucoup de scientifiques et de profanes dans leur matérialisme pur et dur, mais ils peuvent également élargir notre vision de l'immanence divine. Plus encore, ils doivent être pris en compte par quiconque considère le monde dans son ensemble et se soucie de la destinée humaine – c'est pourquoi ils sont au centre des réflexions de grands penseurs modernes comme Bergson, Whitehead, Teilhard de Chardin et Sri Aurobindo. Non seulement ces faits sont compatibles avec une vision de la transformation individuelle et sociale, mais ils lui confèrent plus de crédibilité et de grandeur.

La découverte de l'évolution confirme la linéarité du temps pressentie par les juifs et fait remonter le développement du monde décrit par les idéalistes allemands jusqu'au big bang. Elle donne une signification nouvelle et irrésistible à nos capacités émergentes de parvenir à l'Être. Aucune autre découverte scientifique ne nous révèle aussi précisément l'extraordinaire histoire de notre univers et le rôle de l'humanité dans son développement ultérieur.

Découvertes modernes concernant le potentiel humain

Depuis le début du XIXe siècle, scientifiques et érudits ont produit une grande diversité de découvertes qui, prises dans leur ensemble, constituent le plus grand et extraordinaire réservoir de connaissances sur le fonctionnement humain jamais mis à notre disposition. Ces découvertes, inspirées par l'esprit scientifique hérité des Lumières, proviennent de sources différentes, notamment les traditions religieuses du monde entier qui ont passionné certains érudits, de nombreuses traductions de textes mystiques en langue moderne, toutes sortes d'expériences dans les domaines de l'éducation et de la thérapeutique et un nombre croissant d'études empiriques sur les possibilités virtuelles de l'être humain. L'exploration des potentialités humaines réalisée grâce à ces découvertes était sans précédent, tant en étendue qu'en rigueur et par la variété des méthodes utilisées. Nous n'en citerons que quelques exemples pour donner une idée de la créativité qui présidait à ces recherches dans le monde entier.

MESMÉRISME ET HYPNOSE. Un demi-siècle avant la publication du livre de Darwin sur l'origine des espèces, le guérisseur autrichien Franz Anton Mesmer (1734-1815) avait entrepris un travail dont la psychiatrie et les recherches sur l'inconscient devaient profiter plus tard. Il croyait qu'un « fluide » magnétique, ou force vitale, circulait en toute chose et pouvait être transmis directement par le contact physique. À partir des années 1770, il se fit connaître à Vienne puis à Paris où il réalisa des guérisons spectaculaires mais extrêmement controversées. Sa thérapie rappelait, à certains égards, les méthodes utilisées par les guérisseurs de la foi depuis l'Antiquité – passes magnétiques, musique et incantations –, mais il les enrobait dans un jargon pseudo-scientifique adapté au rationalisme du siècle. Il stimulait chez ses patients l'attente du soulagement recherché et, par la suggestion, mobilisait leurs capacités d'autoguérison, démontrant ainsi que la capacité humaine de transformation était un phénomène naturel, non surnaturel. Toutefois, ses méthodes extravagantes et ses théories invérifiées sur le « fluide magnétique » causèrent une certaine consternation au sein du corps médical, et il fut finalement discrédité.

Cependant, l'influence de Mesmer grandit grâce aux découvertes de ses adeptes et au développement de l'hypnotisme. En dépit d'une réputation fluctuante au cours des deux siècles suivants, mesmérisme et hypnotisme ont été utilisés par des thérapeutes et des expérimentateurs pour démontrer le pouvoir de la suggestion, soulager la douleur et restaurer la santé, guérir phobies et dépendances, accroître l'énergie et la force physique, ramener à la mémoire des souvenirs perdus, améliorer la concentration, installer de bonnes habitudes, provoquer des expériences apparemment paranormales, produire des états d'exaltation comparables aux extases mystiques et susciter un large éventail d'autres capacités inexploitées. L'utilité clinique et éducative de l'hypnose a été confirmée par des expériences soigneusement contrôlées, et les preuves de son utilité sont aujourd'hui indiscutables.

La théorie mesmérienne du fluide universel séduisit beaucoup de romantiques allemands qui concevaient l'univers comme un organisme vivant unifié par une présence spirituelle unique. Séduits par les guérisons et extases spectaculaires souvent produites par le mesmérisme, certains philosophes, poètes et médecins allemands des années 1830, 1840 et 1850 étudièrent les connexions entre transe, clairvoyance et précognition, les modifications corporelles et les exaltations des stigmatisés religieux, les états altérés de conscience qu'ils pouvaient maintenant provoquer expérimentalement. Certains de ces travaux furent publiés dans deux journaux consacrés aux phénomènes mesmériens. Cependant, en Angleterre et en Inde, les médecins britanniques John Elliotson et James Esdaile utilisaient le sommeil hypnotique pour anesthésier leurs patients sur la table d'opération, amputant des membres sans causer de douleur ni d'inconfort et établissaient un lien entre mesmérisme et pouvoirs paranormaux. Finalement, beaucoup d'expérimentateurs constatèrent que l'on pouvait se dispenser des passes magnétiques et autres méthodes du mesmérisme, et James Braid, un docteur anglais, popularisa le terme d'« hypnotisme. » Il l'avait inventé en 1843, afin d'aider les médecins à admettre les phénomènes mesmériens en les dégageant des affirmations souvent douteuses de ceux qui les produisaient. Les recherches sur les effets de l'hypnose se sont poursuivies jusqu'à nos jours, élargissant la connaissance de nos capacités inexploitées et de leur expression par le pouvoir de la suggestion.

Pendant deux siècles, d'innombrables expériences de mesmérisme et d'hypnose ont provoqué des modifications spectaculaires de l'esprit et du corps sans médicaments ni intervention surnaturelle. Parmi ces modifications, on peut citer l'amélioration de la concentration, de l'acuité et de la souplesse des perceptions, de la mémoire, de la force et du contrôle physiques, et l'accès à des niveaux très profonds de l'esprit. L'intelligence, l'énergie et la concentration extraordinaires mises en jeu pendant l'hypnose peuvent être utilisées pour favoriser l'émergence des capacités décrites dans la deuxième partie de ce livre.

LA PSYCHIATRIE DYNAMIQUE. Cent ans après l'illustration par Mesmer du pouvoir de la suggestion mentale sur la santé et les capacités inexploitées, le médecin viennois Sigmund Freud (1856-1939) annonça sa découverte de l'inconscient et établit la pratique de la psychanalyse comme méthode permettant de dévoiler les dimensions cachées de la nature humaine. Cette méthode est fondée sur trois types de pratique : l'« association libre » où le patient laisse libre cours à sa pensée pour révéler un fonctionnement en grande partie inconscient ; l'examen de différents « mécanismes de défense » grâce auxquels nous tenons à distance les pensées, sentiments et désirs dangereux et les influences sociales ; et l'interprétation des rêves. Bien que l'accent mis par Freud sur la répression sexuelle et les traumatismes infantiles ait provoqué une rupture avec des psychiatres comme Carl Jung, Otto Rank et Alfred Adler, l'impact du freudisme sur notre vision de la nature humaine fut considérable. À ce propos, Richard Tarnas écrit : « Freud a radicalement sapé l'ensemble du projet des Lumières en révélant qu'en dessous ou au-delà de l'esprit rationnel existait un formidable réservoir de forces puissantes qui ne se soumettent volontiers ni à l'analyse rationnelle ni à la manipulation consciente. »

Élève et collègue de Freud, le Suisse Carl Jung (1875-1961) qui avait étudié la religion, l'art et les mythologies comparées, quitta le mouvement psychanalytique en 1913 pour fonder la psychologie analytique. À la base de cette école, l'idée que chaque expérience de chaque personne est déterminée non seulement par ses pulsions sexuelles et son histoire personnelle mais aussi par les forces universelles de l'esprit. Jung pensait que tous les hommes ont accès à des souvenirs collectifs ancestraux ou « archétypes » qui peuvent être compris par l'étude des mythes et l'attention portée aux rêves. Le but de la thérapie jungienne est l'individuation et l'expansion de la conscience, tâches que Jung considérait comme indissociables de la qualité d'être humain. L'originalité de ses recherches sur la conscience provient de son insistance à explorer les aspects spirituels de l'inconscient et la créativité que nous possédons tous, mais il contribua aussi à l'élaboration de concepts comme ceux de la « part d'ombre » ou face cachée du moi, de l'introversion-extraversion et de la synchronicité.

L'Autrichien Otto Rank (1884-1939), autre élève de Freud, étudia le rôle du héros dans la société, les problèmes de l'angoisse existentielle, l'effort créateur et la dimension sacrée de l'amour humain. L'homme moderne souffre, dit Rank, parce qu'il s'efforce de trouver une signification cosmique à l'amour humain. C'est pourquoi, écrit Ernest Becker dans *The Denial of Death,* « Rank a pu conclure que la relation amoureuse de l'homme moderne est un problème *religieux* ». La tentative de substituer l'amour sensuel à l'amour divin ne peut qu'échouer et, comme l'écrit encore Becker, « elle provoque le profond désespoir qui est celui de l'homme moderne ». Pour Rank, l'une de manière de sortir de la névrose actuelle est le travail créateur. En façonnant une œuvre à offrir au monde on peut s'inscrire dans une transcendance de soi-même qui aide le monde à progresser.

Le psychiatre Wilhelm Reich (1897-1957) dirigea à Vienne le Séminaire de thérapie psychanalytique de 1924 à 1930, et certains des articles qu'il a publiés pendant cette période sont toujours recommandés aux étudiants de la méthode analytique. Il développa aussi des théories sur le caractère destructeur des structures sociales autoritaires, exposées dans *Psychologie de masse du fascisme*

(1933), *La Découverte de l'orgone* (1942) et autres écrits. S'écartant de l'orthodoxie freudienne, Reich rejeta l'analyse des symptômes au profit d'une analyse du caractère permettant d'examiner l'ensemble de la structure de la personnalité. Ses idées sur l'analyse du caractère anticipaient, et inspirèrent souvent d'autres formes de psychothérapies, et ses intuitions sur les déterminants sociaux de la névrose ont influencé les thérapies familiales, de groupe, ainsi que la psychologie d'entreprise. La théorie reichienne est fondée sur l'idée que la névrose et beaucoup de maux physiques sont dus à des blocages dans la circulation de l'énergie émotionnelle et sexuelle qu'il appelait l'orgone. L'orgone, comme le *prana* des hindous, le *chi* des Chinois ou le *ki* japonais, irrigue l'organisme et peut être transmis directement par les mains ou le rapport sexuel. Les blocages de ce flux, disait Reich, créent diverses rigidités et malformations de la personnalité et se manifestent sous la forme d'une « armure » (contracture défensive des muscles et ligaments). L'analyse reichienne tend à éliminer cette armure psychosomatique par l'introspection émotionnelle, la catharsis, les massages et des exercices physiques conçus pour dénouer les tensions musculaires et favoriser la circulation de l'énergie.

Puisque nous possédons de nombreuses capacités latentes que, bien souvent, nous ne développons pas, nous devons nous demander : « Qu'est-ce qui nous en empêche ? » Et la psychiatrie dynamique nous fournit des réponses. Elle a montré comment le conditionnement social, la répression des traumatismes de l'enfance, le refoulement de l'angoisse existentielle et autres processus psychologiques limitent nos sensations, restreignent notre pensée et nous coupent presque complètement de ce potentiel. Elle nous a fait découvrir des pathologies, des conditionnements culturels destructeurs et des motivations inconscients qui n'existaient pas autrefois.

Nous avons besoin de ces connaissances pour cultiver les capacités émergentes dont nous parlons ici.

LE BIOFEEDBACK. Il s'agit d'une méthode d'autorégulation psychosomatique favorisant la santé, le développement de certaines aptitudes, l'accession à des états mentaux différents. Pendant la phase d'apprentissage, l'activité d'une partie du corps est détectée par des instruments sensibles comme l'électro-encéphalographe (pour les ondes cérébrales) ou l'électro-myographe (pour l'activité musculaire) et renvoyée vers le sujet par l'émission de sons ou d'images pour qu'il s'exerce à modifier cette activité. Des mécanismes autrefois considérés comme inaccessibles au contrôle volontaire sont aujourd'hui régulés par le biofeedback. Bien que les processus cognitifs et somatiques qui rendent ce contrôle possible soient encore mal compris, l'efficacité de cette méthode a démontré que le pouvoir d'autorégulation est susceptible d'être développé. La presse scientifique a publié plus de dix mille études montrant que le biofeedback permet de modifier les ondes cérébrales, le rythme cardiaque, la pression sanguine, l'activité gastro-intestinale et d'autres types de fonctionnements organiques. Faisant écho à la conviction de nombreux chercheurs, Alyce et Elmer Green de la Menninger Foundation ont écrit : « Il est sans doute possible de soumettre à un certain degré de contrôle volontaire tout processus physiologique susceptible d'être détecté, amplifié et renvoyé [vers le sujet] » En outre, de nombreuses études ont montré que la capacité d'autorégulation acquise par l'entraînement avec des machines perdurait, même si l'entraînement devenait discontinu. En 1990, par exemple, plus de deux mille sujets de la Menninger Foundation avaient appris à modifier divers processus grâce à une combinaison de biofeedback, training autogène et visualisation, qui leur permettait de se passer des appareils. Aujourd'hui la plupart des programmes de biofeedback insistent sur l'importance de la conscience et de la volonté pour l'autorégulation et le contrôle des fonctions autonomes.

Bien que les yogis et chamanes aient souvent développé un extraordinaire contrôle de leurs processus physiques et mentaux, l'humanité ne possédait pas, jusqu'à une époque récente, les instruments capables de nous informer sur ces processus autonomes et de les modifier. L'existence de ces instruments et des techniques qu'ils permettent constitue une nouvelle et significative avancée vers le développement et la maîtrise de nos capacités latentes.

L'IMAGERIE. RECHERCHES. On croit depuis longtemps que certaines images peuvent aider l'individu à se connecter avec son inconscient, guérir ses maux, acquérir ou développer certains talents, élargir sa conscience et réunir d'extraordinaires énergies physiques et spirituelles. Ces images peuvent être visuelles, auditives, tactiles, olfactives, gustatives ou kinesthésiques. Elles peuvent apparaître pendant des rêveries, des visions, des rêves, dans des œuvres d'art ou la symbolique religieuse. Depuis le milieu du XIXe siècle, beaucoup d'études cliniques et expérimentales ont montré que les techniques d'imagerie favorisent certaines vertus, certains talents et capacités, contribuent au soulagement de diverses affections, dépression, insomnie, angoisse, obésité, problèmes sexuels, douleurs chroniques, phobies, cancer et autres. Plusieurs milliers d'études à ce sujet ont été publiées dans des journaux scientifiques. On trouvera une brève enquête sur les disciplines qui font appel à l'imagerie dans le livre de Michael Murphy *The Future of the Body* (voir chapitre 17). Jamais un nombre aussi important de techniques d'imagerie n'avait été accessible au grand public. Grâce à leur pouvoir d'élargissement du champ de conscience, de développement de la volonté, d'enrichissement des émotions et de déploiement de capacités physiques extraordinaires, elles peuvent favoriser l'émergence de nos aptitudes inexploitées.

« Éducation somatique » est un terme que l'on applique aujourd'hui à plusieurs disciplines mises au point au cours du XXe siècle en Europe et en Amérique. Ces dernières années, le domaine où s'inscrivent ces méthodes a été nommé « *Somatics* » par le philosophe américain Thomas Hanna et « somatothérapie » par les médecins et éducateurs français. Le philosophe Don Johnson qui, plus que tout autre, a favorisé la compréhension des principes essentiels de cette branche, a distingué l'éducation somatique de l'ostéopathie, de la chiropractie et des pratiques médicales qui tendent exclusivement à soulager les symptômes. Selon les termes de Johnson : « La somatothérapie peut légitimement être qualifiée de champ parce que ses nombreuses méthodes ont en commun l'importance donnée aux relations entre corps et cognition, émotion, volition et autres dimensions de l'être. À l'intérieur de cette unité générale du champ, une méthode somatique particulière peut être définie par sa concentration sur un ou plusieurs systèmes physiologiques. » Parmi ces méthodes, les plus connues sont le *rolfing*, qui vise à détendre les muscles et ligaments noués ; la méthode Alexander qui encourage une meilleure tenue de la tête, du cou et de la colonne vertébrale ; la méthode Feldenkrais qui développe la conscience kinesthésique, la liberté de mouvement et la spontanéité du corps ; les techniques de relaxation progressive d'Edmund Jacobson qui favorisent la sérénité et l'efficacité consciente en toutes choses ; le training autogène de Johannes Schultz et Wolfgang Luthe pour approfondir la relaxation et le contrôle psychosomatique ; la conscience sensorielle d'Elsa Gindler et Charlotte Selver pour augmenter toutes les modalités sensorielles et kinesthésiques ; et diverses thérapies néo-reichiennes visant à dénouer les tensions et défenses psychosomatiques qui limitent les sensations, les pensées et le comportement. Chacune de ces méthodes somatiques peut contribuer à la pratique intégrale dont il est question dans ce livre.

LA MÉDITATION. RECHERCHES. La méditation est l'élément central de toute pratique religieuse depuis l'aube de l'humanité. Mais au cours des trente dernières années elle a fait l'objet d'études extrêmement rigoureuses. Au départ, ces recherches furent en partie stimulées par les expériences des années 1930 avec des yogis et maîtres zen, mais en partie aussi par la publication des travaux majeurs de Herbert Benson et Keithe Wallace dans *Science, The American Journal of Physiology* et *Scientific American* entre 1970 et 1972. Plus récemment, on a étudié les modifications produites par la méditation sur le système cardio-vasculaire et hormonal, le métabolisme et le cortex, ainsi que des modifications du comportement et les altérations de la conscience qu'elle provoque. Bien que ces études ne nous donnent pour le moment qu'une image du pied de la montagne avec quelques aperçus sur ses sommets, les données recueillies correspondent à plusieurs égards à ce que décrivent les religieux contemplatifs. Les méthodes d'investigation se raffinant, notre compréhension de la méditation rejoint de plus en plus les descriptions contenues dans les textes sacrés, et les résultats de ces recherches s'accumulent à la manière de n'importe quel savoir scientifique, formant un ensemble de données empiriques qui pourront servir aux générations à venir. Dans notre deuxième partie, nous étudierons certaines de ces découvertes.

ÉTUDES COMPARATIVES D'EXPÉRIENCES EXTRAORDINAIRES. Un grand nombre de comptes rendus d'expériences supranormales a été publié dans des revues scientifiques, des bulletins de sociétés pour la recherche psychique anglaises et américaines, dans des livres comme *Human Personality* de Frederic Myers, *Phantasmes of the Living* de Edmund Gurney, *Varieties or Religious Experiences* de William James, *The Physical Phenomena of Mysticism* de Herbert Thurston, *Ecstasy* de Marghanita Laski, *Watcher on the Hill* de Raynor Johnson, *The Future of the Body* de Michael Murphy et dans bien d'autres publications. Prises dans leur ensemble, ces données forment une sorte d'histoire naturelle, non de spécimens minéraux ou animaux, mais d'une expérience humaine hors du commun. Elles vont plus loin qu'un catalogue d'aventures supranormales comme on en trouve dans des textes mystiques tels *Yoga Sutras* de Patanjali et le *Visuddhimagga* du bouddhisme Theravada en ce sens qu'elles font état de capacités supranormales démontrées par des méthodes de recherche empirique qui n'existaient pas dans les cultures anciennes. Ce livre s'en inspire, soit directement, soit indirectement.

LA PSYCHOLOGIE HUMANISTE ET TRANSPERSONNELLE. La relation entre thérapie et expérience spirituelle initiée par Jung, Rank et autres psychiatres s'est confirmée et développée grâce à un groupe informel de psychologues humanistes et transpersonnels américains, européens, japonais et australiens. Leur mouvement n'a pas de chef de file, pas d'approche unifiée, mais ils se réfèrent fréquemment à Jung, William James, Abraham Maslow, Carl Rogers, Rollo May et autres psychologues et psychiatres qui ont mis en lumière le potentiel d'évolution des hommes autant que leurs handicaps. Des hypothèses et études empiriques émanant de cette tendance ont été présentées dans le *Journal of Humanistic Psychology* et *The Journal of Transpersonal Psychology* depuis les années 1960. Le philosophe Ken Wilber a proposé un modèle de l'évolution humaine qui combine les perspectives humanistes et transpersonnelles avec les découvertes de psychologues du développement, les théories du développement moral de Lawrence Kohlberg et de nombreuses techniques contemplatives. En postulant que les découvertes contemporaines de la psychologie peuvent être associées avec des idées religieuses, l'orientation transpersonnelle ouvre la voie vers la psychologie intégrale dont nous avons besoin pour explorer l'ensemble de notre potentiel.

LA DIFFUSION DES PRATIQUES ET DES IDÉES CONCERNANT LE POTENTIEL HUMAIN. Les découvertes que nous venons d'évoquer ont élargi notre conception du potentiel humain, directement ou indirectement, d'une façon qui n'a été correctement décrite par aucun sociologue, aucun historien. Pourtant, leur influence sur la théorie de la personnalité, la psychothérapie, l'éducation et la pensée religieuse ne cesse de croître. Et depuis quelques dizaines d'années ces découvertes ont été complétées par la diffusion mondiale des connaissances sur les philosophies orientales, le yoga et les arts martiaux, sur les pratiques mystiques chrétiennes, le soufisme, le néoplatonisme et la cabale juive, sur l'enseignement de maîtres modernes comme Gurdjieff, Rudolph Steiner, Ramakrishna, Ramana Maharshi et Sri Aurobindo. Cette popularisation d'idées et de pratiques dont la plupart étaient autrefois réservées à des initiés est évidente dans les programmes des églises et des temples, des YMCA, de certaines universités et d'organisations telles que l'Esalen Institute de Californie et l'Institut pour les sciences noétiques. À Esalen, par exemple, environ dix mille personnes par an depuis 1962 ont participé à des séminaires ou à des stages pour explorer divers aspects du potentiel humain. Et des centres largement inspirés d'Esalen existent dans de nombreuses parties du monde.

Cette diffusion des idées, des découvertes, des techniques visant à faire évoluer l'être humain a provoqué une explosion du nombre de livres, de revues, d'émissions de télévision, de cassettes, de vidéos et d'articles de journaux. Ces publications varient énormément en qualité, allant de traductions brillantes des Upanishad et de textes bouddhistes lumineux à des tracts douteux sur les continents perdus et autres ovnis ou à des proclamations messianiques de gurus et de sectes. Séminaires et stages sur ces sujets vont, eux aussi, du sublime au ridicule. Mais, parallèlement, le discernement concernant les forces et les faiblesses relatives de ces idées et de ceux qui les diffusent va croissant. Tranquillement, les gens qui dans le monde entier explorent le potentiel humain apprennent à séparer le bon grain de l'ivraie. Par expérience directe, ils s'entraînent à faire la différence entre un enseignant valable et un charlatan, entre des données valides et des affirmations non prouvées, entre pratiques saines et pratiques destructrices. Toutes ces connaissances, présentées et analysées dans la bibliographie que nous proposons en fin de volume, constituent une sorte de fonds commun qui complète les apports des traditions religieuses et les découvertes scientifiques concernant notre potentiel inexploité.

Bien que cet ensemble de connaissances n'ait pas encore été apprécié dans toutes ses conséquences ni compris par la plupart des historiens, il existe bel et bien. Il provient de nombreux domaines de recherche et d'une synthèse de plus en plus complète de découvertes variées. Il se fonde sur une base empirique (*empirisme* désignant habituellement l'acquisition de connaissances et leur vérification par la seule expérience sensorielle) puisque ses données ont été largement testées par des communautés rigoureuses, qu'elles soient scientifiques ou mystiques. Pour qualifier cette approche, nous pouvons dire que c'est un empirisme synoptique, multidisciplinaire ou intégral.

Cette science globale du potentiel humain se développe depuis plus d'un siècle et demi, rendant les débats sur l'antagonisme entre science et religion, entre corps, esprit et âme, de plus en plus obsolètes. Des preuves multiples de nos capacités latentes ont été rassemblées, étudiées et incorporées à des programmes de développement personnel de plus en plus nombreux. Pour reprendre les mots du dramaturge Christopher Fry : « La prochaine étape est maintenant l'exploration de Dieu, où aucune nation n'a encore posé le pied. »

L'histoire continue

Il y a bien longtemps, les hommes ont appris à utiliser le feu, à se déplacer en petits groupes à travers les continents pour trouver de meilleures conditions de vie et à suivre les chamanes dans le monde des esprits. Aujourd'hui, nous utilisons l'énergie atomique, nous envoyons des explorateurs sur la Lune et nous suivons toutes sortes de leaders spirituels qui nous entraînent vers des régions de l'esprit et de l'âme récemment découvertes. Au cours des trois mille ans qui nous séparent de l'âge de pierre, le voyage s'est accéléré. Au cours des grandes phases de réveil que nous avons survolées, l'humanité a rapidement accru sa connaissance du monde, du moi et de la Transcendance. Les traditions religieuses nous ont donné une perspective d'excellence morale, un capital de qualités humaines et des techniques de transformation personnelle nombreuses. La Renaissance et le siècle des Lumières ont proposé une nouvelle vision de l'individu et libéré la puissance de la raison. La science moderne a prouvé que l'évolution est une réalité. Et quelques philosophes modernes, à commencer par les idéalistes allemands, ont rétabli la relation entre l'univers en évolution et le divin.

Ce mouvement général a été marqué par des contretemps et de monstrueuses distorsions de l'esprit humain. Les femmes, par exemple, sont remarquablement absentes des chroniques de l'histoire parce que la plupart des sociétés leur ont dénié les droits les plus élémentaires et l'égalité avec les hommes dans les affaires humaines. Parce que considérées comme intellectuellement inférieures aux hommes, les femmes ne recevaient pas l'éducation qui leur aurait permis de développer leurs capacités. Mais, malgré ses régressions et ses méandres, notre espèce évolue, se libérant progressivement de l'ignorance et de l'incapacité. L'histoire qui a mené l'humanité de l'âge de pierre aux temps modernes est réellement extraordinaire. Et elle paraît encore plus merveilleuse à qui la voit comme une phase de l'évolution universelle. Pas plus que le cosmos en expansion, l'humanité ne va rester figée à l'intérieur de ses limites apparentes. À chacun des tournants de l'histoire que nous venons d'évoquer, ses possibilités de développement ultérieur se sont accrues : tous ces moments de réveil sont, croyons-nous, les signes précurseurs d'un nouveau bond qualitatif de l'évolution et contribuent à nous y préparer.

Deuxième partie

*

ÉMERGENCE DE L'ÊTRE HUMAIN

Les grandes phases de réveil évoquées dans la première partie ont posé les fondations de l'évolution ultérieure qui nous semble probable. À partir de ce qu'elles ont apporté à l'humanité, on peut en effet envisager un avenir où des facultés encore inexploitées vont se développer. Perception lumineuse et connaissance mystique, pouvoirs de la volonté, capacités de communication, vitalité et identité personnelle peuvent s'épanouir et nous hisser vers ces dimensions supérieures de l'être dont nous avons l'intuition dans nos moments de grâce. Nous sommes, quant à nous, fermement convaincus que l'on peut cultiver ces capacités émergentes afin qu'elles se manifestent au quotidien avec plus d'amour et de détermination.

Dans les chapitres qui suivent, nous allons explorer ce type d'expériences extraordinaires, décrire comment elles se produisent et proposer des techniques pour les inclure plus régulièrement dans notre existence. Pour mesurer le changement que nous prévoyons ici, pensez à l'Égypte ancienne où l'immense majorité du peuple ne savait ni lire ni écrire parce que ces connaissances étaient réservées à un petit nombre de privilégiés, prêtres et scribes. De même, jusqu'à une époque récente seule une élite restreinte savait faire fonctionner les ordinateurs alors qu'aujourd'hui les enfants de huit ans s'en servent pour faire leurs devoirs. De la même façon, si les capacités extraordinaires décrites dans les pages suivantes sont actuellement vécues par un petit nombre de personnes seulement, elles sont accessibles à tous. Elles reflètent une partie de la nature humaine qui peut, nous en sommes persuadés, devenir la norme pour l'ensemble de l'humanité.

3

ÉLARGISSEMENT DE NOS PERCEPTIONS

Savez-vous jusqu'à quel point vos sens peuvent appréhender le monde qui vous entoure ? Croyez-vous que votre conscience puisse vous révéler des dimensions extérieures au monde physique ordinaire ? De nombreuses études montrent que l'être humain est capable d'améliorer considérablement sa vue, d'affiner son ouïe, de développer son sens du toucher et celui de l'odorat, d'aiguiser sa conscience organique et de cultiver ses capacités extrasensorielles. La plupart des gens font occasionnellement l'expérience de ces capacités, et nous sommes persuadés qu'elles peuvent toutes être développées.

Certains dégustateurs de vin, par exemple, savent reconnaître plusieurs milliers de cépages. Certains experts en parfumerie, les « nez », sont capables de distinguer jusqu'à trente mille odeurs. Il existe des « palpeurs d'étoffes » qui réussissent à juger la qualité d'un tissu avec les doigts recouverts de cire.

Le sens de l'équilibre aussi peut se développer, comme en témoignent les grands danseurs, plongeurs, gymnastes ainsi que les ouvriers travaillant sur les ponts. Nous pouvons également découvrir et améliorer en nous la clairvoyance et la perception d'énergies subtiles. Essayez de vous rappeler des occasions où vous avez vécu un dépassement de vos capacités sensorielles ordinaires, où l'un (ou plusieurs) de vos sens vous a soudain semblé plus sensible, comme neuf.

L'art de voir

Nombreux sont les athlètes qui font état d'un élargissement considérable de leurs capacités visuelles. John Brodie qui fut pendant des années l'un des meilleurs stratèges de la ligue nationale de football a raconté à l'un d'entre nous comment, pour lui, à plusieurs reprises « le temps a paru ralentir, curieusement, comme si tout se passait au ralenti. J'avais l'impression, nous dit-il, de disposer d'un temps infini pour voir les joueurs évoluer sur le terrain, et je savais pourtant que la ligne de défense se précipitait sur moi à la vitesse habituelle. »

De la même façon, le champion de golf Jack Fleck affirme avoir eu une expérience semblable, pendant les championnats de l'U.S. Open de 1955, alors qu'il était en train de battre Ben Hogan : « J'ai soudain senti que je ne pouvais pas rater. Le trou était devenu aussi grand qu'une cuvette. Tout ce que j'avais à faire c'était rester dans cette sensation sans essayer de l'analyser. » Quant à MacArthur Lane, il a dit qu'il lui arrivait quelquefois de voir le terrain de football comme d'« un troisième œil » et même d'« un point situé au-dessus de sa tête ».

Ces expériences, comme les visions des mystiques ou des artistes, peuvent sembler accordées par une puissance supérieure, bien qu'elles soient la plupart du temps déclenchées par un effort discipliné. Elles impliquent aussi un nouveau type de fonctionnement (un « troisième œil » ou un point situé au-dessus de la tête), et elles exigent un abandon, un relâchement délibéré, une absence d'analyse par exemple.

Dans son livre *The Art of Seeing*, Aldous Huxley raconte à la façon d'une moderne parabole comment, alors qu'il était presque aveugle, il a recouvré la vue. Il parle de l'ennui des villes, de la peur et de l'anxiété comme d'obstacles psychologiques à une bonne vision ; il recommande le développement de la mémoire et de l'imagination ainsi que des techniques de dissimulation et d'exposition des yeux au soleil pour augmenter notre capacité visuelle. « Nous restons trop souvent le regard fixé sur une chose et l'esprit fixé sur une autre », écrit-il.

Nos capacités visuelles peuvent-elles être développées ? Pour répondre à cette question, tournons-nous vers des gens dont le travail et les moyens d'existence dépendent de leur aptitude à cultiver le sens de la vue, chirurgiens, artistes, explorateurs, coureurs automobiles, policiers, pompiers sans parler des joueurs de base-ball qui ont moins d'une seconde pour viser et frapper une balle lancée à plus de cent kilomètres à l'heure.

Pendant que Mark McGwire s'efforçait de battre le record des « home-run » au base-ball[1], on demanda à l'un de ses coéquipiers s'il connaissait son secret. Celui-ci répondit qu'avant chaque partie McGwire restait assis dans le noir pendant une demi-heure à visualiser chaque coup. Cette discipline l'aidait à voir avec plus de clarté et améliorait ses chances de frapper la balle.

Au milieu de sa carrière, la star japonaise du base-ball Sadaharu Oh connut une terrible baisse de forme. Pour récupérer et retrouver confiance en lui, il se mit à pratiquer le kendo, art martial de l'épée. L'une des techniques qu'il apprit, le metsuke, consiste à se concentrer sur un point précis d'observation. Dans son autobiographie, il note :

1. Coup idéal pour le « batter », qui consiste à expédier la balle hors dut terrain et à faire le tour de toutes les bases avant qu'elle ne soit récupérée. *(N.d.T.)*

Cet exercice consiste à observer profondément son adversaire, mais d'un seul et bref coup d'œil – parce que pendant le combat on ne peut pas s'attendre à avoir beaucoup de temps. L'élève doit pratiquer cette observation comme s'il avait deux paires d'yeux : l'une qui regarde l'adversaire dans les yeux – les yeux reflétant ce qu'il y a dans l'esprit – pendant que l'autre s'intéresse à son corps. Cette vision à deux niveaux paraissant impossible (elle est très dure à acquérir), l'instruction la plus souvent donnée est de regarder l'adversaire comme s'il était une montagne lointaine. Musashi (le grand samouraï) appelait cette technique « vision distanciée des choses proches ».

Certaines cultures développent une acuité visuelle extrême, comme les bushmen du Kalahari qui, d'après Laurens van der Post, s'entraînent à voir le gibier à deux kilomètres de distance. Plus près de nous, des photographes comme Cartier-Bresson apprennent à regarder avec une attention rigoureuse afin de saisir le « moment décisif » qui va représenter l'histoire. L'écrivain français Jacques Reda raconte, quant à lui, qu'il parcourait les rues de Paris dans l'intention d'y voir une chose nouvelle par jour, sachant que cette pratique entretenait son amour pour la ville.

Pensez maintenant à votre propre expérience. Pendant une activité physique ou sportive vous avez peut-être été soudain émerveillé par la beauté et l'aspect mystérieux de votre environnement. La lumière vous a paru plus vive, ou bien c'est l'extraordinaire texture de l'herbe qui vous a frappé. Ce changement d'optique peut aussi s'être produit dans un moment de danger inattendu.

Toutes sortes d'expériences nous apprennent qu'il est possible d'avoir une vision plus riche que notre vision ordinaire. Les objets éloignés peuvent paraître plus proches, nous permettant d'en voir tous les détails. Le temps peut donner l'impression de ralentir, nous donnant à voir des événements autrement imperceptibles. Couleurs, formes et détails périphériques sont susceptibles de provoquer en nous des sentiments d'émerveillement et de gratitude. Dans ces moments-là, le monde devient plus vivant et toute chose semble transfigurée. Dans son *Long voyage du jour à la nuit*, le dramaturge Eugene O'Neill rend compte de cette expérience à travers le personnage d'Edmund :

> J'étais couché sur le beaupré, tourné vers l'arrière, sous moi, l'eau écumait et moussait, au-dessus de moi, le mât dressait toutes ses voiles vers la lumière de la lune. Ivre, grisé par cette beauté et son rythme chantant, je me perdis – je me perdis réellement pendant un moment. J'étais libéré ! J'étais dissous dans l'océan, j'étais voile blanche et écume flottante, j'étais beauté et rythme, clair de lune, navire et ciel étoilé ! Je me retrouvai, sans passé ni avenir, dans la paix, l'unité et une joie sauvage, dans quelque chose de plus grand que ma vie, que la vie de l'Homme, que la Vie elle-même ! En Dieu si vous voulez.

Bien souvent, dans ces moments-là, la vision n'est pas le seul sens touché par la béatitude. Toutes nos facultés sont amplifiées, sublimées comme si elles étaient inextricablement liées les unes aux autres.

L'ouïe supranormale

Dans son ouvrage *The Mozart Effect*, l'écrivain et musicien Don Campbell évoque les effets bénéfiques de la musique sur la santé de ceux qui savent l'écouter et l'entendre. Nous savons intuitivement que la musique et autres sons influent sur notre moral. Le roucoulement d'une colombe dans le jardin peut nous rendre heureux, le tintement léger d'une cloche d'église nous enchante, et le sifflement d'un train dans le lointain évoque des souvenirs d'enfance depuis longtemps oubliés – mais seulement si nous écoutons réellement. Le poète David

Wright a décrit la magie de l'écoute dans son autobiographie *Deafness : A Personal Account* (La surdité telle que je l'ai vécue) :

> Supposez que la journée soit calme, immobile, que pas une herbe ni une feuille ne bouge. Elle va me sembler silencieuse comme une tombe, même si les haies sont pleines d'oiseaux bruyants, pourvu qu'ils soient invisibles. Puis, un souffle d'air passe, juste de quoi agiter une feuille ; je vais voir et entendre ce mouvement comme une exclamation. L'illusion du silence s'est brisée. Dans la perturbation du feuillage je vois, comme si je l'entendais, un bruissement visuel de vent... Je dois parfois faire un effort de volonté pour me souvenir que je n'« entends » rien parce qu'il n'y a rien à entendre. Je range dans cette catégorie des « non-sons » le vol et les mouvements des oiseaux et même les évolutions des poissons dans l'eau claire ou dans un aquarium. Je suppose que le vol des oiseaux, à distance en tout cas, doit être silencieux... Pourtant il paraît audible, chaque espèce créant une « musique visuelle » différente, de la nonchalante mélancolie des mouettes au staccato des rapides hirondelles...

Dans des moments comme ceux que décrit Wright, les sons physiques sont perçus avec une acuité, une profondeur et une richesse nouvelles. Mais il existe un autre type d'audition qui inclut la perception de sons n'ayant aucune cause physique apparente. Ce type de perception a été décrit par Edmund Gurney, chercheur et pionnier en sciences psychiques dans son ouvrage *Phantasms of the Living*. Voici comment il rapporte le témoignage du professeur Ernesto Bozzano :

> Le 22 mars 1832, vers 10 heures du soir, deux heures avant la mort de Goethe, une voiture s'arrêta devant la porte du grand poète. Une femme en sortit et s'empressa d'entrer, demandant au domestique d'une voix tremblante : « Est-il encore en vie ? » C'était la comtesse V., admiratrice enthousiaste du poète, qui la recevait tou-

jours avec plaisir à cause de sa conversation animée et réconfortante. Alors qu'elle montait l'escalier, elle s'arrêta soudain, écouta quelque chose puis interrogea le domestique : « Comment, de la musique dans cette maison ? Grands dieux, comment peut-il jouer de la musique ici en un jour pareil ? » L'homme écouta à son tour mais, soudain pâle et tremblant, ne répondit pas. Cependant, la comtesse traversa le salon et pénétra dans le bureau où elle seule avait le privilège d'entrer. Frau von Goethe, la belle-sœur du poète, se porta à sa rencontre et les deux femmes tombèrent dans les bras l'une de l'autre en pleurant. Puis la comtesse demanda : « Dites-moi, Ottilie, pendant que je montais l'escalier, j'ai entendu de la musique dans la maison. Pourquoi ? Pourquoi ? Ou peut-être me suis-je trompée ? »
« Alors vous l'avez entendue aussi ? répliqua Frau von Goethe. C'est inexplicable ! Depuis l'aube d'hier, une mystérieuse musique se fait parfois entendre, pénétrant nos oreilles, nos os. » À ce moment même retentirent au-dessus de nous, comme provenant d'un monde supérieur, de doux accords prolongés d'une musique qui s'atténua progressivement jusqu'à disparaître.

Entendre des sons mélodieux qu'on ne peut attribuer à aucune cause est une expérience souvent rapportée par des personnages religieux. Saint Guthlac entendit des chants angéliques au moment de mourir, sainte Thérèse de Lisieux entendit une musique céleste sur son lit de mort, de même que le poète William Blake. Saint Joseph de Copertino entendit une cloche l'appeler à Dieu la veille de son dernier jour. Dans son essai *The Fire of Love*, le mystique anglais médiéval Richard Rolle (1290-1349) décrit la musique que révèlent ses prières :

Lorsque j'étais assis [dans la chapelle] récitant de mon mieux des psaumes avant le souper, j'entendais au-dessus de moi le son de harpistes ou plutôt de chanteurs. Et lorsque, de tout mon cœur je m'occupais de choses célestes pendant la prière, je percevais en moi, je ne sais comment, une mélodie et une harmonie des plus délicieuses venant des cieux qui demeuraient dans mon esprit. Car ma pensée était immédiatement changée en chant, et même en priant et en chantant des psaumes j'émettais le même son.

Cette musique supraphysique ou « céleste » qui s'appelle *nad* en sanscrit est célébrée depuis longtemps dans la tradition spirituelle hindo-bouddhiste. Selon ces textes, les rythmes et harmonies de *nad*, que la dévotion religieuse peut faire entendre, montent à des niveaux de plus en plus élevés au cours des pratiques contemplatives intenses. Il est dit que nous pouvons tous contacter cette harmonie transcendante, qui serait une musique de fond permanente. La joie, la colère, la tristesse – en somme tous nos sentiments – sont inconsciemment amplifiées par elle. Cette doctrine est résumée dans la Nadu-Bindu Upanishad du Rig-Veda qui nous conseille de nous concentrer sur *nad* pour nous hausser au-delà de la conscience ordinaire. Le secret est de s'appliquer à écouter intensément.

L'avez-vous déjà fait ? Il y a des occasions où l'écoute est porteuse d'une signification extraordinaire. Enfant, n'avez-vous jamais attendu, l'oreille aux aguets, le retour de vos parents ? Dans ces moments d'attente silencieux, on entend souvent des sons qu'on n'avait jamais remarqués, craquement de la charpente, passage d'un train au loin, activité tranquille des grillons ou des grenouilles. Ce type d'écoute, pratiqué avec soin et régularité, peut vous aider à développer des capacités auditives qui vous surprendront.

Phénomènes lumineux

Il y a longtemps que les Irlandais parlent d'une « seconde vue », la capacité de voir par-delà nos limites sensorielles, et affirment dans leurs poèmes et leurs chansons qu'il existe des « lieux ténus » où il est plus facile à l'extraordinaire et au sacré de se manifester. Ces « lieux », sites sacrés et points de vue dégagés, sont aussi des moments privilégiés comme l'aube et le crépuscule, ou « clair-obscur celtique ». De la même façon, les hindous et les bouddhistes ont développé la tradition du « troisième œil » et autres capacités suprasensorielles, tandis que juifs, musulmans et chrétiens décrivent différents types de « sens spirituels ».

L'une de ces capacités consiste à percevoir des auras ou halos autour des animaux, des plantes et des personnes, des étincelles crépitant dans l'air ou des lumières inexplicables dans les temples et les grottes cérémonielles. Au XXe siècle, ce genre de perceptions a été revalorisé par les psychiatres Carl Jung et Wilhelm Reich. Jung comparait ces expériences avec les opinthères ou points lumineux des textes alchimiques, avec les « étincelles d'âme répandues dans le monde » de la tradition cabaliste, avec les « atomes de lumière » dont parlent les anciens gnostiques et avec les « étincelles d'essence stellaire » des Grecs Héraclite et Démocrite.

Dans le journal *Quadrant*, le physicien et homme d'affaires Edward Russel décrit différentes circonstances où lui sont apparus des phénomènes lumineux :

> En discutant d'un travail difficile avec un employé, j'ai dû lui demander l'impossible car une expression d'impuissance et de désespoir l'a soudain envahi. Puis son aura s'est éclairée de centaines de petites étincelles. Parfois, une étincelle brillante, exactement entre deux personnes et un peu au-dessus d'elles, prélude à un rapport intime fondé sur une idée commune. J'ai observé des amoureux qui paraissaient enveloppés dans un « nuage d'affection », une brume, un brouillard qui les entoure et circule entre eux. Ou encore, pendant une discussion animée (qui fait des étincelles !) j'ai vu des traînées lumineuses s'écouler littéralement entre les interlocuteurs...

Dans pratiquement toutes les traditions, les auras, lumières inexpliquées et étincelles divines sont considérées comme objectivement réelles. Et nous pouvons tous, affirment ces traditions, apprendre à les appréhender par la prière, la méditation ou autres disciplines. Vous avez peut-être déjà remarqué une aura autour de certains personnages charismatiques ou de l'être aimé. Beaucoup de gens disent avoir vu un halo de lumière autour de leur enfant nouveau-né, autour d'un livre, d'un objet d'art ou d'un étranger qui semble leur faire signe de l'autre bout de la pièce.

Perception clairvoyante

Il est abondamment prouvé que la clairvoyance, voyance ou « vision à distance » est une capacité humaine courante bien que très peu reconnue. Certains anthropologues pensent que les chamanes de l'âge de pierre s'en servaient pour la chasse et autres activités ; dans les traditions mystiques hindoues, bouddhistes, soufies et taoïstes, elle est considérée comme un pouvoir réel ; et elle a souvent été attribuée aux mystiques juifs et chrétiens.

Depuis une quarantaine d'années, des expériences scientifiques sur la voyance sont conduites avec des fonds américains au centre de recherche SRI International. L'un des directeurs de ces recherches, le physicien Russel Targ, a décrit des techniques d'espionnage par la clairvoyance et présenté ses travaux à l'Académie des sciences soviétique. D'autres centres de recherche ont également étudié ce phénomène. En Union soviétique, comme aux États-Unis, différents organismes d'État ont financé ce genre d'études dans l'espoir que leurs résultats faciliteraient la détection des installations et activités militaires ennemies.

En 1995, la CIA a commandé un bilan de ces recherches financées par le gouvernement. La première tâche du comité d'enquête consistait à évaluer les expériences de vision à distance pratiquées au SAIC (Science Applications International Corporation) ainsi qu'au SRI. Parmi les enquêteurs se trouvaient un prix Nobel de physique, des experts de renommée internationale en statistiques, psychologie, neurosciences et astronomie, ainsi qu'un général de division à la retraite qui était également physicien. Dans la mesure où les travaux du SRI avaient déjà établi l'existence de la vision à distance à la satisfaction de la plupart des membres du gouvernement qui les avaient financées, les expériences du SAIC n'avaient pas pour objectif d'accumuler des preuves mais d'essayer de comprendre comment fonctionne la perception clairvoyante.

Dans l'une des expériences, le voyant à qui l'on avait simplement donné la latitude et la longitude d'un lieu décrivit très précisément une base militaire, située en Virginie, dont l'existence était top secrète. Il donna des détails sur les installations intérieures et réussit à lire les codes secrets inscrits sur des chemises rangées dans des placards fermés à clé. Apprenant cette histoire, un journaliste sceptique décida de vérifier les faits par lui-même. Il se rendit sur les lieux, à quelque deux cents kilomètres à l'ouest-sud-ouest de Washington, pensant y découvrir « le camp de base d'une patrouille d'extraterrestres ou, tout au moins, le centre de commande de la Troisième Guerre mondiale ». Au lieu de cela, il ne vit qu'« une colline perdue, quelques troupeaux de moutons et une grande abondance de crottes ». Pas d'avant-poste militaire secret, pas de soldats en armes, pas l'ombre d'un bâtiment. Il ne comprit pas qu'il avait vu exactement ce qu'il devait voir – des moutons sur le flanc d'une colline. La base militaire secrète était bien là, profondément enfouie sous terre.

La parapsychologue américaine Rhea White a décrit les cas de clairvoyance cités dans *Lives of the Saints* d'Alban Butler, une encyclopédie en plusieurs volumes retraçant la vie des saints personnages de la chrétienté. Avez-vous déjà fait ce genre d'expérience, peut-être lorsqu'une personne de votre connaissance se trouvait en danger ? Avez-vous décroché le téléphone en sachant qui vous appelait ? Vous devriez commencer à prendre plus au sérieux ce type d'anecdotes et à prêter une plus grande attention aux trésors d'intuitions qu'elles renferment.

Conscience supérieure du corps

Tout en développant notre perception du monde extérieur, nous pouvons aussi améliorer notre conscience des mondes contenus dans notre enveloppe corporelle. Méditation, yoga, biofeedback, arts martiaux, sports et autres activités nous y aideront. Les coureurs de fond, par exemple, apprennent à adapter leur allure en fonction de modifications subtiles de leur tonus musculaire. Les yachtmen accomplis peuvent diriger la course de leur voilier par de minuscules rééquilibrages. Les spécialistes du rodéo se maintiennent sur des taureaux furieux grâce à une sensibilité musculaire extraordinaire.

La conscience du corps ne se limite pourtant pas à la sensibilité musculaire et à l'équilibre. Elle peut s'acquérir et se développer grâce à l'imagerie visuelle, aux sons, aux goûts et aux odeurs. Certains athlètes hautement conditionnés mesurent leur niveau de stress au goût de leur salive ou à l'odeur de leur transpiration. Certains coureurs et pratiquants d'arts martiaux décrivent des images visuelles qui représentent apparemment leurs organes, tissus et cellules.

Mais la sensibilité à son propre corps peut aussi, semble-t-il, dépasser les limites perceptives ordinaires du système nerveux. Beaucoup de gens ont le sentiment de pouvoir se connecter avec les mécanismes les plus intimes de leurs organes et de leurs cellules, même si la science médicale est incapable d'expliquer comment. On peut rapprocher leur expérience de celle des yogis, maîtres zen, soufis et autres adeptes spirituels qui ont développé une extraordinaire conscience somatique. Dans toutes les traditions religieuses, ces phénomènes sont décrits de façon extrêmement détaillée.

Parmi les centaines de pouvoirs extraordinaires, ou *siddhis*, obtenus grâce au yoga, par exemple, les hindo-bouddhistes prétendent que certains permettent à l'adepte de percevoir les plus infimes particules de matière. L'*anudrishti siddhi* – terme dérivé d'*anu*, l'atome et de *drishti*, la saisie – concerne la perception de choses petites, cachées ou lointaines, y compris les structures corporelles ; l'*antara drishti siddhi* produit un regard perçant comme un rayon X permettant de voir à l'intérieur de soi ; et grâce à l'*animan siddhi*, l'un des huit pouvoirs dont il est question dans divers textes yogiques, l'adepte peut voir ses cellules et les atomes dont elles sont formées. N'est-il pas extraordinaire que ces facultés aient été découvertes des milliers d'années avant l'invention du microscope et autres instruments de la science moderne ?

Pourtant, des expériences récentes ont montré que les habitudes et associations psychologiques de chacun, qu'elles soient conscientes ou inconscientes, influent sur l'imagerie associée à la voyance, perception de son propre corps ou d'objets extérieurs, déformant parfois ce qui semble être une information exacte. Les expériences de Russel Targ citées plus haut, ainsi que les témoignages des traditions yogiques hindoue, bouddhiste et taoïste, permettent de penser que la clairvoyance interne – comme tout autre type de mécanisme extraordinaire – est formée par le complexe corps-esprit dans lequel elle se produit, avec toute son histoire génétique et culturelle. C'est un thème auquel nous reviendrons : toutes nos capacités, normales et supranormales, somatiques ou extrasomatiques, sont sujettes aux limitations et distorsions induites par notre nature innée et acquise.

Il est néanmoins possible d'apprendre, par la discipline et la sagesse, à visiter nos structures et processus corporels en développant une sorte de microscope intérieur pourvu d'un zoom grâce auquel nous pouvons focaliser sur certains organes, tissus et cellules dans le dessein de guérir ou d'évoluer. Un dialogue pourrait alors s'établir grâce auquel notre corps nous ferait part de ses besoins et nous tiendrait informé de son état. Et nous pourrions peut-être même aller plus loin. Selon le témoignage d'innombrables voyants et sages, nous pouvons entreprendre des périples extraordinaires à l'intérieur des espaces habituellement invisibles de notre architecture intérieure et découvrir, comme nous le ferions dans l'espace extérieur, les fantastiques secrets de la matière.

Il se peut que vous ayez eu des expériences de perception extraordinaire. Si oui, nous vous conseillons de les considérer non comme des événements isolés mais comme l'émergence d'une nouvelle manière d'appréhender le monde. Voir soudain la remarquable beauté du monde, entendre d'autres niveaux de sons ou percevoir à distance les détails d'un lieu éloigné sont des expériences rapportées par beaucoup de gens à travers le monde.

On sait avec certitude qu'un entraînement systématique et prolongé peut faciliter le développement de nos capacités inexploitées. Au chapitre 16, nous proposerons des exercices spécifiques qui vous aideront à développer les possibles décrits dans ce chapitre et les suivants.

4

Le mystère du mouvement

En quittant la salle d'audience à la fin du procès que lui avait intenté l'Inquisition pour avoir affirmé que la Terre tournait autour du Soleil, Galilée murmura l'une des formules les plus célèbres de l'histoire : « *Eppur si muove* », « Et pourtant, elle tourne ! » Il se référait avec audace au mouvement des planètes, mais ses mots symbolisent aussi la fascination humaine pour le mouvement en général. Se mouvoir, c'est vivre.

L'importance centrale du mouvement dans l'expérience humaine est attestée par les exploits extraordinaires des hommes dans les sports, la vie quotidienne, le chamanisme, les arts martiaux ou la vie spirituelle. Le maître japonais Yagyu, par exemple, affirme que le maniement de l'épée peut devenir une activité où l'Esprit originel réussit à « empoigner avec des mains humaines, marcher avec des pieds humains et voir avec des yeux humains ». De la même façon, certaines tribus d'Indiens américains, influencées par le chamanisme, célèbrent les pouvoirs supérieurs qui aident les initiés à courir d'une façon qui transcende les capacités humaines ordinaires. Et dans la tradition du bouddhisme tibétain, les pratiques dites *lung-gom* sont censées transformer le mouvement habituel en quelque chose de surhumain. Le lama

Govinda, érudit européen des pratiques yogiques tibétaines, écrit que grâce à ces pratiques :

> ... On peut exercer une influence directe sur les fonctions du corps et leurs divers organes de façon à établir une coopération psychophysique, un parallélisme entre pensée et mouvement, un rythme qui soumet toutes les forces disponibles à son service. Si l'on a atteint le point où la transformation d'une force ou d'un état de matérialisation en un autre est possible, on peut produire différents effets de nature apparemment miraculeuse comme, par exemple, la transformation de l'énergie psychique en mouvement (miracle que nous accomplissons à une moindre échelle à chaque instant, sans en être conscient), ou la transformation de la matière en un état actif de l'énergie, produisant à la fois une réduction du poids et l'apparente élimination ou la réduction de la force de gravitation.

Alexandra David-Neel, qui fut l'une des premières à étudier le mysticisme tibétain, affirme avoir vu un yogi des plaines du Nord tibétain se déplacer d'une démarche inhabituelle, le regard fixé sur l'horizon. Il ne marchait pas, mais paraissait se soulever au-dessus du sol comme s'il était doté de l'élasticité d'une balle. Ses pas avaient la régularité d'un pendule. Les Tibétains qui accompagnaient Alexandra reconnurent en cet homme un *lama long-gom-pa*, moine doté de pouvoirs supranormaux, et ils se prosternèrent à son passage. Quatre jours plus tard, lorsque des bergers lui dirent avoir vu le même lama, Alexandra se rendit compte que, pour avoir croisé les bergers à ce moment-là, il fallait qu'il ait marché à une vitesse incroyable pendant deux jours, sans s'arrêter.

À une réunion de fidèles de la Native American Church dans les montagnes du Nouveau-Mexique au début des années 1990, six Indiens Tarahumara arrivèrent après avoir parcouru 425 kilomètres à la course – 85 kilomètres par jour pendant cinq jours – en ne consommant que des tablettes de sel. En arrivant, ils dirent à la congrégation qu'ils n'avaient besoin ni de manger ni de boire parce qu'ils étaient « pleins des dieux » et qu'ils avaient « prié tout le long du chemin ».

Pour décrire ce type de mouvement plein de puissance et de grâce, les bouddhistes ont proposé le concept de « non-faire en action ». C'est le résultat d'une action exécutée sans effort, sans rien forcer. C'est le rythme naturel des choses. Comme le disent les Japonais : « Le printemps arrive ; l'herbe pousse d'elle-même. »

Les « sorties hors du corps » peuvent être considérées comme un autre type de capacité de mouvement extraordinaire. Le fait que notre corps spirituel puisse voyager hors du corps physique auquel il est normalement attaché est attesté dans pratiquement toutes les cultures et a fait l'objet d'études menées par des chercheurs de renom. Le Dr Brian Weiss raconte l'histoire que lui a confiée un chirurgien. Pendant sa visite postopératoire à un patient, celui-ci lui demanda s'il avait retrouvé le stylo qui était tombé de sa poche pendant l'opération. Il lui indiqua alors exactement où le chercher. Mais le plus incroyable c'est que ce patient était sous anesthésie générale et donc inconscient pendant toute l'opération. De plus, il était complètement aveugle et, même conscient, il n'aurait pas pu voir le stylo tomber.

Des histoires comme celle-là ont été rapportées en grand nombre depuis le XIXe siècle. Dans son monumental ouvrage *Human Personality and Its Survival of Bodily Death*, Frederic Myers, l'un des principaux fondateurs de la recherche psychique moderne, raconte cette histoire de voyage hors du corps :

> Le 3 octobre 1863 (écrit M. Wilmot), j'ai embarqué à Liverpool pour New York sur le steamer *City of Limerick*, de la Inman Line, commandé par le capitaine Jones. Le soir du deuxième jour en mer, peu après avoir

quitté Kinsale Head, une grave tempête se leva, qui dura neuf jours. Pendant tout ce temps, nous ne vîmes ni soleil ni étoiles ni aucun navire ; des morceaux du bastingage furent arrachés à la proue, l'une des ancres se détacha de son amarre et causa des dégâts considérables avant d'être maîtrisée, enfin plusieurs voiles solides, bien que réduites au minimum, furent enlevées et les bômes cassées.

Le soir du huitième jour, la violence de l'orage diminua un peu, et, pour la première fois depuis notre départ, je pus jouir d'un sommeil réparateur. Vers le matin, je rêvai que je voyais ma femme, qui était restée aux États-Unis, vêtue de sa chemise de nuit. À la porte, elle paraissait découvrir que je n'étais pas le seul occupant de la pièce, hésitait un peu puis avançait jusqu'à moi, se penchait et m'embrassait puis, après m'avoir gentiment caressé pendant un moment, elle se retirait calmement.

En me réveillant, j'eus la surprise de voir le voyageur qui partageait ma cabine… appuyé sur son coude, qui me regardait fixement. « Vous êtes un sacré gaillard, dit-il finalement, pour qu'une dame vienne vous rendre visite comme ça. » Je le priai de s'expliquer, ce qu'il refusa d'abord de faire, mais il finit par me raconter ce qu'il avait vu pendant que, tout éveillé, il reposait sur sa couchette. Son récit correspondait exactement à mon rêve.

Ce monsieur s'appelait William J. Tait, et il avait déjà partagé ma cabine pendant le voyage d'aller, en juillet, sur le steamer *Olympus* de la Cunard ; Anglais, fils d'un clergyman de l'Église établie, il avait vécu plusieurs années à Cleveland, dans l'Ohio, où il occupait le poste de bibliothécaire à l'Associated Library. Alors âgé d'une cinquantaine d'années, c'était un homme rangé et très pieux, absolument pas porté sur la plaisanterie, dont le témoignage sur n'importe quel sujet pouvait être accepté sans hésitation.

L'incident me parut si étrange que je le questionnai plusieurs fois à ce sujet, et en trois occasions distinctes, la dernière peu avant notre arrivée au port, M. Tait me répéta le même récit de ce qu'il avait vu. Une fois arrivés à New York, nous nous séparâmes et par la suite je ne le revis jamais.

Le lendemain de mon arrivée, je me rendis par le train à Watertown, Connecticut, où ma femme était en visite chez ses parents depuis un certain temps, avec mes enfants. Lorsque nous fûmes seuls, tous les deux, l'une de ses premières questions fut :

« As-tu reçu ma visite mardi il y a huit jours ?

— Ta visite ? dis-je, nous étions à plus de mille miles au large.

— Je sais, répliqua-t-elle, mais il m'a semblé que je te rendais visite. »

Ma femme me raconta qu'en raison de la tempête qui faisait rage et de la perte de l'*Africa* qui, parti de Boston le jour où nous quittions Liverpool, s'était échoué à Cape Race, elle était extrêmement anxieuse à mon sujet. Cette nuit-là, la nuit où, comme je l'ai dit plus haut, le temps avait commencé à s'améliorer, elle était restée longtemps allongée sans dormir en pensant à moi et, vers les quatre heures du matin, il lui avait semblé qu'elle partait à ma recherche. Après avoir traversé le vaste océan déchaîné, elle avait enfin repéré un navire à vapeur noir et bas sur l'eau, était montée à bord, descendue à l'étage des cabines qu'elle avait parcouru vers la poupe jusqu'à me trouver. « Dis-moi, demanda-t-elle, est-ce que les cabines de luxe sont toujours comme ça, avec la couchette du haut plus profonde que celle du bas ? Dans la couchette supérieure il y avait un homme qui me regardait, et pendant un moment j'ai eu peur d'entrer, mais je me suis vite approchée de ta couchette et je me suis penchée pour t'embrasser, te serrer dans mes bras, avant de m'en aller. »

La description donnée par ma femme de notre steamer était en tout point correcte bien qu'elle ne l'eût jamais vu. Je constate, par le journal intime de ma sœur, que nous avons pris la mer le 4 octobre, atteint New York le 22 et que je suis rentré le 23.

Ce type d'expériences, où le sujet se trouve en deux endroits différents au même moment – on parle de « bilocation » –, a été abondamment décrit dans la tradition catholique. La *New Catholic Encyclopedia* le cite au nombre des principaux phénomènes liés à la dévotion chrétienne. Les traditions taoïste, bouddhiste tibétaine et soufie en parlent également comme d'un développement des siddhis *akasha* et *moksha* du yoga indien. Mais ces phénomènes ne concernent pas seulement les adeptes d'une religion. Ils se produisent fréquemment de façon spontanée pendant des moments d'extase, érotique ou autre, à l'occasion de maladies, d'expériences de mort imminente, de rêves particulièrement réalistes, de crises et d'aventures intenses. Un alpiniste raconte, par exemple :

> ... à dix ou quinze mètres du sol environ, j'ai glissé et décroché. En tombant, j'ai eu l'impression de me trouver à deux mètres de la paroi, plus ou moins, et de regarder mon corps tomber. Je me souviens vaguement m'être déplacé vers l'autre côté de mon corps pour le regarder. Une fois arrivé au sol, j'ai été immédiatement préoccupé par la douleur et je suis rentré dans mon corps.

Comme les autres capacités supranormales évoquées dans ce livre, les sorties hors du corps incitent à penser que nous ne sommes pas limités aux mondes que nous révèlent nos facultés sensori-motrices ordinaires. Non seulement nous pouvons percevoir des dimensions qui échappent à la vue et à l'ouïe normales, mais il semble que nous puissions aussi nous y déplacer dans une sorte d'enveloppe spirituelle.

N'avez-vous jamais la sensation que vos mouvements échappaient aux lois ordinaires ? En faisant du jogging, par exemple, vous avez pu vous sentir envahi par l'« ivresse du coureur », au moment où les endorphines commençaient à se répandre dans votre corps, vous donnant un sentiment d'extase. Ou bien en faisant de l'aviron avec votre enfant, vos jambes se pliant et dépliant au même rythme que les siennes, vous vous êtes rendu compte à quel point ce synchronisme était extraordinaire, à quel point la relation entre mouvements des jambes et vitesse du bateau paraissait merveilleuse. Ou encore, en vous promenant en forêt vous avez soudain fait le rapprochement entre l'euphorie que vous ressentiez en marchant et la qualité des idées qui vous venaient dans le même temps.

Pensez-y, tâchez de vous souvenir d'occasions où les sensations liées à vos mouvements sortaient de l'ordinaire et appuyez-vous sur ces souvenirs – en explorant les pratiques liées à cette capacité émergente que vous trouverez au chapitre 16. Tout travail de transformation suppose une prise de conscience et une intention préalables.

5

AMÉLIORER LA COMMUNICATION

Avec le développement des cultures, la communication humaine n'a cessé d'évoluer, depuis les premiers sons et gestes des tribus paléolithiques jusqu'aux merveilles du langage actuel. Et cette évolution ne concerne pas seulement la richesse et la précision du vocabulaire mais aussi notre répertoire de gestes et d'expressions. En plus de ces moyens de communication, que l'anthropologie et la psychologie ont étudiés en profondeur, nous utilisons parfois des façons plus mystérieuses de correspondre. Comme les traditions anciennes nous l'enseignent et comme l'ont soutenu des chercheurs modernes tels que William James, nous envoyons des messages télépathiques à nos semblables. Toutes ces modalités de la communication, essentielles à la vision de l'humanité que nous présentons ici, peuvent être cultivées et enrichies.

Nous avons tous une certaine habitude de ces connexions qui semblent transcender nos sens physiques. Mais nous les vivons comme faisant partie du champ normal de nos perceptions. Elles ressortissent, croyons-nous, à la socialisation culturelle qui est la nôtre depuis notre naissance. Sigmund Freud, Carl Jung et d'autres psychiatres de renom ainsi que des parapsychologues modernes nous en ont fourni des preuves évidentes, nous communiquons toute notre vie par des moyens sensoriels et extrasensoriels.

Dès notre venue au monde, nous repérons puis nous imitons des mots, des gestes, des postures et des expressions. Nos capacités d'interaction avec les autres sont constamment modelées, en bien ou en mal, par notre environnement, famille, amis et professeurs, par des rencontres de hasard ou par des êtres auxquels nous nous identifions à travers des médias, poèmes, films ou livres. Nous apprenons ainsi à former de nouveaux mots, de nouvelles phrases, à modifier nos réactions et à élargir notre répertoire de mouvements expressifs afin d'exprimer sentiments, intentions et réflexions.

Nous, auteurs de ce livre, estimons que nous pourrions aujourd'hui franchir une nouvelle étape de l'évolution en nous rapprochant du type de communication dont certains saints et mystiques nous ont fourni l'exemple. Si l'on en croit ses amis, saint François d'Assise parlait avec les créatures de la forêt. Les yogis, dit-on, influencent ceux qui les entourent par leur sérénité contagieuse. Et d'après la célèbre histoire des pères du désert *Historia monachorum*, les contemplatifs chrétiens recouraient à des moyens extrasensoriels pour enseigner et communiquer avec les autres.

On a même constaté que certains yogis et certains saints transmettaient des états extatiques par influence extrasensorielle. Dans la tradition hindoue, cette transmission, ou *diksha*, peut s'effectuer par un regard, rapide ou prolongé, un attouchement, un mot, une accolade ou autre geste. Et elle peut se produire à l'insu de celui qui en bénéficie ou lorsqu'il est physiquement absent. Les Écritures affirment que Jésus pouvait guérir d'un simple geste.

Au cours de ces dernières décennies, la science s'est intéressée à la communication télépathique ou « non locale ». L'une des séries d'expériences les plus déterminantes a été conduite par le psychologue William Braud et l'anthropologue Marilyn Schlitz de la Mind Science Foundation (Fondation pour les sciences de l'esprit) de San Antonio, Texas. Ces deux chercheurs ont fait treize études – auxquelles ont participé soixante-deux « influenceurs », deux cent soixante et onze sujets et quatre expérimentateurs – où une personne s'efforçait d'influer sur l'activité épidermique d'une autre, installée dans une autre pièce, par des exercices de visualisation et le biofeedback renvoyé par la cible. Pour ces treize expériences, les « influenceurs » avaient sous les yeux les enregistrements de l'activité électrodermale de leur cible et ils essayaient soit de les calmer, soit de les exciter au moyen des stratégies suivantes :

- Imagerie et techniques d'autorégulation permettant de provoquer l'état désiré (relaxation ou excitation) en soi tout en s'efforçant, par l'imagination, d'induire un état similaire chez l'autre.
- Imaginer l'autre personne dans un décor propice à la détente ou à l'activation.
- Imaginer le stylet de l'appareil d'enregistrement dessinant soit un tracé de faible amplitude pour les moments de calme, soit un tracé de forte amplitude pour les périodes d'activation.

L'ensemble de ces treize expériences a fourni la preuve évidente de l'efficacité des « influenceurs » ($p = 0,000023$, $Z = 4,08$ et effet moyen = 0,29). Le protocole de recherche de Braud et Schlitz était extrêmement rigoureux et éliminait les coïncidences, les stimuli externes (puisque les sujets et leurs influenceurs n'étaient pas au même endroit) et les rythmes physiologiques habituels. Ces travaux ont démontré l'existence d'interactions fiables et relativement fortes entre des systèmes vivants éloignés les uns des autres. Selon Braud et Schlitz, ces résultats peuvent être interprétés « comme des exemples d'influence causale directe d'une personne sur l'activité physiologique d'une autre, ou comme un processus d'information anormal combiné avec une autorégulation physiologique inconsciente chez la personne influencée ». Le protocole des expériences garantissait que l'effet ne pouvait être attribué ni à des indices sensorimoteurs conventionnels, ni à une stimulation externe quelconque, ni à des rythmes internes normaux, ni à aucune coïncidence.

Mais les effets de ces expériences ne furent pas seulement physiologiques. Les sujets qui y participaient faisaient souvent état de réactions émotionnelles ou mentales correspondant à l'expérience de l'influenceur. L'un des sujets raconta par exemple qu'il avait eu la nette impression que l'influenceur était entré dans la pièce et s'était approché de lui pour secouer vigoureusement son fauteuil. L'impression était si vive qu'il avait du mal à croire qu'il ne l'avait pas réellement vécue – et c'était effectivement l'image qu'avait utilisée son influenceur !

Au cours d'une autre séance, un expérimentateur fit remarquer à un influenceur que le tracé électrodermal de son sujet-cible lui rappelait le groupe techno-pop allemand Kraftwerk. Et lorsqu'un peu plus tard ce même expérimentateur se trouva en présence du sujet en question, une jeune fille, celle-ci lui dit immédiatement qu'un peu plus tôt elle avait pensé, sans raison apparente, au groupe Kraftwerk. Or elle n'avait pas pu entendre le commentaire fait à son influenceur.

Les résultats de ces expériences confirment les témoignages de communication extrasensorielle rapportés depuis longtemps par des membres d'équipes sportives, d'orchestres et de groupes de jazz soudain inspirés ; par des participants à des séances de guérison collective dans des lieux saints ou lors de réunions pour le renouveau de la foi ; et par les observateurs d'expériences hypnotiques au cours desquelles presque tous les sujets obtiennent des résultats positifs. On peut bien entendu prétendre que le caractère contagieux des comportements de groupes est entièrement dû à des signaux sensoriels, mais les expériences rapportées ici montrent qu'humeurs et intentions peuvent être transmises par influence extrasensorielle.

Dans la vie courante, nous pratiquons ce type de communication extraordinaire – ou nous en entendons parler – presque quotidiennement. On sent que telle personne va nous appeler juste avant que le téléphone sonne, ou l'on devine ce qu'elle va nous dire. On a l'intuition mystérieuse qu'un ami a besoin de parler et, quand on lui téléphone, il dit : « Tiens, je voulais justement t'appeler ! »

Méfions-nous toutefois. Expérience quotidienne et traditions religieuses nous enseignent que nos capacités extraordinaires de communication peuvent être utilisées à des fins destructrices. Et cette mise en garde a été confirmée par des psychothérapeutes et des psychologues. Sigmund Freud, Wilhelm Strekel, Jule Eisenbud, Jan Ehrenwald et d'autres psychanalystes ont affirmé que, d'après leur expérience thérapeutique personnelle, la télépathie devait être développée et utilisée avec les mêmes considérations éthiques que la communication ordinaire.

Si vous voulez cultiver vos dons pour la communication à distance, il existe certaines techniques dont vous trouverez des exemples au chapitre 16.

6

S'OUVRIR À UNE ÉNERGIE SUPÉRIEURE

Depuis les premiers temps de l'histoire, chamanes, saints et mystiques ont décrit leur expérience d'une énergie extraordinaire. Cette formidable force de vie, souvent associée à une perception plus fine du monde, à une capacité de mouvement plus libre et à de nouveaux pouvoirs de communication, surgit au cœur de l'expérience transcendante. Son apparition apporte à l'esprit, au corps et à l'âme une vitalité plus grande et élève le niveau des perceptions comme des capacités.

La danseuse et chorégraphe Martha Graham en parle en ces termes :

> Il y a une force vitale, un élan qui se traduit à travers vous en action et, parce que *vous êtes pour toujours unique*, cette expression va être unique. Mais si vous la bloquez, elle ne pourra exister à travers aucun autre médium et elle sera perdue... Il vous incombe de la faire vôtre clairement et directement, de maintenir le passage ouvert.

Depuis des temps immémoriaux, les gens recherchent cette force vitale à travers diverses formes d'activités, exercices physiques, érotisme, rituels religieux, arts de la guérison, prière, méditation ou yoga. On reconnaît immédiatement ceux qui la possèdent. On dit qu'ils ont du

« charisme » ou qu'ils « dégagent », qu'ils sont « centrés » ou mystérieusement imbus de leur destin. « Qu'est donc, se demande en substance Nadia Boulanger, légendaire professeur de musique, cette force qui fait les saints, les héros et les génies, cette force qui pousse les hommes à poursuivre jusqu'au bout leur destinée ? Il me semble que... c'est une forme de vision qu'expérimentaient les grands mystiques les jours où leur était donné d'atteindre une concentration profonde. »

On trouve dans l'histoire d'innombrables exemples de cette extraordinaire énergie, notamment :

- La capacité de certains chamanes d'endurer des conditions extérieures extrêmes.
- L'*incendium amoris*, ou feu de l'amour, évident chez certains mystiques catholiques comme Philip Neri.
- Le *n/um* des bushmen du Kalahari (production d'une chaleur et d'une vitalité exceptionnelles).
- La résistance au froid, ou *tumo*, des yogis tibétains.
- L'éveil de la « kundalini » déclenché par certaines formes de yoga hindou et bouddhiste.

L'accroissement de la vitalité physique produit par ces phénomènes résulte en partie de processus bien compris par la science. La résistance au froid des yogis tibétains, par exemple, est due, en partie, à la vasodilatation. La chaleur corporelle dégagée par les bushmen du Kalahari dépend jusqu'à un certain point de l'énergie produite par la danse. Mais, ces explications laissent subsister une part de mystère. Étant donné que ces phénomènes extraordinaires sont généralement associés à des extases religieuses et à des intuitions mystiques, ils pourraient être induits par des énergies autres que celles que connaît la science officielle, comme l'affirment les chamanes, yogis, saints catholiques et même certains sportifs.

« La conscience spirituelle de l'homme n'est pas éveillée, a dit Sri Ramakrishna, tant que sa *kundalini* n'est pas excitée. » Le *n/um* des bushmen Kung leur est « donné par les dieux », comme le rapporte l'anthropologue Richard Katz. Pour de nombreux saints catholiques, l'*incendium amoris* est un don du Saint-Esprit. Et beaucoup d'athlètes affirment qu'ils doivent leurs plus belles victoires à « une connexion avec des énergies qui nous dépassent ».

Selon de nombreux témoignages, le saint Philip Neri sentait souvent l'amour brûlant de Dieu enflammer tout son corps. Le savant catholique Herbert Thurston écrit :

> [Cet amour] s'étendait parfois à son corps tout entier, et en dépit de son âge, de sa maigreur et d'un régime frugal il fallait, au plus froid de l'hiver et même en pleine nuit, ouvrir les fenêtres, rafraîchir son lit, l'éventer et, de diverses façons, atténuer cette intense chaleur. Elle lui brûlait parfois la gorge, et l'on mélangeait généralement à toutes ses médecines quelque chose de rafraîchissant pour le soulager. Le cardinal Crescenzi a dit que parfois, quand il lui touchait la main, elle brûlait, comme si le saint souffrait d'une forte fièvre... Même en hiver ses vêtements au-dessus de la ceinture étaient presque toujours entrouverts, et quand on lui conseillait de les fermer pour ne pas prendre mal, il disait que c'était impossible à cause de la chaleur excessive qu'il ressentait. Un jour, à Rome, alors qu'une grande quantité de neige était tombée, il s'est promené dans la rue avec sa soutane déboutonnée et, voyant certains des pénitents qui l'accompagnaient souffrir du froid, il s'est moqué d'eux en disant qu'ils devraient avoir honte de grelotter, ces hommes jeunes, quand des hommes âgés n'avaient pas froid.

Le *n/um* des bushmen du Kalahari ressemble à l'*incendium amoris* catholique par bien des aspects. « Tu danses, danses, danses, a raconté un guérisseur Kung à Richard Katz, et puis le *n/um* te soulève dans ton ventre, te soulève dans ton dos et tu commences à trembler. Ça te fait trembler, c'est brûlant. Le *n/um* pénètre toutes les parties de ton corps, jusqu'aux doigts de pied, et même les cheveux. »

Ces expériences, attestées dans de nombreuses cultures tout au long de l'histoire, mettent en jeu une énergie, une vision, une excitation si particulières qu'on ne peut se contenter de les rejeter en les considérant comme de simples effets de l'exercice physique, de la vasodilatation ou de la suggestion collective. Elles possèdent une énergie autonome et hautement contagieuse, une intensité implacable, écrasante, qui altère le corps, induit l'extase et confère des capacités spéciales. Tous ces phénomènes sont nettement différenciés, par ceux qui les vivent, des événements mentaux ou somatiques ordinaires, et sont attribués par leurs traditions respectives à des forces dépassant la réalité ordinaire.

Vous avez peut-être déjà expérimenté ce brusque surgissement d'énergie vitale. Cela peut arriver en jouant au tennis, pendant qu'on prononce un discours, en dansant, en faisant l'amour, en travaillant dans un laboratoire, en écrivant un poème ou en faisant un travail manuel. On peut le constater chez un athlète qui semble soudain animé d'un second souffle, chez un orateur qui réussit à soulever son auditoire, chez une mère qui se relève la nuit pour veiller un enfant malade – pendant des nuits, des semaines ou des années entières.

Nous disposons aujourd'hui de nombreuses techniques permettant d'accroître l'énergie physique ou mentale. L'éducation somatique, par exemple, a montré qu'il est possible de se libérer de contractions internes incapacitantes. La recherche a prouvé que nous étions tous en mesure d'augmenter notre taux d'énergie disponible grâce à des exercices intelligents et réguliers. Et différentes techniques de psychothérapie peuvent, par la résolution de conflits internes, la prise de conscience de traumatismes passés et la réduction de nos tensions musculaires chroniques, nous ouvrir à de nouveaux types et niveaux de vitalité.

Comme nous l'avons déjà dit, la pratique spirituelle peut contribuer à nous élever vers une conscience transcendante qui contient les forces supranormales dont nous venons de parler. Faisant partie de nos capacités extraordinaires encore inexplorées, la connexion avec cette énergie peut être opérée par l'ensemble de notre être.

7

L'EXTASE

À l'automne 1987, un journaliste de télévision demanda au célèbre spécialiste de la mythologie Joseph Campbell ce qu'il conseillerait aux gens, qui, à la quarantaine, se sentent soudain perdus.

« J'ai toujours dit à mes étudiants qu'il faut aller vers sa joie, répondit Campbell, et quand on va vers sa joie, des portes s'ouvrent là où auparavant il n'y avait même pas de porte. »

La notion de joie évoquée par Campbell s'enracine dans celle d'*ananda* des hindous, cette joie divine constitutrice de l'univers. Dans l'*ananda*, l'homme trouve l'élan puissant et durable qui l'incite à se mettre au service du monde. Il ne s'agit donc absolument pas, dans l'esprit de Campbell de « plaisir », de jouissance ni de gratification immédiate. Comme il le dit dans un documentaire sur sa vie et son œuvre, « la joie, pour moi, c'est cette sensation profonde d'être totalement engagé dans la vie ». Le sentiment d'être complètement immergé dans ce que l'on fait, quand on s'absorbe dans un travail ou quand on se sent engagé dans le bon chemin, peut provoquer des éclairs d'*ananda*, d'extase transcendante. Au même titre que les autres attributs émergents dont nous parlons ici, la joie est un aspect fondamental du fonctionnement supérieur de l'homme.

Envahi par cette joie, on se sent appelé à un état supérieur de l'être, à une vocation plus haute, à une vie plus vaste, que l'on soit en train de travailler, de faire l'amour, de jouer, de prier ou de méditer. Ce que l'on fait dans cet état de félicité extrême reflète ce que l'on est fondamentalement et ce vers quoi l'on tend. Ces moments de grâce sont-ils un cadeau des dieux ? Les anciens Grecs ne les voyaient pas autrement. Ils croyaient que l'extase hissait l'être humain vers une dimension supérieure, et ils ont symbolisé ce sens de l'élévation dans la figure du dieu Dionysos.

Tout au long de l'histoire, la force de l'extase s'est manifestée dans le besoin de célébration des hommes, dans les fêtes, les carnavals comme Mardi gras ou le jour des Rois. Certaines personnes ont été qualifiées d'« extatiques » ou « ivres de Dieu ». Pensez à saint François d'Assise, al-Rumi, Hildegarde de Bingen, William Blake ou au grand mystique indien Sri Ramakrishna. Mais les mystiques ne sont pas les seuls à connaître la joie transcendante. Les soldats qui écrivent à leurs parents depuis le champ de bataille, les femmes après un accouchement, les savants qui viennent de faire une découverte imprévue et les artistes dans les affres du travail créateur la connaissent également. Il y a d'innombrables formes de joie.

Dormir dans une forêt, par exemple, comme l'écrit la poétesse Mary Oliver :

> J'ai pensé que la terre
> me reconnaissait, elle
> m'a reprise si tendrement, arrangeant
> pour moi ses noirs jupons, ses poches
> pleines de lichens et de graines. J'ai dormi
> comme jamais, une pierre
> au bord du ruisseau, rien
> entre moi et le feu pâle des étoiles,
> rien que mes pensées. Elles flottaient

légères comme des plumes parmi les branches
des arbres parfaits. Toute la nuit
j'ai entendu les petits peuples respirer
autour de moi, les insectes, les oiseaux
s'affairer dans l'obscurité. Toute la nuit
je me suis élevée pour retomber, luttant
avec un destin lumineux. Au matin
j'avais disparu une bonne douzaine de fois
dans quelque chose de mieux.

Et il y a la joie de la découverte extatique dans l'écriture, merveilleusement décrite par le Chilien Pablo Neruda dans ses mémoires :

« Dans mes poèmes, je ne pouvais pas fermer la porte à la rue, pas plus que je ne pouvais fermer la porte à l'amour, la vie, la joie ou à la tristesse dans mon cœur de jeune poète. »

Vous pouvez dire ce que vous voulez, oui monsieur, mais ce sont les mots qui chantent, s'élèvent et retombent... Je m'incline devant eux... je les aime, je m'y accroche, je les renverse, je mords dedans, je les mélange... j'aime tellement les mots...

Il y a aussi la joie des amants. Dans son livre *Le Livre des sens*, Diane Ackerman écrit :

Peut-être le plus célèbre baiser du monde est-il *Le Baiser* de Rodin où deux amants, assis sur une saillie ou un affleurement rocheux s'étreignent dans un rayonnement de tendresse et s'embrassent à jamais. Sa main gauche à elle passée autour de son cou à lui, elle semble quasiment défaillir ou bien lui chanter dans la bouche. Lui : sa main droite ouverte sur sa cuisse à elle, une cuisse qu'il connaît intimement et qu'il adore, semble prêt à jouer de sa jambe comme d'un instrument de musique... Lui : ses mollets et ses genoux sont magnifiques. Elle, ses chevilles sont fortes et d'une féminité vigoureuse, ses fesses, sa taille, ses seins sont tout en courbes charnues. Une extase intégrale [s'exhale de chaque millimètre de leur corps]. Leurs corps ne se touchent qu'en quelques endroits mais paraissent se fondre en chaque cellule… On dirait qu'ils sont tombés dans le puits l'un de l'autre ; [ils ne sont pas seulement absorbés l'un par l'autre], ils s'absorbent mutuellement.

Dans son livre *Ecstasy*, le psychologue Robert Johnson écrit : « Elle [l'extase] était autrefois considérée comme une faveur des dieux, une grâce divine capable d'élever les mortels au-delà de la réalité ordinaire, vers un monde plus haut. Le feu transformateur de l'extase brûlait les barrières qui nous séparaient de notre âme… »

Grâce à des techniques comme l'imagination active, le travail sur les rêves, les rituels, la prière et la méditation, l'extase peut pénétrer toutes les dimensions de l'existence, y compris les difficultés et la souffrance.

De fait, l'expérience humaine et la recherche scientifique ont montré que notre aptitude à la joie peut nous aider à redéfinir et à surmonter les circonstances les plus pénibles. Disciplines athlétiques et arts martiaux contribuent, par exemple, à donner aux gens le goût de l'effort et des conditions extrêmes. Par la pratique de l'ascétisme, chamanes et yogis apprennent à supporter des blessures avec une parfaite équanimité et même à s'en réjouir. Et la science a montré que la douleur pouvait être adoucie et même éliminée par l'hypnose, la méditation et des exercices psychothérapeutiques, athlétiques, yogiques ou autres.

Les études et expériences modernes sur la douleur confirment ce qu'affirment toutes les traditions sacrées, à savoir que la souffrance peut être vaincue par certaines vertus et disciplines. Le philosophe indien Sri Aurobindo exprime la sagesse de saints et de philosophes du monde entier lorsqu'il dit :

Nous ressentons douleur ou plaisir à certains contacts parce que c'est l'habitude qu'a formée notre nature,

parce que c'est la relation constante qui s'est établie. Mais nous avons la possibilité de réagir de façon exactement contraire, par le plaisir là où nous avions douleur, par la douleur là où nous avions plaisir.
Certes, l'être nerveux en nous est accoutumé à une certaine fixité, une fausse impression d'absolu dans ces matières. [Mais] il existe en nous quelque chose qui se délecte impartialement de tout être extérieur et nous permet de persévérer dans tous nos travaux, toutes nos souffrances, toutes nos épreuves.
Dans la vie ordinaire, cette vérité nous est cachée, n'apparaît que par éclairs ou bien est mal vue, mal comprise. Mais si nous apprenons à vivre en nous-même, nous allons infailliblement nous éveiller à cette présence qui est notre moi plus réel, une présence profonde, calme, joyeuse dont le monde n'est pas le maître.

Comme le remarque Michael Murphy dans *The Future of the Body* :

Pour les mystiques de la tradition chrétienne, les peines et les plaisirs ordinaires sont transcendés par… le contact avec la présence vivante du Christ. Pour les bouddhistes, la souffrance s'enracine dans le désir qui peut être aboli dans le nirvana. Pour les védantistes, le malheur disparaît dans l'ananda, la félicité en-soi. Malgré leurs métaphysiques différentes, les enseignements orientaux et occidentaux affirment que l'on peut accéder à une joie qui subsume les peines et les plaisirs ordinaires. « Du sublime plaisir sont nées les créatures, dit le Taittiriya Upanishad. Par le sublime plaisir elles existent et croissent. Au sublime plaisir elles retournent. Car qui pourrait vivre ou respirer s'il n'y avait ce sublime plaisir d'exister semblable à l'éther dans lequel nous demeurons ? » Mais il ne suffit pas de reconnaître cette grâce pour être dispensé des réactions aux stimuli potentiellement douloureux qui sont notre héritage biologique et notre conditionnement culturel. Seules les techniques de transformation peuvent nous permettre de transmuer nos peines et plaisirs habituels en cette joie durable décrite par le Taittiriya Upanishad.

Mais on peut connaître des moments de plaisir sublime sans se plier à aucune discipline. En se promenant dans la rue par un beau jour d'été, par exemple, ou en regardant l'être aimé, ou encore devant un coucher de soleil, on éprouve soudain un sentiment de bonheur inaccoutumé, quelque chose de libre et d'intouchable. Ou alors, dans un moment de souffrance, on est brusquement envahi par une bouffée de gaieté qui, en nous offrant un répit salvateur, se communique aux autres comme si elle était douée d'une vie propre. On sent alors, sans aucun doute possible, qu'il existe une vérité, une bonté, une joie rédemptrice consubstantielle à ce monde. Et ce qu'on vit dans ces moments-là, de façon inattendue, imprévue, c'est ce don que décrivent les mystiques, une joie qui défie l'entendement.

8

L'AMOUR

De toutes nos qualités, l'amour est celui qui nous dirige le plus sûrement vers cette Vie plus haute encore latente en nous. La primauté de l'amour sur nos autres capacités est célébrée dans les légendes et les mythes depuis l'aube de l'histoire.

Dans le mythe grec du labyrinthe crétois, la princesse Ariane reçoit un cadeau qui lui permettra de sauver la vie à Thésée, le prince athénien dont elle est amoureuse. Ce cadeau – qui s'appelle « *clew* », origine de notre « clé » – est une pelote de fil d'or offerte par Dédale, l'inventeur du labyrinthe, que Thésée devra dérouler en progressant vers le centre. Puis, après avoir affronté le terrible Minotaure, il suivra le fil d'or pour sortir se jeter dans les bras de son amante.

Selon les auteurs du mythe, donc, l'amour serait le fil qui nous conduit dans le dédale de l'existence mais aussi la « clé » qui nous permet d'atteindre un plus haut niveau d'existence. L'amour nous montre le chemin de la Vie qui nous appelle.

Parmi les différentes sortes d'amour qui nous sont familières, il y a le sentiment de complicité et de solidarité souvent joyeuse qui apparaît dans les grandes amitiés. C'est cet amour-là qui unissait Martin Luther King Jr à ses compagnons de lutte pour les droits civiques des Noirs. On le retrouve dans l'infinie tendresse des nonnes entre elles et dans le sentiment d'un destin commun qui unit certaines grandes équipes sportives. Il surgit dans les moments de danger, lorsque des voisins s'associent pour aller renforcer les digues d'un fleuve en crue, lorsque des mères font un rempart de leurs corps face aux dealers pour protéger leurs enfants.

C'est la camaraderie évoquée dans un film comme *Il faut sauver le soldat Ryan* où une troupe de GI est envoyée à la recherche d'un certain Ryan disparu en France pendant la Seconde Guerre mondiale. Le sort de ce soldat prend soudain une importance symbolique lorsqu'on apprend que ses quatre frères sont morts au combat. Le fait que plusieurs soldats risquent leur vie pour en sauver un seul rappelle la grande question soulevée par le philosophe allemand Schopenhauer : comment cela se fait-il qu'un soldat puisse se jeter sur une grenade pour sauver un copain ? D'où lui viennent cet amour et ce courage ? La réponse de Schopenhauer va droit à l'essentiel : ce soldat, dit-il, comprend soudain que *son copain et lui-même ne font qu'un*.

Le point commun à ces différentes manifestations de l'amour c'est la certitude implicite que ce sentiment, susceptible de naître dans un groupe comme chez un individu, peut transformer des communautés, des cultures et, finalement, le monde. Et cette certitude nous l'avons tous, pour avoir vérifié l'impact de l'amour sur un grand nombre de personnes lorsqu'un seul leader ou tout un groupe le ressentait. Pensez à Nelson Mandela ou aux mères pour la paix, en Irlande, qui ont contribué à mettre fin à de longues années de violence sectaire. Ces âmes inspirées ont montré que l'amour peut transformer une culture et diffuser très largement ses ondes bénéfiques.

Mais l'amour qui lie les membres d'un groupe autour d'une action, d'une mission, peut s'évanouir aussi vite qu'il est né lorsque l'action est terminée et les camarades dispersés. C'est un amour généralement inscrit dans un temps et un lieu définis et, si la situation change, il peut perdre sa connexion avec la transcendance d'où il provient.

L'amour érotique aussi se perd parfois en chemin, même s'il est guidé par le fil d'or de la transcendance. Le mystique juif du XVIe siècle Baal Shem Tov célèbre cette connexion lorsqu'il écrit : « De chaque être humain s'élève une lumière qui monte droit vers le ciel, et quand deux âmes qui sont destinées l'une à l'autre se rencontrent, leurs flux de lumière se mêlent et une lumière plus vive émane de leur unité. » Ce type d'amour peut refléter la transcendance, mais nous savons qu'en pratique il le fait rarement.

La quête d'Éros se poursuit éternellement à travers romans, chansons, pièces de théâtre et films. L'intrigue se noue autour de la souffrance liée à la recherche de l'amour, de la jalousie et de la rage du soupirant éconduit jusqu'à la fin parfois désastreuse d'une idylle pourtant prometteuse. Les amants vivent les affres de la fusion passionnelle avec celui ou celle qu'ils prennent pour l'âme sœur. Mais, si les histoires et les chansons nous disent que la joie ultime se trouve dans l'état amoureux, elles ne précisent pas combien de temps peuvent s'aimer ceux qui s'aiment. L'éternel problème de l'amour érotique c'est que « le désir périt de se prendre pour l'amour », comme l'écrit le poète Jack Gilbert. L'amour sensuel meurt, ou ne commence pas vraiment, parce que l'élan amoureux est confondu avec l'amour plus vaste qui tente de s'exprimer à travers lui.

Pour tous ceux qui sont en quête de l'amour véritable, la question récurrente est : comment distinguer la réalité de l'illusion ? Comment faire la distinction entre nos projections et l'amour lui-même ? Pour durer, l'amour romantique doit être inspiré par un amour plus grand qui englobe et justifie notre union avec ce partenaire. Le philosophe Jacob Needleman cite Kierkegaard dans son livre *A Little Book on Love* :

> ... le pouvoir d'aimer délibérément un autre être humain... n'est que le résultat de notre capacité à nous ouvrir au Très-Haut (l'Éternel, Dieu) en nous et au-dessus de nous... C'est une grave erreur, dit Kierkegaard, d'imaginer que l'on puisse aimer une autre personne sans aimer en même temps – et plus fondamentalement – le Très-Haut en nous-même et au-dessus de nous.

Dans son livre *Sex, Ecology, Spirituality*, le philosophe Ken Wilber éclaire la façon dont l'amour cherche à s'exprimer dans notre développement spirituel. À l'exemple des Grecs, Wilber distingue *eros* d'*agapê*, une forme d'amour supérieure, plus disciplinée, qui peut élever la relation amoureuse à un autre niveau d'expression. L'*agapê* permet en effet de transformer l'*eros* en un sentiment plus profond et plus durable. Et il en va de même pour la camaraderie. Comme l'*eros*, elle porte en elle le germe d'un amour durable. Comme l'*eros*, elle peut se déployer au-delà d'une mission ou d'un moment historique jusqu'à former une unité transcendante durable.

Le pouvoir transformateur de l'amour a été célébré depuis l'Antiquité. Dans *Le Banquet* de Platon, par exemple, Socrate décrit son évolution depuis la dévotion à un seul corps jusqu'à l'admiration de la beauté dans tous les corps, depuis la dévotion aux corps jusqu'à l'admiration de la beauté dans les lois, les institutions et la sagesse :

> Celui que la voie des mystères de l'amour aura conduit jusque-là, après avoir gravi les degrés du beau, s'avançant désormais vers le terme de cette initiation, discernera soudain une beauté d'une nature merveilleuse, celle-là même à quoi tendaient tous ses précédents efforts ; beauté éternelle qui ne connaît naissance ni mort, accroissement ni diminution... c'est seulement lorsque l'homme verra la beauté avec ces yeux qui la

rendent visible qu'il pourra concevoir non plus des images de [beauté] mais la réalité[1].

Un saint comme François d'Assise, un mystique comme Sri Ramakrishna incarnaient cet amour universel et transcendant. Saint François aimait les lépreux, les animaux et les pauvres, la beauté et la laideur, le haut et le bas, le soleil et la lune. On raconte qu'en plein hiver, s'adressant à un amandier, il dit : « Parle-moi de Dieu ! » Et l'amandier répondit en se couvrant de fleurs.

L'amour conjugal peut aussi se déployer jusqu'à l'extraordinaire. Le psychiatre Rudolph von Urban, élève de Freud, en a décrit maints exemples. Un couple lui a par exemple confié que pendant leurs moments d'intimité la femme était parfois « nimbée d'une lumière bleu-vert qui irradiait de tout son corps », inscrivant leur relation dans une joie transcendante. Un autre couple lui a raconté que l'homme et la femme sentaient un courant électrique parcourir leur peau, « un million de sources de délices fondues en une seule ».

À propos d'une expérience similaire rapportée par des amis, le poète britannique Peter Redgrove écrit :

> Après l'amour, [l'homme] dormit un peu puis se réveilla avec une sensation merveilleuse, comme si [sa peau] ouverte, vaste, ne constituait plus une barrière, comme si, à travers elle, il sentait sa femme endormie à son côté, entrée dans sa peau, comme si leurs deux corps s'étaient mélangés... Après avoir pris le temps de savourer cette délicieuse sensation, il ouvrit les yeux et vit que la pièce était pleine de filaments dorés formant un tissu qui émanait de... centres dorés, et ce tissu s'étendait, comme une protection, au-dessus du petit lit de leur fille.

---

1. Platon, *Le Banquet*, traduction de Philippe Jaccottet, Le Livre de poche.

L'expérience de cet homme rappelle l'état extatique décrit par Sri Ramakrishna : « Au cours des exercices spirituels, on a un *corps d'amour* doté d'*yeux d'amour* et d'*oreilles d'amour.* On voit Dieu avec ces yeux d'amour. On entend la voix de Dieu par ces oreilles d'amour. On a même un organe sexuel d'amour... et avec ce corps d'amour l'âme communie avec Dieu. »

Pendant ses dévotions, il émanait de Sri Ramakrishna un rayonnement physique remarquable, et une énergie hautement contagieuse. Au cours de réunions, notamment pendant l'initiation de son disciple Narenda, les gens qui l'approchaient ressentaient une présence, une force qui avait sur eux des effets physiques immédiats. Dans son journal, « M », un disciple de ce grand mystique, donne plusieurs exemples de ce type de transmission où se manifeste quelque chose de substantiel matérialisé par l'amour de Sri Ramakrishna pour Dieu. Des gens ont vu des lumières autour de lui, ont ressenti une énergie libératrice en sa présence ou se sont trouvés enveloppés de substances spirituelles palpables, exactement comme les amants cités plus haut se sentaient irrigués d'une énergie et d'une présence nouvelles. Pour reprendre le symbolisme de Socrate, Sri Ramakrishna ne manifestait pas des images de bonté et de beauté, il était l'expression même de la bonté et de la beauté.

De fait, pratiquement toutes les traditions sacrées associent à l'extase religieuse différents symptômes physiques. Parmi ces symptômes, la beauté de la voix et de l'allure, une luminosité extraordinaire, une vitalité surabondante et l'impression que la personne habite une nouvelle sorte de peau. Dans toutes les cultures, les saints ont, par leur amour de Dieu, régénéré leur corps, leur entourage et même l'espace physique qui les entourait.

Agapê peut transformer toutes les relations. Pensez à l'étudiant médiocre qui se découvre de nouveaux talents dès lors qu'un professeur s'intéresse à lui ; pensez à la personne généralement dépressive qui retrouve goût à la vie après avoir fait un acte généreux ; pensez à l'ami découragé qui trouve sa voie parce que quelqu'un a su apprécier ses qualités particulières. L'amour prend toutes sortes de formes et produit toutes sortes d'effets mais il ouvre toujours à une vie nouvelle.

Dans la vie quotidienne, l'amour nous apparaît dans différentes situations. Il peut surgir inopinément dans le regard qu'échangent deux personnes, dans un fantasme un peu fou concernant l'être aimé, dans un moment d'intimité entre amis, au sein d'un groupe impliqué dans une grande cause ou pendant une prière. À nous d'élever ces moments vers leur plus haute expression. Chaque instant d'amour est une prémisse de l'amour éternel qui veut surgir en nous. Combien d'amour sommes-nous capables d'exprimer ? Sommes-nous dégagés des projections ou des besoins inconscients qui nous coupent de cet amour ? Nos expériences spirituelles sont-elles profondes ? Le degré d'amour dont nous sommes capables en est la mesure exacte.

Et l'amour grandit grâce à la volonté et à la pratique, nous en sommes persuadés. En dehors du désir individuel ou de l'amour divin qui nous est parfois accordé, il est possible et souhaitable de s'entraîner à aimer avec cette attention, cette intention dont nous avons parlé dans les chapitres précédents. On développe ainsi ce que Jacob Needleman appelle l'« amour intermédiaire » et qui répond au besoin d'un amour à la fois personnel et impersonnel. « En fait, écrit-il, les enseignements *pratiques* de tous les sages désignent un amour qui n'est pas autre chose – un amour qui contient à la fois l'intensité personnelle du désir subjectif et le désir altruiste du bien-être des autres. »

L'amour idéal décrit par la philosophie est donc à la fois mutuellement avantageux et transcendant : « Le travail de l'amour est un travail de présupposition du désir d'éveil chez l'autre. »

9

Identité transcendante

Prises dans leur ensemble, les expériences extraordinaires décrites dans ce livre semblent former un tout cohérent. Elles apparaissent comme les attributs d'une nature humaine unique mais dotée de multiples facettes, qui s'efforce de naître en nous. Chacune de ces expériences semble nous rapprocher d'une plus grande complétude – et en porte les germes. Perceptions élargies, capacité de mouvement, énergie et autres propriétés dont nous avons parlé nous appellent vers une nature plus globale, plus riche, débordante de joie, de sens et d'utilité.

Chacun d'entre nous commence sa vie dans un monde restreint de parents et d'amis, puis acquiert progressivement une meilleure notion de lui-même. Si notre développement est raisonnablement sain, nous commençons à repérer les détails de notre contexte social et à différencier notre identité personnelle de toutes celles qui nous entourent. Si nous avons de la chance, nous arrivons à nous connaître en tant qu'individu unique, au sein d'une famille, d'une communauté, d'une nation et d'une histoire particulières. À mesure que notre expérience s'étend, notre moi devient une identité biographique unique.

Il arrive pourtant que la perspective d'une autre identité, une forme d'être qui transcende le moi ordinaire, soit dévoilée à certains d'entre nous. De tout temps poètes et philosophes ont célébré ce réveil, et les traditions sacrées sont en grande partie fondées sur lui. Les saints et les sages affirment, depuis l'Antiquité, qu'il est possible d'accéder à une identité qui dépasse notre histoire personnelle, forme d'être que les maîtres spirituels ont nommée *atman* (dans les Upanishad), Vraie Nature (dans le bouddhisme tibétain), « âme unie à Dieu », ou « soi ». Cette identité transcendante, apparemment connectée à l'essence et à la source divine de l'univers, nous donne la sensation de découvrir qui nous sommes réellement.

Une Américaine, qui a pendant de longues années effectué des pèlerinages pour la paix mondiale, a renoncé à son nom, à sa maison et à sa vie après une expérience de cet ordre. Voici comment elle décrit son réveil :

> Je commençai à me sentir très mal à l'aise de posséder autant alors que mes frères et sœurs mouraient de faim. Il fallait que je trouve autre chose. Le tournant décisif se produisit lorsque, désespérée, cherchant sincèrement un sens à donner à ma vie, je me promenais seule, une nuit, dans les bois. Je débouchai dans une clairière inondée de lune et me mis à prier.
>
> Je me sentais prête, sans aucune restriction, à donner ma vie – consacrer ma vie à servir. « Je vous en prie, mon Dieu, utilisez-moi », demandai-je. Alors une grande paix vint sur moi. De cet instant, j'ai su que je devrais œuvrer pour la paix – paix entre les nations, paix entre les groupes, paix entre les individus et paix intérieure. Il y a toutefois une grande différence entre accepter de donner sa vie et le faire vraiment, et il m'a fallu quinze ans de préparation et de recherche intérieure pour y arriver.
>
> [Et puis un jour] je marchais, très tôt le matin, quand j'ai senti mon âme s'élever, s'élever comme jamais. J'ai connu l'absence de temps, l'absence d'espace, la légèreté. Je n'avais plus l'impression de toucher terre en marchant. Il n'y avait ni homme ni animal alentour,

mais chaque fleur, chaque buisson, chaque arbre paraissait porter un halo. Tout était enveloppé d'une émanation, et des flocons d'or tombaient comme une pluie oblique traversant l'air.

Mais ces phénomènes n'étaient pas le plus importants : l'important c'était la conscience de l'unité de toute la création. Je savais déjà que tous les êtres humains ne sont qu'un. Mais je découvrais l'unité avec le reste de la création. Les créatures qui marchent sur la terre et celles qui sortent de terre. L'air, l'eau, la terre elle-même. Et surtout, surtout, *l'unité avec ce qui imprègne toute chose et tient tout ensemble et donne vie à tout.* Une unité avec ce que beaucoup appelleraient Dieu.

C'est à ce moment-là que m'est venue l'inspiration des pèlerinages… Je me suis vue, en imagination, marcher.

… J'ai vu une carte des États-Unis avec les grandes villes marquées – et c'était comme si quelqu'un avait pris un crayon de couleur pour dessiner un zigzag d'est en ouest et nord au sud, de Los Angeles à New York. J'ai su ce que j'avais à faire. Et c'était la vision de mon premier itinéraire de pèlerinage en 1953 !

Je pénétrai dans un monde nouveau et merveilleux. Ma vie avait enfin un sens et un but.

Parmi les grands poètes, philosophes et figures religieuses du monde, beaucoup ont décrit l'expérience d'une vocation ou d'un « soi » supérieurs. Les philosophes grecs Pythagore, Socrate et Platon ; le poète soufi Djalal al-Din Rumi ; le mystique chrétien Maître Eckhart ; les poètes anglais William Blake et William Wordsworth ; le sage américain Ralph Waldo Emerson, le poète américain Walt Whitman ; les mystiques indiens contemporains Ramana Maharshi, Sri Ramakrishna et Sri Aurobindo et un grand nombre d'autres ont contribué à la tradition d'une identité transcendant l'ego. Le jeune Siddhârta, qui devait devenir le Bouddha, était insatisfait du matérialisme du palais paternel ; l'Enfant Jésus souffrait de voir le Temple livré aux marchands ;

le jeune saint François se fatigua de ses habitudes dépensières. Ils sentirent tous l'appel qui provoqua la transcendance de leur ancienne identité, une rupture avec leur ancienne vie, une nouvelle connexion avec un niveau plus profond de réalité. Ralph Waldo Emerson en parle en ces mots :

> Tout tend à prouver que l'âme de l'homme n'est pas un organe mais qu'elle anime et entraîne tous les organes ; ce n'est pas une fonction, comme la faculté de mémoire, de calcul ou de comparaison, mais elle s'en sert comme de pieds et de mains ; ce n'est pas une faculté mais une lumière ; ce n'est pas l'intellect ni la volonté mais le maître de l'intellect et de la volonté ; c'est l'arrière-plan de notre être dans lequel ils sont – une immensité qui n'est et ne peut être possédée. De l'intérieur ou de derrière, une lumière brille à travers nous et nous apprend que nous ne sommes rien mais que la lumière est tout.

L'Indien Sri Ramakrishna a initié son célèbre disciple Narenda (qui devint Swami Vivekananda) à ce même type d'expérience. Swami Nikhilananda le raconte dans son introduction à *The Gospel of Sri Ramakrishna* :

> À cause de son éducation brahmane, Narenda considérait comme blasphématoire la notion de l'unité de l'homme avec son Créateur. Un jour, dans le jardin du temple, il dit à un ami : « Quelle stupidité. Cette cruche est déesse ? Cette coupe est Dieu ? Tout ce que nous voyons est Dieu ? Et nous sommes Dieu nous aussi ? Je ne peux rien imaginer de plus absurde. » Sri Ramakrishna sortit de sa chambre et gentiment le toucha. Subjugué, Narenda perçut immédiatement que tout dans le monde était effectivement Dieu. Un nouvel univers s'ouvrait devant lui. Il rentra chez lui dans cet état d'éblouissement et vit que la nourriture, l'assiette, le mangeur lui-même, les gens qui l'entouraient étaient tous Dieu. Lorsqu'il sortit dans la rue, il vit encore que les voitures, les chevaux, la foule des

piétons, les bâtiments étaient Brahman. Il eut du mal à faire ce qu'il avait à faire... Et lorsque l'intensité de l'expérience diminua un peu, il vit le monde comme un rêve. Il lui fallut plusieurs jours pour redevenir lui-même. Il avait eu un avant-goût des grandes expériences qui l'attendaient...

Il s'agit, une fois encore, d'une expérience transcendant l'ego où des dimensions inconnues s'ouvrent à la conscience. Il semble alors qu'un être nouveau cherche à émerger en nous, un être qui sait immédiatement qu'il est connecté à ce vaste champ de la création qui nous entoure et nous contient. Il ne s'agit pas simplement d'une idée intellectuelle mais d'une prise de conscience immédiate, d'une conviction plus forte que celle de notre identité biographique.

Dans la Bhagavad-Gita, Krishna, Seigneur de l'existence, dit : « C'est une portion éternelle de Moi qui est devenu le vivant dans un monde de choses vivantes. » Pour certains commentateurs, ce texte signifie qu'une entité suprême, un Soi par-delà le soi ordinaire (*purushottoma*), soutient les actes individuels dans le monde quotidien. Selon cette interprétation, Krishna symbolise l'identité ultime, immanente au monde et néanmoins transcendante à toute chose créée. On retrouve des doctrines similaires dans toutes les traditions sacrées. Pour l'érudit bouddhiste japonais Gadjin Nagao, il y a dans le bouddhisme :

> ... l'expression « grand soi » (*mahatmya*), terme qui a de toute évidence un rapport avec l'Âme universelle de la théorie [hindoue] de l'*atman*. Le vrai réveil, ou accession à l'état de Bouddha, s'explique comme l'annihilation du « petit moi » et la réalisation du « grand Soi. »

Pour Platon, l'âme communie avec les archétypes divins avant de prendre naissance dans ce monde limité des sens, mais la pratique de la vertu et la poursuite du Bien peuvent l'élever à sa dimension supérieure. Décrivant sa propre expérience, le grand philosophe néoplatonicien Plotin écrit :

> Souvent je me suis réveillé à moi-même hors de mon corps et je suis entré en moi-même, sortant de toute autre chose. J'ai vu une beauté d'une grandeur merveilleuse et j'ai ressenti qu'alors l'essentiel de moi-même appartenait à la meilleure part. J'ai vécu pleinement la meilleure vie et j'en suis arrivé à m'identifier au Divin.

La réalisation d'une identité qui transcende les contraintes du moi ordinaire a été célébrée par d'innombrables prophètes juifs, chrétiens et islamiques. « Mon Moi est Dieu, et je ne reconnais pas d'autre Moi que mon Dieu lui-même », a écrit sainte Catherine de Gênes. « Pour prendre les dimensions de l'âme, écrit Maître Eckhart, il faut la mesurer à l'aune de Dieu, car le domaine de Dieu et le domaine de l'âme sont un seul et même terrain... L'œil par lequel je vois Dieu est le même œil par lequel Dieu me voit. »

L'identité suprême dont parlent ces textes est reconnue par ceux qui en font l'expérience comme la base secrète et la réalisation de la nature humaine. C'est pourquoi les mystiques de différentes cultures parlent d'un « je plus réel » ou d'un « moi plus juste ». Alan Watts voit dans cette expérience le passage d'une vision fragmentaire du monde à une vision globale, la sensation que *tout ce qui existe voit à travers nos yeux*.

Depuis l'aube de l'humanité, les hommes ont décrit cette révélation d'une identité, d'un être plus vaste. Elle peut se produire au cours de rituels religieux, pendant la prière ou la méditation. Elle peut aussi intervenir, plus spontanément, pendant qu'on s'occupe de malades, qu'on marche dans le désert, à l'occasion d'une création artistique, de travaux de jardinage ou ménages. Toutefois, quelles que soient les circonstances, ces expériences sont similaires en ce qu'elles concernent une identité qui transcende l'ego. Et, selon nous, tous les attributs extraordinaires dont nous avons parlé prennent toute leur force, tout leur sens dans cette identité.

Pendant ces expériences de l'Être fondamental, nous ne *pensons* pas être connectés avec le divin en nous, nous *savons* que nous le sommes. Tout, autour de nous, apparaît comme un déploiement suprêmement créateur, un dessein divin dans lequel nous nous savons profondément impliqués. Il y a néanmoins une contradiction. La conscience de notre profonde solidarité avec le monde s'accompagne de la conscience de notre caractère unique. Nous voyons à la fois notre unité avec toute chose et notre place singulière dans l'univers en évolution.

Les saints et les sages qui ont le mieux célébré ce réveil à l'Unité ont aussi manifesté une vocation et une personnalité hors du commun. Personne n'a marqué sa culture autant que Jésus, Bouddha, Mahomet ou saint François d'Assise. Tous les philosophes et les poètes dont nous avons parlé étaient des personnalités de grande envergure, des êtres inoubliables. Au chapitre 12 nous reviendrons sur ce paradoxe.

10

Connaissance transcendante

De même que l'identité transcendante dont nous venons de parler, la connaissance transcendante implique la reconnaissance de notre unité avec Dieu et l'univers en évolution. Mais, telle que nous l'entendons ici, la connaissance transcendante implique également l'accès à des inspirations, des souvenirs et des intuitions supérieurs à ceux qui nous sont normalement accessibles. Grâce à eux, nous sommes en mesure de servir le monde avec plus de créativité et de pouvoir.

« Bien que comparables à des états de sensation, écrit le philosophe William James, les états mystiques paraissent à ceux qui en font l'expérience être également des états de savoir. Ce sont des plongées dans les profondeurs de la vérité non sondées par l'intelligence discursive. Ce sont des illuminations, des révélations, pleines de signification et d'importance, aussi inexprimables qu'elles demeurent. »

Bien que ces illuminations soient plus fréquemment le fait de mystiques et de saints des traditions sacrées, elles peuvent aussi concerner le commun des mortels. Dans son autobiographie *Le monde tel que je le vois*, Albert Einstein décrit ainsi ce type de connaissance :

L'émotion la plus belle et la plus profonde que l'on puisse vivre est la sensation mystique. C'est la semeuse de toute vraie science. Celui à qui cette émotion est étrangère, qui ne sait plus s'émerveiller, se laisser subjuguer, pourrait aussi bien être mort. Savoir que ce qui nous est impénétrable existe pourtant et se manifeste comme la plus grande sagesse et la beauté la plus radieuse que nos faibles capacités ne peuvent saisir que de la façon la plus primitive – cette connaissance, ce sentiment est au centre de tout sentiment religieux authentique.

Dans *Les Variétés de l'expérience religieuse*, William James cite le témoignage direct de cette expérience par le psychiatre canadien Richard Bucke :

> Tout à coup, sans avertissement aucun, je me retrouvai enveloppé d'un nuage couleur de flamme. Pendant un instant, je pensai au feu, une immense conflagration quelque part, à proximité, dans cette grande ville ; [puis] je compris que le feu était en moi. Juste après, je fus envahi par un sentiment d'exultation, d'une joie immense accompagnée ou immédiatement suivie par une illumination intellectuelle impossible à décrire.
> Entre autres choses, j'en vins non seulement à croire, mais à voir que l'univers n'est pas composé de matière morte mais que c'est, au contraire, une Présence vivante ; je pris conscience en moi-même de la vie éternelle. Ce n'était pas la certitude d'être éternel, mais la conscience de posséder la vie éternelle à ce moment-là ; je vis que tous les hommes sont immortels ; que l'ordre cosmique est tel que, sans aucune intervention du hasard, toutes les parties fonctionnent ensemble pour le bien de chacune et de toutes...

En de rares occasions, lorsque la connaissance mystique s'accompagne du sentiment d'une identité transcendante, nous voyons que, d'un endroit différent de notre moi ordinaire, nous pouvons recevoir des informations et des impulsions créatrices qui contribuent à enrichir le monde. Comme les autres facultés exposées ici, connaissance et identité se fondent en une unité supérieure. Ce type d'intégration est généralement marqué par un élan ou un courant – d'inspiration.

L'inspiration

« Alors arrive l'inspiration, note la danseuse et chorégraphe visionnaire Martha Graham. D'où vient-elle ? Il nous est tous arrivé de nous sentir soulevés par une vague d'excitation pour ce que nous sommes en train de faire ou pour un projet. Dans ces moments-là, tout ce que nous faisons semble s'animer, devenir signifiant, nécessaire même, et le travail accompli semble confirmer qui nous sommes ou plutôt qui nous pouvons être. Dans ces moments-là nous savons que quelque chose de transcendant nous anime. Mais on ne peut ni forcer ni demander ce genre d'inspiration. En un sens, elle ne peut être que reçue. »

Le passage suivant d'une lettre attribuée à Mozart décrit ce processus de transcendance du moi :

> Lorsque je suis, pour ainsi dire, entièrement moi-même, complètement seul et de bonne humeur... c'est en de telles occasions que mes idées coulent le mieux et le plus abondamment. D'où elles viennent et comment, je ne sais pas ; pas plus que je ne peux les forcer. Les idées qui me plaisent je les retiens dans ma mémoire et j'ai l'habitude de me les fredonner à moi-même, comme on me l'a appris. Si je persiste, m'apparaît bientôt la façon dont je pourrais accommoder tel ou tel morceau pour en faire un bon plat, c'est-à-dire le conformer agréablement aux règles du contrepoint, aux particularités des divers instruments, etc.
>
> Tout cela m'enflamme l'âme... Mon sujet s'agrandit, s'organise, se précise, et bientôt l'ensemble, aussi

long soit-il, se trouve inscrit, presque complètement achevé, dans mon esprit, ce qui permet de le revoir, comme une image, d'un seul coup d'œil. Et mon imagination ne me présente pas toutes les parties successivement mais me les fait entendre toutes ensemble (*gleich alle zusammen*)... Ce qui a été ainsi produit je ne l'oublie pas facilement, et c'est peut-être le don le plus précieux dont je doive remercier mon Divin Créateur.

Qu'elle soit donnée à des artistes comme Mozart, à des mystiques ou à une mère pour répondre aux besoins de son enfant, cette inspiration a toujours des traits caractéristiques, notamment la vitesse, la spontanéité, la joie, l'indépendance par rapport aux processus cognitifs ordinaires et la façon d'arriver « tout à coup » et « d'un seul coup ». Parfois aussi, elle semble impliquer des souvenirs qui dépassent nos processus de remémoration habituels.

La mémoire supranormale

De tout temps et dans pratiquement toutes les cultures, il y a eu des individus célèbres pour les prouesses de leur mémoire. Dans l'Irlande celtique, les bardes devaient mémoriser un poème, un chant, une devinette ou une chanson pour chaque jour de l'année, certaines de ces pièces nécessitant huit heures de récitation. Les écoliers et les poètes de la Grèce antique apprenaient communément par cœur de longs passages de l'*Iliade* et de l'*Odyssée* d'Homère. Dans sa remarquable étude *The Art of Memory*, Francis Yates explore « la gymnastique intérieure et le labeur invisible de la concentration » qui permettaient ces prouesses en Grèce, au Moyen Âge et à la Renaissance. Parmi les athlètes de la mémoire qu'elle cite, le philosophe et orateur Sénèque « pouvait répéter deux mille noms dans l'ordre où on les lui avait donnés ; et lorsque chacun à son tour deux cents élèves ou plus récitaient un vers, il était capable de les répéter tous dans le sens inverse ».

Cela prouve que les capacités de la mémoire peuvent être grandement développées par la volonté et l'entraînement. Le psychiatre Viktor Frankl raconte par exemple dans son livre *Découvrir un sens à sa vie* comment il a aidé les prisonniers à survivre au camp d'Auschwitz pendant la guerre en les incitant à garder en mémoire les images d'êtres aimés ou, s'ils étaient poètes ou musiciens, à terminer leurs œuvres inachevées dans leur tête, sans rien écrire. À ce propos, il écrit :

> Grâce à sa vie intérieure, le prisonnier pouvait se protéger du vide, de la désolation et de la pauvreté spirituelle de son existence. Il appelait le passé à la rescousse. En donnant libre cours à son imagination, il se rappelait certains événements souvent sans importance de sa vie d'avant. Les regrets qu'il éprouvait alors glorifiaient en quelque sorte ces souvenirs et il arrivait même qu'ils revêtent un caractère un peu étrange. Parfois, je m'imaginais assis dans un autobus, ou bien ouvrant la porte de mon appartement, répondant au téléphone, ou allumant les lumières. Nos pensées tournaient souvent autour de tels détails, de tels souvenirs qui nous faisaient parfois venir les larmes aux yeux.

La mémoire peut remonter encore plus loin lorsque nous cherchons un sens à notre vie. Elle peut prendre la forme de l'inspiration lorsque nous cherchons à « nous souvenir » d'une existence autre, d'une dimension supérieure et de ce que nous sommes destinés à devenir. Un afflux de souvenirs d'événements oubliés depuis longtemps vient alors nous rappeler que nous avons été préparés pour les grandes choses que nous devons accomplir.

L'intuition

Mais la connaissance transcendante ne se limite pas au travail artistique ou scientifique. Elle nous éclaire parfois sur la façon de gérer notre vie quotidienne. On peut alors la qualifier d'intuition « précognitive » ; elle nous arrive sous la forme d'un pressentiment, d'une sensation instinctive, d'une image concernant un acte particulier, à un moment ou un endroit particulier qui nous conduit finalement – comme par « synchronicité » – à une information, des connexions ou des situations nouvelles qui enrichissent notre vie et nous permettent de réaliser de plus grands projets. À force d'attention et d'entraînement, on peut apprendre à reconnaître plus vite ces intuitions et à se laisser guider par elles.

La connaissance transcendante, donc, comme les autres capacités extraordinaires décrites jusqu'ici, semble provenir d'un être ou d'une nature extérieure à notre moi ordinaire. Et lorsqu'on la cultive, elle révèle de plus en plus une Présence supérieure qui nous appelle vers plus de vie et d'action dans ce monde en perpétuelle évolution.

11

Une volonté supérieure à l'ego

« Tout coule et rien ne reste », a dit Héraclite, philosophe grec du Ve siècle avant J.-C. Il parlait du temps qui passe et du fait que le changement est la seule constante de la vie. Pourtant, le mot « coule » évoque un autre type d'expérience, celui où l'on se sent « en adéquation », « juste » ou « synchrone ».

La capacité de nous laisser porter par le courant, libéré de nos conduites d'échec habituelles, est un autre attribut de notre nature émergente. Les expériences de connaissance et d'identité transcendante nous aident à nous abandonner. Elles peuvent même être notre base de départ. Car il est vrai qu'avec une identité et une conscience moins limitées par l'ego nous possédons une volonté plus forte et plus habile, un plus grand pouvoir de décision. Et cette volonté nous aide à servir le monde de façon plus créatrice. Dans tout ce que nous faisons, nous pouvons accéder à des énergies qui dépassent le niveau de nos motivations et de nos impulsions habituelles.

Selon les enseignements religieux de toutes les époques, celui qui dépasse l'égocentrisme pour s'engager dans un courant d'action qui semble provenir d'une partie supérieure de l'être jouit d'une force de volonté extraordinaire. Dans la Bhagavad-Gita, le guerrier Arjuna devient un puissant instrument de Dieu en transcendant ses besoins égoïstes et son attachement aux résultats immédiats. Dans la tradition taoïste, il est dit que celui qui concentre ses énergies vitales, apaise sa pensée et méprise les récompenses extérieures, acquiert une maîtrise parfaite dans ses travaux quotidiens et exprime ainsi sa vraie nature qui est identique au tao. Comme le conte le sage taoïste Tchuang-tseu :

> Le menuisier K'ing fit, pour une batterie de cloches, un support qui frappa les yeux de tous les visiteurs comme s'il avait été l'œuvre d'un dieu. Le seigneur de Lou l'ayant vu lui demanda quelle était sa méthode.
> « Je suis un simple artisan, répondit K'ing, comment pourrais-je avoir une méthode ? Et pourtant j'en ai une. Avant de travailler à mon support, j'évitai de dissiper mon énergie ; j'ai gardé l'ascèse afin de calmer mon esprit. Après trois jours d'ascèse, je ne songeais plus aux félicitations ni aux récompenses, ni aux titres, ni aux salaires. Après cinq jours, je ne songeais plus ni aux critiques ni aux éloges, ni à l'adresse ni à la maladresse. Après sept jours, j'oubliai brusquement que j'avais quatre membres et un corps. À ce moment, la cour de Votre Altesse n'existait plus pour moi. L'art m'absorbait si profondément que tout tracas du monde extérieur disparut. J'allai alors dans une forêt de la montagne et me mis à observer la nature des arbres. Ce ne fut que lorsque mes regards tombèrent sur des formes parfaites que la vision de mon support surgit en moi et que je commençai à y mettre la main. Sans cela c'en aurait été fait de mon travail. C'est sans doute grâce à la conformité parfaite entre ma nature et celle de l'arbre que mon œuvre paraît être celle d'un dieu[1]. »

Tous les témoignages directs le confirment, la volonté mise en œuvre dans les sports, les arts martiaux et autres disciplines – ou même dans n'importe quelle activité –

1. Traduction (du chinois) de Liou Kia-Hway, *Le Grand Livre du tao.*

est marquée par une intense concentration et une forte implication. Le psychologue américain Mihaly Csikszentmihalyi a étudié cette qualité, qu'il appelle « flux », pendant plusieurs dizaines d'années. Il le qualifie de « percée vers d'autres niveaux de pensée et de comportement,. qui se produit en l'absence de sollicitation sociale et de récompense immédiate ».

La recherche sur le flux a été faite sur des vieilles femmes coréennes, des adultes indiens et thaïlandais, des adolescents de Tokyo, des bergers navahos, des fermiers des Alpes italiennes et des ouvriers de chaînes de montage à Chicago. Selon Csikszentmihalyi, les principaux aspects du flux seraient entre autres « concentration intense, clarté de l'objectif, perte de la notion de temps, absence de toute timidité et transcendance de l'idée du moi... [Ces caractéristiques du flux] sont avérées sous une forme plus ou moins identique par des individus du monde entier ». Csikszentmihalyi a aussi montré que le flux pouvait être cultivé. Cette découverte confirme les affirmations des sages de toutes les époques selon lesquelles, si une volonté extraordinaire peut survenir spontanément, comme une grâce, pour la retrouver et la développer, l'homme doit prendre conscience de son existence et décider de la cultiver.

« Les vents de la grâce soufflent, a dit Sri Ramakrishna, mais pour les attraper il faut hisser sa voile. » En nous abandonnant à un pouvoir qui dépasse nos impulsions ordinaires, nous pouvons acquérir des forces nouvelles et agir avec une volonté de pouvoir supérieure à celle dont nous disposons normalement. Cette possibilité se reflète dans l'expression chrétienne « Que ta volonté soit faite, non la mienne. »

George Leonard a forgé l'expression « abandon dans la concentration » pour décrire l'aspect paradoxal de l'abandon au flux. Dans *The Life We Are Given*, le livre qu'il a écrit avec Michael Murphy, il décrit les résultats de ses recherches sur le phénomène. Il note que les moments de grâce exceptionnels, le « rythme parfait » impliquent le mariage improbable entre effort et absence d'effort, concentration et détente. Il semble donc qu'un mélange d'intention extrêmement pointue et de lâcher-prise de l'ego soit nécessaire pour accéder à un niveau d'existence aussi fondamental et créer ce qui prend parfois des allures de miracle.

De tout temps, volition et prière ont été intimement liées. Selon Homère, nous prions parce que « tous les hommes ont besoin des dieux ». Pour les musulmans, la prière est une échelle ou un voyage conduisant aux cieux où des énergies de vie supérieures nous sont données. Pour sainte Thérèse de Lisieux la prière est une « élévation du cœur » qui contribue à l'élévation du monde. Le philosophe William James l'appelle le « vrai travail ». Ohiyesa, homme-médecine sioux dakota écrit : « Dans la vie de l'Indien il y avait un seul devoir absolu – le devoir de prier. » Et plus récemment, des chercheurs comme Elizabeth Targ et Marilyn Schlitz, des médecins tel Larry Dossey ont fourni la preuve expérimentale du pouvoir curatif de la prière pour le corps et pour l'esprit.

Mais si l'intention et l'abandon sont les moyens de se doter d'une volonté supérieure et d'inscrire notre vie dans le flux général du monde, la question se pose : Comment commencer ? L'une des réponses se trouve dans le sentiment d'être appelé, dans les injonctions de l'au-delà. Nous les remarquons souvent par des indices discrets, des élans ou des intuitions qui nous échappent facilement. Si nous leur prêtons attention, nous pouvons accéder à une dimension supérieure de nous-mêmes. « Lorsqu'un moment frappe à la porte de votre vie, a écrit l'écrivain russe Boris Pasternak, il ne fait souvent pas plus de bruit qu'un battement de cœur, et on le rate très facilement. »

12

L'EXPÉRIENCE DE L'INTÉGRATION ET DU FLUX SYNCHRONISTIQUE

Les expériences extraordinaires décrites dans les chapitres précédents sont attestées dans pratiquement toutes les cultures depuis l'aube de l'histoire. Comme nous l'avons vu, elles sont le fait de femmes et d'hommes jeunes ou vieux, elles se produisent au cours de toutes sortes d'activités, des plus communes aux plus sublimes. Beaucoup de ces expériences ont été confirmées scientifiquement et toutes sont célébrées dans les traditions sacrées. De fait, toutes les religions fondent en grande partie leur justification et leur pouvoir sur ce genre d'expériences vécues non seulement par des mystiques et des saints mais aussi par des individus peu ou pas du tout portés sur la religion. L'élargissement des capacités de perception et de communication, les moments d'accession à une identité et à une connaissance supérieures, les instants de joie suprême et d'amour universel qui embellissent notre vie nous rappellent encore et encore que nous sommes tous susceptibles de nous transformer.

Jusqu'ici nous avons évoqué nos capacités émergentes comme des expériences discrètes, parce que c'est généralement ainsi qu'elles se présentent au début. Mais nous sommes convaincus que nous connaîtrons un jour autre chose que leur activité séparée. Toutes ces capacités paraissent intrinsèquement liées les unes aux autres, ce qui laisse supposer qu'elles seront rassemblées dans une unité supérieure lorsque notre nature profonde se révélera. Même si cette intégration globale appartient encore à un avenir lointain, partout dans le monde, des hommes et des femmes commencent à en faire l'expérience.

De nombreuses études contemporaines montrent par exemple que dans diverses cultures le flux dont nous avons parlé, ce mode d'action qui transcende l'ego, est parfois ressenti. Ce type de comportement n'est pas étranger au concept de « non-faire » du taoïsme, à l'« action sans attachement au résultat » prôné par les textes bouddhistes et hindous ou à la transcendance de l'effort égocentrique décrite dans le christianisme, le judaïsme et l'islam. On peut aussi rapprocher le « flux » de la notion de synchronicité définie par Jung. L'éminent psychiatre suisse a défini ce phénomène comme la survenue de « coïncidences signifiantes », événements qui illustrent et confirment certains tournants de notre vie et semblent obéir à quelque chose qui n'est ni la causalité ni le hasard. Ces événements, d'après Jung, signalent un principe ou une qualité du monde qui guide les individus dans leur démarche d'évolution, vers leur vocation la plus profonde.

On peut penser qu'à mesure que nous intégrerons nos capacités supérieures nous aurons de plus en plus souvent l'expérience de la synchronicité. Dans ces moments-là, qui semblent souvent mystérieux, les événements conspirent pour nous pousser ou nous attirer comme vers un but déterminé – un destin, même. On découvre un livre et, peu après, on entend parler d'un stage qui s'y rapporte. On envisage de changer de métier, et l'on rencontre comme par hasard quelqu'un qui vient de faire cette expérience. On pense à une vieille amie et, justement, elle nous téléphone pour nous dire quelque chose d'important. Ces coïncidences ont souvent un aspect révélateur. Elles semblent nous signaler quelque chose d'important, quelque chose qui aura des conséquences pour nous. Nous sommes alors attirés – pendant un instant au moins – au-delà de nos habitudes de pensée et d'action vers une identité supérieure, vers d'autres dimensions de nous-mêmes où nous sommes reliés aux forces créatrices qui animent l'ensemble de l'univers.

Vaincre les obstacles

Pour la plupart d'entre nous ces moments sont fugaces et parfois décevants. On fait une rencontre qui paraît importante, mais la relation tourne court ou nous entraîne à l'échec. Ce qui ressemblait à une coïncidence signifiante nous apparaît comme une illusion. On se laisse bercer par de faux espoirs ou des conclusions erronées. C'est une expérience que nous sommes nombreux à avoir faite. Mais on pourrait dire que certaines synchronicités ne portent pas leurs fruits parce que nous n'utilisons pas suffisamment les autres possibles de notre nature émergente. Et c'est là que la pratique peut nous aider. Pour maintenir la continuité transcendante que promet la synchronicité, nous devons cultiver toutes les autres qualités extraordinaires qui insistent pour naître en nous.

Par exemple, la conscience supérieure qui caractérise l'identité et la connaissance transcendantes dont nous avons déjà parlé implique la connaissance de nos schémas psychologiques habituels. Il est effectivement crucial de comprendre que nous sommes guidés par des motivations, des scénarios et des habitudes de comportement inconscients qui nous incitent souvent à mal interpréter des événements potentiellement créateurs et à y réagir de façon restrictive. Par l'échange, la méditation et d'autres pratiques, nous pouvons apprendre à mieux réagir aux opportunités que nous offre la vie. Plus nous nous connaîtrons nous-mêmes, plus notre discernement concernant les gens et les choses va s'améliorer, nous permettant de percevoir plus finement la richesse de certains événements.

Il nous semble important d'insister sur ce point. Cultiver nos capacités inexploitées n'est pas chose facile. À cette étape de notre intégration d'expériences extraordinaires, le chemin peut s'avérer difficile et plein d'embûches. Pour se mettre dans le courant de la synchronicité, il faut apprendre à transcender les habitudes, les scénarios qui nous limitent, nos désirs étroits et nos réactions mécaniques aux cadeaux que nous envoie la vie.

Intégration et synchronicité

Répétons-le : une fois cultivées, toutes nos capacités extraordinaires contribuent à la réalisation de notre vraie nature et sont nécessaires à notre intégration dans le flux synchronistique. Nous l'avons constaté chez les milliers de personnes engagées dans un processus de transformation auxquelles nous avons parlé. Cultiver une identité transcendante, par exemple, peut modifier nos perspectives et entraîner un détachement qui nous permet d'aborder avec plus de sagesse les défis et opportunités que nous rencontrons. De la même façon, cultiver l'intelligence supérieure que nous avons appelée « connaissance transcendante » peut nous aider à découvrir notre vraie vocation et à nous souvenir de « ce que nous sommes vraiment » ou de « ce que nous sommes secrètement destinés à faire », en nous proposant des images de nos actions futures.

Nous pouvons, en d'autres termes, nous dégager de nos trames habituelles et commencer à aborder le monde selon ce que nous avons appelé notre intuition « précognitive » ou « anticipatrice ». Cette intuition, si nous la suivons, peut nous mettre dans les circonstances favorables à l'émergence d'un événement signifiant. Cet événement, si nous l'interprétons correctement, d'un point de vue plus vaste que nos désirs et scénarios habituels, peut entraîner un épanouissement de notre mission de vie.

Toutefois, nous l'avons signalé, il n'est pas toujours facile d'interpréter correctement les synchronicités. On peut par exemple se laisser convaincre par un événement ressemblant à une synchronicité d'abandonner un projet difficile mais prometteur ; d'éviter une situation qui devrait être affrontée ou de mettre fin à une relation dont le potentiel créateur n'est pas épuisé. Il faut donc faire preuve de patience et de discernement. Quand un instant magique semble nous appeler, il faut attendre, sans tirer de conclusion hâtive, d'avoir suffisamment d'information pour voir ce qu'il peut nous apporter de créatif. On peut, avec précaution et espoir, chercher à en dégager les aspects positifs, ce qui sonne juste aux oreilles de notre intuition supérieure.

Cette première phase d'intégration, d'insertion dans le courant, qui est vécue et discutée par un nombre croissant de nos contemporains, peut contribuer à créer une société plus consciente de la façon dont la Transcendance opère dans la vie de tous les jours. Comme nous le suggérons dans la troisième partie, elle peut contribuer à la réalisation de nos rêves et permettre à la culture humaine de se déployer. Elle peut même, selon nous, aider l'évolution à progresser et à nous emmener vers des formes d'incarnation encore inconnues sur Terre.

Troisième partie

*

S'IMPLIQUER

13

Transformer la culture

De tout temps, les poètes ont chanté des lieux, des temps où les gens vivaient dans la joie et le partage ; les philosophes ont rêvé de sociétés idéales ; et des activistes de tous ordres ont inscrit ces rêves dans des projets de changement culturel plus ou moins radicaux. Nous estimons que l'aspiration au changement social implicite dans ces visions et dans ces mouvements est essentielle à la Vie qui s'efforce de naître à travers nous. Le soi, cette nature qui, en nous, transcende l'ego, ressent le besoin essentiel de contribuer à l'évolution du monde. Cet élan, cet appel, s'est toujours exprimé dans les rêves des hommes.

Les Sumériens ont gravé des images du paradis inspirées de l'épopée du héros Gilgamesh. Le poète grec Hésiode a parlé des Îles enchantées, monde idéal où des monuments en or sont environnés d'eau parfumée. Et les Tibétains ont imaginé Shambhala, séjour enchanteur où des lamas vivent une perpétuelle élévation dans des palais aux murs constellés de pierreries. Pendant le Moyen Âge, des visions du même genre apparaissent dans les récits de quêtes initiatiques, recherche d'Avalon ou de l'*El Dorado*. Des voyageurs racontent avoir vu des îles magiques comme l'Hyperborée au large des côtes écossaises et Hy Brasail à l'ouest de l'Irlande.

Ces lieux paradisiaques, longtemps confinés aux légendes, aux mythes et à la poésie, ont aussi inspiré des thèses plus raisonnées à des philosophes d'écoles différentes. Platon imagine par exemple, dans *La République*, une cité-État modèle, gouvernée par des philosophes-rois, où un rôle est assigné à chacun, guerrier, magistrat ou travailleur, selon ses capacités. Et quelque deux mille ans plus tard, en 1516, sir Thomas More décrit une île imaginaire nommée *Utopia*, c'est-à-dire « nulle part », « non-lieu », gouvernée avec justice et dans le respect de tous. Bien que le nom d'Utopie signale clairement la nature allégorique ou même satirique de l'idée, la vision de More est considérée comme le catalyseur de théories ultérieures sur la perfectibilité humaine.

À la Renaissance puis au siècle des Lumières, la vision d'un idéal humain est reprise sous la forme romanesque. En 1627, le philosophe Francis Bacon publie *La Nouvelle Atlantide*, roman qui fait l'apologie de la science comme moyen de réaliser l'utopie. Daniel Defoe écrit *Robinson Crusoé*, histoire d'un homme seul sur une île paradisiaque. Et à la fin du XIXe siècle paraît *Looking Backward* d'Edward Bellamy, qui suscite un enthousiasme passionné pour l'utopie aux États-Unis et en Grande-Bretagne où naissent des clubs « looking backward[1] ».

Mais au XXe siècle, la conscience renouvelée de la perversité humaine confère à cette littérature un aspect dangereusement naïf. Avec en arrière-plan Hitler, Staline et la « solution finale », l'idée de la perfectibilité humaine, magnifiée par le « surhomme » nazi, semble véhiculer les germes du mal. Deux romans de fiction, *Le Meilleur des*

1. En France, Charles Fourier propose un modèle de société, le phalanstère, fondé sur la coopérative, qui doit avoir pour résultat l'harmonie universelle. (*N.d.T.*)

mondes d'Aldous Huxley et *1984* de George Orwell expriment des inquiétudes largement partagées concernant certains idéaux sociaux. Dans l'immédiat après-guerre, la notion d'utopie semble avoir définitivement disparu.

Pourtant, en réaction directe contre les maux sociaux du XXe siècle, les années 1960 voient fleurir toutes sortes de communautés. Le psychologue behaviouriste B.F. Skinner écrit *Walden Two* qui, bien que très controversé pour ses théories sur le comportement humain, inspire plusieurs de ces groupes. Mais seul un petit nombre d'expériences communautaires s'installent dans la durée. La plupart sont déstabilisées – ou anéanties – par des relations destructrices entre leurs membres, et quelques-unes se transforment en sectes dangereuses. Mais la naïveté des rêves utopiques et l'échec généralisé des communautés prouvent-ils que le progrès social est impossible ?

La réponse est bien évidemment non. Beaucoup de réformes sociales parmi lesquelles les droits civiques aux États-Unis, les mouvements de femmes et de défense de l'environnement dans le monde entier représentent des progrès culturels certains. La guerre froide s'est terminée sans grande effusion de sang. L'apartheid a été supprimé en Afrique du Sud. Malgré les douloureux problèmes dont souffrent nos sociétés et qui, pour certains, continuent à nous horrifier, les peuples trouvent des façons créatives de renouveler les institutions et les cultures. Les occasions ne manquent pas si nous voulons concrétiser l'élan qui inspire nos rêves humanitaires, cet élan indissociable de notre vraie nature. Du plus profond de nous-mêmes, nous voulons servir le monde, et il y a d'innombrables manières de le faire. Cela nous apparaît de plus en plus clairement à mesure que nous développons les facultés dont nous parlons dans ce livre, empathie, sens d'une mission, capacité d'amour entre autres. Nous sommes convaincus qu'en intégrant ces propriétés et en les inscrivant dans le courant de la vie nous pouvons rendre nos efforts de réforme plus sensibles et plus efficaces.

Et, comme nous l'avons vu, une vision élargie de l'évolution permet d'établir un lien entre nos aspirations personnelles et les transformations sociales. Connaître les fantastiques progrès du monde peut nous inspirer des actes d'une portée d'autant plus grande qu'ils sont réalisés parallèlement à des techniques individuelles de transformation. Nous avons vu quels prodiges ces techniques peuvent provoquer dans notre corps comme dans notre âme, et nous avons décrit ce qu'elles pouvaient nous apporter. Dans ce chapitre, nous verrons comment l'actualisation de nos capacités émergentes et les perspectives qu'elles nous ouvrent peuvent contribuer aux progrès du monde. Notre but n'est pas d'être exhaustifs, mais de suggérer quelques domaines qui peuvent bénéficier du développement de nos propriétés extraordinaires.

Commençons par la science. C'est un endroit stratégique pour qui veut travailler au progrès humain parce qu'il est essentiel à l'acquisition de connaissances concernant le potentiel humain.

Vers une science des propriétés extraordinaires de l'être humain

Nous avons aujourd'hui à notre disposition plus de connaissances sur nos facultés de transformation qu'il n'y en a jamais eu dans toute l'histoire. Malheureusement, des préjugés philosophiques divers, la compétition entre spécialistes scientifiques et le volume que représentent ces informations ne permettent pas d'en avoir une vue d'ensemble. C'est ainsi que : « Plus on en sait, moins on en sait. »

Soumis à une violente pression, scientifiques et autres savants sont obligés de se spécialiser et il leur est difficile d'embrasser le vaste champ des expériences extraordinaires étudié dans ce livre. Ces expériences, aussi diverses et fragmentées qu'elles soient, peuvent pourtant être considérées comme un ensemble dont il est possible de dégager des constantes. Des données nous sont fournies par la recherche médicale, l'anthropologie, la psychologie, la sociologie, la recherche psychique, les études religieuses, les sports, les arts et d'autres domaines d'activité encore. Des psychologues comme William James et Abraham Maslow, des pionniers comme Frederic Myers et Marghanita Laski, des médecins chercheurs comme Larry Dossey, des parapsychologues comme Marilyn Schlitz et William Braud, des anthropologues comme Michael Harner et tous les autres que nous avons cités offrent des exemples d'une approche audacieuse, dénuée de parti pris. Ils ont ouvert la voie qui mène à une meilleure connaissance du potentiel humain.

Ces hommes et ces femmes ont répondu à une vocation, se sont impliqués dans leur travail avec amour et joie. Beaucoup ont décrit des expériences transcendantes qui leur permettaient d'être plus créatifs. Et tous ont pratiqué une discipline sévère, ce qui leur a valu la considération de leurs collègues. Nous voulons insister sur ce point. Expérience transcendante et travail discipliné – en science ou dans tout autre domaine – sont absolument compatibles. Abraham Maslow affirme que bien souvent les individus en phase de réalisation personnelle qu'il étudie *deviennent* leur travail, pas au sens négatif où ils s'y perdent mais d'une manière positive qui enrichit le monde.

Et si les scientifiques et les lettrés que nous avons cités ont gagné l'estime de leurs collègues, c'est en partie parce qu'ils utilisent des méthodes appropriées à leur sujet de recherche, aussi discutable qu'il soit. Tous pratiquent la méthode empirique, expérimentations contrôlées, observation d'événements non provoqués, analyse de rapports ou de témoignages individuels. Ils conservent une distance critique par rapport aux données ainsi recueillies tout en manifestant de l'audace et de l'imagination dans leurs analyses et leurs conclusions. Bref, ils ont pu démontrer qu'il est possible d'appliquer les méthodes de la science aux futurs développements de la nature humaine.

L'humanité dispose aujourd'hui de tous les moyens permettant d'élaborer une science du potentiel humain. Des chercheurs de différents domaines nous ont appris à trier les informations correctes des perceptions erronées d'événements extraordinaires et à distinguer le vrai du faux. Dans le domaine psychique, par exemple, les chercheurs savent qu'il faut compléter les comptes rendus anecdotiques concernant la télépathie, la clairvoyance et autres capacités paranormales par des études contrôlées, et les traditions sacrées ont mis au point des tests rigoureux pour confirmer la validité des expériences supranormales. Bien que le fait ne soit pas largement reconnu par les savants officiels, les contemplatifs d'Orient et d'Occident ont depuis longtemps fait tester leurs connaissances et leurs pouvoirs extraordinaires par leurs pairs et professeurs qui en ont une connaissance rigoureuse. Les philosophes Ken Wilber et Stephen Phillips, parmi d'autres penseurs, ont affirmé qu'il existe une similarité fondamentale entre l'empirisme des scientifiques et l'empirisme des contemplatifs.

Beaucoup de scientifiques et de philosophes actuels refusent pourtant de reconnaître les phénomènes paranormaux où ils ne voient que crédulité et superstition. Cela n'empêche pas les pionniers dont nous avons parlé de poursuivre leurs recherches, approchant les phénomènes avec imagination et prudence, sympathie et précision. Pour y parvenir, ils ont parfois dû s'élever au-dessus de leurs préjugés. Ils ont aussi bénéficié d'intuitions qui les ont transportés au-delà de leur point aveugle, et leurs découvertes ont souvent été dues à des idées qui semblaient venir d'ailleurs. Pour eux, la science elle-même est devenue une discipline transformatrice. Ceux d'entre nous qui se sentent appelés à étudier la nature humaine dans toute son ampleur peuvent s'inspirer de leurs travaux.

Transformer l'éducation

Aucune institution n'a, plus que l'éducation, intérêt à intégrer nos connaissances concernant les facultés émergentes de l'être humain. Les écoles devraient pouvoir repérer chez chaque enfant d'éventuelles possibilités extraordinaires, devraient encourager les élèves puis les étudiants à ne jamais cesser d'apprendre, toute leur vie, et devraient cultiver le corps, le cœur et l'âme au même titre que les facultés strictement cognitives. Étant donné qu'il est de plus en plus facile d'accéder aux pratiques transformatrices décrites dans ce livre, pratiques qui favorisent toutes la santé, la créativité et le sens de la vocation, nous estimons que l'éducation doit s'élever audessus des débats concernant l'intérêt relatif des capacités intellectuelles et de qualités comme l'empathie, l'intégrité et la conscience de soi. Comme l'affirment les philosophes depuis les temps anciens, le but fondamental de l'éducation est de développer nos qualités les plus belles et les plus profondes. Depuis Platon jusqu'à nos jours, des éducateurs éclairés ont incité les écoles à prendre en compte l'ensemble de la personne.

Fort heureusement, certains établissements soutiennent cette approche globale, en réponse à des propositions de réforme contemporaines. L'une d'elle est due à George Leonard, journaliste à *Life* pour les questions d'éducation dans les années 1950 et 1960 et lauréat de plus de prix qu'aucun autre journaliste dans ce domaine. Leonard a visité des centaines d'écoles, passant souvent plusieurs jours dans une même classe, pour évaluer le système éducatif américain du point de vue de l'élève et de celui de l'enseignant. D'abord favorablement impressionné, il finit par être troublé par certaines découvertes, notamment le nombre d'élèves par enseignant, l'ennui qui régnait dans les classes, l'absence d'enthousiasme et la monotonie évidentes dans beaucoup d'écoles. Ces désillusions l'ont amené à faire des propositions dans plusieurs articles de magazine et dans son livre intitulé *Education and Ecstasy* (1968). Il propose des idées originales sur la façon dont la formation scolaire, à tous les niveaux, peut cultiver simultanément nos capacités physiques, émotionnelles, cognitives et spirituelles. Dans le projet d'école qu'il présente, les élèves :

- apprennent tout ce qu'il est convenu d'apprendre à l'école (lecture, écriture, calcul, histoire, etc.) et l'apprennent dans la joie ;
- apprennent à apporter des modifications créatrices à toute connaissance convenue ;
- apprennent le plaisir, pas l'agression ; le partage, pas l'appropriation excessive ; et la singularité, pas la compétition étroite ;
- apprennent à prendre conscience de leurs états émotionnels, sensoriels, corporels et, par là, à comprendre ceux des autres ;
- apprennent à se mettre dans différents états de conscience et à les apprécier, pour se préparer à une vie de changements ;
- apprennent à explorer les relations avec autrui et à les apprécier ;
- apprennent à apprendre parce que apprendre – c'est-à-dire chanter, danser, s'amuser et beaucoup d'autres choses – est le principal objectif de la vie.

Leonard pense que chaque éducateur, chaque parent et chaque élève doit s'impliquer dans la transformation du système actuel d'éducation. Il propose de partir de ces trois hypothèses : premièrement, que le potentiel humain est beaucoup plus grand que ce que nous croyons ; deuxièmement, qu'une éducation sans plaisir n'est que l'ombre d'une éducation ; et troisièmement qu'apprendre est le but de la vie. Un jour, la faculté d'apprendre dans la joie donnera la mesure de la vie sociale d'une communauté. Leonard écrit :

> Le maître enseignant recherche le plaisir, sans honte de recourir à la magie et aux enchantements. Les grands hommes, tous les écoliers le savent, ont accueilli leurs découvertes avec une joie folle. Archimède a bondi hors de sa baignoire en criant « Eurêka ! » ; Haendel, en terminant son Alléluia a dit à sa servante : « Je crois que les cieux se sont ouverts devant moi, et que j'ai vu le grand Dieu lui-même. » Or nous oublions que chaque enfant débute dans la vie comme un Archimède, un Haendel. Le petit de huit mois qui réussit à faire tenir un cube sur un autre crée une relation aussi extraordinaire que celle d'Archimède... À cet âge-là, d'ailleurs, il passe l'essentiel de son temps à apprendre. Expliquant pourquoi il s'était complètement désintéressé des questions scientifiques pendant un an après ses derniers examens, Albert Einstein a dit : « En fait cela tient du miracle que les méthodes modernes d'instruction n'aient pas encore complètement étranglé la sainte curiosité... C'est une grave erreur de s'imaginer que le plaisir de voir et de chercher puisse être développé par la coercition et le sens du devoir. »
>
> Et pourtant, ni la vie ni la joie ne peuvent être refrénées. Le brin d'herbe fracasse le béton. Un Einstein se forme dans les universités européennes. Ceux qui voudraient réduire, contrôler, étouffer finiront par perdre. Extatiques, les forces de vie, de croissance et de changement sont trop nombreuses, trop variées, trop impétueuses.

L'éducation reflète notre vision du potentiel humain. Faute de reconnaître nos capacités supérieures, nous ne concevrons pas un système éducatif qui les encourage.

Les facultés de perception et de communication inédites, le savoir intuitif et les capacités d'amour dont nous avons parlé peuvent et doivent être éduqués. Un système qui s'en chargerait ferait fleurir des vertus du cœur et de l'âme en même temps que des savoirs formels comme l'écriture et le calcul.

Aujourd'hui, malheureusement, la plupart des écoles américaines ne connaissent que les contrôles de connaissances standardisés qui vont à l'encontre de toute créativité, originalité et joie d'apprendre. La priorité absolue est donnée non à l'apprentissage au sens large mais à la manière d'avoir de bonnes notes en répondant par oui ou par non à des questionnaires imprimés. De plus en plus, les matières qui ne figurent pas dans ces tests sont supprimées du programme ou tout simplement oubliées. Des activités épanouissantes comme le théâtre, l'éducation physique et les arts sont remplacés par des cours sur la façon de réussir les tests, ce qui garantit, au mieux, le plus grand nombre possible de réponses identiques à ces tests – chaque élève apprenant ainsi à penser comme tous les autres. Mais des signes commencent à montrer que les victimes se rebellent. En 2001, par exemple, dans toute la Californie, les professeurs qui ont touché une prime de 591 dollars pour avoir augmenté d'un certain nombre de points le score de leurs élèves aux tests ont protesté en faisant don de leur prime à des programmes éducatifs novateurs, à des bourses d'études et à des œuvres charitables. Et nombreux sont les établissements qui font de leur mieux pour renverser le mouvement qui mène à la standardisation.

Prenons comme exemple la George Lucas Educational Foundation, fondée par le cinéaste de *Star Wars* et dirigée par le Dr Milton Chen, éminent éducateur diplômé de Harvard et de Stanford. Le Dr Chen et son équipe recherchent dans tous le pays des écoles orientées vers l'innovation et la joie d'apprendre et ils décrivent leur fonctionnement dans un bulletin bisannuel, *Edutopia*, des cassettes vidéo et un site web (*www.glef.org*), des tracts, des CD. Les écoles dont ils choisissent de parler se distinguent par le sens de la communauté, une utilisation originale des technologies, des modes d'apprentissage collectifs, mais aussi une approche éducative qui s'adresse au corps et aux émotions aussi bien qu'à l'esprit.

Dans une école de San Jose, Californie, par exemple, la directrice Peggy Bryan a été jusqu'à supprimer une cafétéria pour installer un vaste lieu d'apprentissage où les élèves peuvent circuler librement et réaliser des projets à l'aide de différents moyens technologiques. Dans une école de Ridgewood, New Jersey, les élèves de quatrième produisent un bulletin quotidien d'informations et une émission de service public sur une chaîne appartenant à leur école et ils diffusent directement sur le câble. Mais la préoccupation majeure de l'établissement est de développer l'intelligence sociale et émotionnelle ainsi que la culture physique. « Si nous réussissons à créer un environnement où tout le monde se sente bien et respecte les autres, dit le directeur Tony Bencivenga, tout le reste se mettra en place naturellement. »

Nous croyons que l'objectif de l'éducation doit être de transmettre aux élèves le sens de la grandeur humaine potentielle dans notre univers en évolution. Cela permettrait à chacun de découvrir sa vocation personnelle ainsi que les moyens par lesquels il peut contribuer au progrès du monde.

Réformer le monde du travail

Le monde du travail aussi est susceptible de devenir un lieu d'apprentissage et d'évolution. Comme beaucoup de patrons et d'experts-conseils l'ont compris, les entreprises peuvent faciliter la découverte de soi et l'ambition de servir le monde tout en augmentant l'efficacité de la production et des services.

Warren Bennis, professeur d'économie, conseiller présidentiel et expert en leadership, a étudié les liens entre développement personnel et développement commercial. Grâce à sa longue fréquentation des hommes politiques et des hommes d'affaires, il a pu identifier plusieurs facultés caractéristiques des grands leaders, notamment la persévérance, la connaissance de soi, la prise de risques, la responsabilité et l'envie d'apprendre. « La personne qui apprend s'attend à se tromper, à échouer, écrit-il. Réussir trop tôt est ce qui peut arriver de pire à un futur patron. Je crois qu'on apprend surtout en affrontant l'adversité. »

Les qualités de chef identifiées par Bennis correspondent assez exactement aux capacités émergentes décrites dans ce livre. Les patrons ont, selon lui une « sagesse émotionnelle » qui consiste à accepter les gens comme ils sont, à réagir aux événements « ici et maintenant » et à agir sans rechercher en permanence l'approbation et la reconnaissance. Bennis nous conseille de ne pas oublier qu'« apprendre à être un patron efficace c'est la même chose qu'apprendre à être une personne efficace... Quand on parle de "patrons qui s'affirment", on parle nécessairement de transformation personnelle ».

En affaires, si l'on en croit Bennis, le succès est souvent facilité par ce qu'il appelle les « Grands Groupes ». Bien des problèmes, écrit-il, sont :

> ... trop complexes pour être résolus par une seule personne ou une seule discipline. Notre seule chance est de réunir des gens d'origine et de formation différentes. J'appelle « Grands Groupes » ces réunions de talents. Le génie des Grands Groupes est de faire travailler ensemble des gens remarquables – des battants. Mais ces groupes ont une autre fonction, tout aussi impor-

tante, celle d'offrir à leurs membres soutien psychique et liens de camaraderie. Ils contribuent à développer le courage. Sans un auditoire sur lequel tester ses idées, sans encouragements ni réorientation quand on bute sur un obstacle, tout le monde risque de se perdre. Les grands groupes nous rappellent tout ce que nous sommes capables d'accomplir en travaillant pour un objectif commun. Et, bien sûr, les grands groupes fonctionnent selon des techniques de management éprouvées – communication efficace, recrutement exceptionnel, responsabilités réelles, implication personnelle. Mais ils nous rappellent aussi, selon l'observation de l'écrivain Luciano de Crescanzo que « nous sommes des anges avec une seule aile : nous ne pouvons voler qu'enlacés deux par deux ». Finalement, on ne dirige pas ces groupes, on les guide en vol.

Bennis n'est pas le seul à établir un lien entre transformation personnelle et transformation de l'entreprise. D'après des psychologues qui ont étudié les lieux de travail actuels, il existe une relation inévitable entre la philosophie d'une entreprise et le moral de ses employés. De nombreuses études ont montré que toutes les entreprises peuvent améliorer leur créativité et leur efficacité en encourageant les capacités d'apprentissage et d'évolution de leur personnel. Le bien-être augmentant dans l'entreprise, il se produit souvent une attraction magnétique qui réunit les employés pour produire des « miracles prévisibles ».

Comme Bennis, Peter Senge est un des meilleurs théoriciens actuels du développement de l'entreprise. Dans son ouvrage intitulé *The Fifth Discipline : The Art and Practice of the Learning Organization*, il présente des exemples d'entreprises où sont développés de nouveaux modes de pensée, laissant libre cours à l'initiative collective et encourageant les employés à apprendre ensemble. Une entreprise peut ainsi devenir un lieu d'apprentissage pour peu que soit encouragée une pensée souple, créatrice et holistique : prise en compte de la complexité, maîtrise individuelle, clarification de la vision, centrage des énergies personnelles, souci de l'objectivité, découverte des images mentales subconscientes, « images de l'avenir » collectives qui favorisent l'implication personnelle plutôt que la servilité et dialogues qui aident les membres de l'équipe à abandonner leurs idées préconçues et à former des alliances créatrices. Senge s'est rendu compte, au cours de ses recherches, que la méditation et autres pratiques transformatrices pouvaient faciliter le développement de toutes ces qualités.

Comme Bennis et Senge, beaucoup d'hommes d'affaires revendiquent une vision de l'entreprise favorable au potentiel humain. Pour eux, les entreprises améliorent les produits et les services avec une efficacité croissante tout en participant au mieux-être du monde. Des études ont montré que c'est surtout vrai lorsque les travailleurs sentent que leur travail a un sens, mais aussi lorsqu'ils ont l'impression que l'entreprise se soucie de son utilité et de leur bien-être.

Bref, le monde du travail serait d'autant plus prospère qu'il s'impliquerait à la fois dans l'évolution personnelle et dans la transformation sociale. De même que l'éducation, la défense de l'environnement et d'autres domaines que nous abordons brièvement ici, le monde du travail et des affaires dépend de la synergie de l'individu et du groupe pour réaliser ses plus ambitieux objectifs. Grâce à cette synergie, il peut devenir un moyen de promouvoir l'évolution de l'humanité.

La défense de l'environnement

> Le plus clair chemin pour pénétrer l'Univers c'est une forêt broussailleuse.
>
> John Muir

> Vivez dans les champs, Dieu vous donnera chaque jour des cours de philosophie.
>
> Ralph Waldo EMERSON,
> *Nature*

> Nous laisser ré-enchanter par la vivante réalité de la Terre est une condition nécessaire si nous voulons sauver notre planète de la destruction que nous lui imposons. Pour y parvenir, il nous faut, pratiquement, réinventer l'humain en tant qu'espèce dans la communauté des espèces vivantes.
>
> Père Thomas BERRY,
> *The Dream of the Earth*

Le respect de l'environnement est une nécessité absolue. Des espèces végétales et animales disparaissent rapidement. Les rivières et les océans sont de plus en plus pollués. Le réchauffement de la planète est un fait. Conscients de cet état de choses, les gens sont de plus en plus nombreux à travailler pour préserver et restaurer la beauté naturelle du monde ainsi que ses ressources en voie d'épuisement.

Nous estimons que cet engagement pour la sauvegarde de l'environnement est en affinité profonde avec le développement de nos capacités supérieures. Les expériences qui, en nous faisant transcender l'ego, nous élèvent à une identité plus vaste, plus globale, nous rendent plus intimement conscients de notre relation au monde naturel. Et il ne s'agit pas d'une conscience intellectuelle mais d'une certitude impérieuse de l'unité du vivant. La volonté de préserver les lieux encore intacts de la Terre et de régénérer les autres est d'autant plus forte que l'on a fait l'expérience de l'unité fondamentale de la matière.

Les naturalistes américains John Muir et Henry David Thoreau qui ont contribué, avec d'autres, à la naissance de « l'environnementalisme » aux États-Unis, ont choisi leur métier parce qu'ils se sentaient en affinité spirituelle avec le monde naturel. « N'aurais-je pas d'intelligence avec la Terre ? écrit Thoreau. Ne suis-je pas moi-même en partie terreau de feuilles, humus végétal ? » Et Muir décrit une sensation identique lorsqu'il écrit :

> J'ai longtemps envié le père de notre espèce de vivre comme il le faisait en contact avec les prairies toutes neuves et les plantes de l'Éden ; mais je ne l'envie plus car j'ai découvert que je vis moi aussi « à l'aube de la création ». Les étoiles du matin chantent toujours ensemble, et le monde, encore à moitié fait, devient chaque jour un peu plus beau.

Muir, fondateur du Sierra Club, a passé de nombreuses années dans la Yosemite Valley en Californie et dans les montagnes de la Sierra Nevada. On comprend tout de suite, en lisant ces lignes, qu'il a expérimenté l'unité avec la nature :

> Le Ciel et la Terre sont un –
> Fragment du vêtement de Dieu,
> Autour de la Terre s'étend le Ciel profond et il
> Lui appartient.
> La sombre nuit, grosse de présages
> Devient divine et brille transfigurée en lumière,
> Revêt l'habit d'Éternité
> Provenant d'un soleil non terrestre – spectacle digne
> D'être vénéré.

> … De même que la chaleur et la beauté du feu sont plus appréciées par ceux qui, n'ignorant pas l'origine du charbon et du bois, voient danser les flammes et peuvent contempler ce spectacle sublime comme provenant très anciennement du soleil… de même les temples Yosemite sont mieux appréciés par ceux qui devinent dans leur construction l'Esprit divin.

Dans leur journal et d'autres écrits, Muir et Thoreau font souvent allusion à la présence sacrée qu'ils rencontrent dans la nature. Nous sommes nombreux à avoir ressenti ce qu'ils décrivent. Nous aurons tous des émerveillements semblables qui nous inspireront des œuvres comparables aux leurs pour le plus grand bien de la Terre, cette Terre qui ne fait qu'un avec le Ciel, comme le dit Muir. Là encore, notre nature émergente peut se déployer afin d'enrichir le monde dans son ensemble. Car le lien que nous ressentons avec la nature nous inspire des sentiments de respect et de tendresse pour elle.

Mais, pour être efficace, tout travail de préservation de l'environnement doit être pratique. On peut par exemple se servir du commerce pour contribuer à restaurer les ressources naturelles. Dans son livre *The Ecology of Commerce,* Paul Hawken, un novateur, propose cette approche. Le commerce, écrit-il :

> ... n'est pas simplement un facteur raisonnable de ce changement, c'est le seul mécanisme assez puissant pour renverser la tendance globale de dégradation de l'environnement et de la société. Dans le monde industriel d'aujourd'hui, tout acte commercial, quelles que soient ses intentions, dégrade l'environnement. Il nous faut un système où le contraire soit vrai, où les actes quotidiens du travail et de la production s'accumulent tout naturellement dans un monde meilleur.

Dans leur livre *Natural Capitalism*, Hawken et ses collègues Amory et Hunter Lovins proposent de considérer les ressources naturelles comme une forme de capital. Pénétrés de cette idée, les hommes d'affaires pourraient, avec leur argent, leur flair financier, leurs talents organisationnels, utiliser ce « capital naturel » et générer des profits financiers et environnementaux. Des organisations comme Greenpeace et le Sierra Club, écrivent-ils,

> ... sont devenues les vrais capitalistes d'aujourd'hui. En s'intéressant à des questions comme les gaz à effet de serre, les contaminations chimiques et la disparition des lieux de pêche, des couloirs de la vie sauvage et des

forêts primaires, ils font plus pour préserver un avenir commercial viable que toutes les chambres de commerce réunies. Si les grands patrons contestent violemment l'insuffisance des ressources naturelles, il y a peu de scientifiques ou d'organismes crédibles pour affirmer que nous ne sommes pas en train de perdre les systèmes vivants qui nous fournissent des milliards de dollars de capital naturel : sols, couverture boisée, nappes phréatiques, océans, prairies et rivières. En outre, ces systèmes s'épuisent au moment où la population mondiale et la demande de services s'accroissent de façon exponentielle.

Hawken et les Lovins expliquent de façon convaincante comment la conscience de l'environnement peut profiter au commerce. Nombreux sont les hommes d'affaires et les environnementalistes qui partagent leur point de vue, affirmant qu'une utilisation judicieuse des ressources permettrait à la fois aux entreprises de créer des emplois et d'alléger leur impact sur la nature. Il devient évident pour beaucoup de gens que nous pouvons en même temps développer notre économie, utiliser moins de ressources naturelles et commencer à reconstituer notre environnement saccagé.

Les réalités pratiques deviennent alors des alliés de notre amour pour la nature. Et nous constatons une fois de plus, l'interdépendance de nos capacités émergentes. L'empathie et la sensibilité perceptive développées grâce aux techniques d'évolution spirituelle tendent à renforcer notre respect de l'environnement. Et nous pouvons l'exprimer non seulement en manifestant contre les pollueurs mais en travaillant de l'intérieur du système qui se préoccupe bien peu de son impact sur l'environnement. Notre ouverture à la beauté, à la joie du monde naturel, au sens du sacré, nous rend aussi plus forts et plus déterminés à prendre soin du monde qui nous entoure.

Initiatives pour la paix et le développement économique

Que nous travaillions à l'amélioration de l'éducation, du commerce ou de l'environnement – quel que soit le terrain sur lequel nous faisons porter nos efforts de changement social, en fait – les pratiques de transformation peuvent nous aider. L'émergence de nos capacités supérieures servira tout projet entrepris pour le bien commun. Certaines grandes figures de la réforme sociale l'ont prouvé.

Dans son livre *Eyes of the Heart*, le premier président d'Haïti démocratiquement élu, Jean-Bertrand Aristide parle d'une « voie pour les pauvres à l'ère de la mondialisation ». Ce visionnaire, vite écarté du pouvoir, a donné corps à sa vision en aidant beaucoup de gens, en Haïti comme dans d'autres pays du monde. La Fondation Aristide pour la démocratie permet aux riches et aux pauvres de se rencontrer pour étudier toutes sortes de questions sociales. La Fondation a aussi créé une coopérative de petits vendeurs et de journaliers, des femmes essentiellement, qui propose des crédits à très faible intérêt, fournit aux plus pauvres des moyens de transport et un magasin communautaire, vend des livres scolaires à moitié prix, tient une station de radio et de télévision en partie gérée par des enfants et investit dans la culture vivrière. Aristide a également ouvert un centre pour les enfants des rues, Lafanmi Selvai. Il estime que pour son peuple la plus grande richesse, c'est d'apprendre. Apprendre c'est se réveiller. « Mais ce genre de combat, précise-t-il, ne peut se mener sans un lien avec la Transcendance. » Selon lui, on sert mieux le monde lorsqu'on se sent investi d'une mission et d'un objectif supérieurs.

Le journaliste Michael Collopy assistait au Forum de 1996 sur l'état du monde à San Francisco, lorsqu'il entendit l'appel de Marian Wright Edelman, fondatrice du Children Defense Fund. Inspiré par les paroles et l'exemple de cette femme, Collopy entreprit d'interroger et de photographier soixante-quinze « hommes de paix » influents – chefs spirituels, hommes politiques, savants, artistes et activistes – et publia un livre intitulé *Architects of Peace*. Parmi les témoignages, celui du général Lee Butler, retraité du Strategic Air Command qui dirigea ensuite un organisme ayant pour objectif la réduction du danger nucléaire. Butler raconte comment, « glacé jusqu'au fond de l'âme » par les défauts inhérents à la stratégie nucléaire, il s'est mis à réfléchir et à revoir ses opinions.

Dans le même livre, Mikhaïl Gorbatchev, ancien président de l'Union soviétique, évoque la prise de conscience qui a bouleversé sa vision de la course aux armements. C'était pendant qu'il se rendait à Camp David en hélicoptère avec l'ancien président George Bush. « À côté du président, dit-il, était assis un militaire avec les codes permettant de détruire l'Union soviétique. À côté de moi, il y avait mon aide militaire avec les codes permettant de détruire les États-Unis. Et pourtant, le président Bush et moi, dans ce petit hélicoptère, nous parlions de la paix. » Cette soudaine illumination incita Gorbatchev à revoir sa position dans le conflit entre l'Union soviétique et les États-Unis et à s'orienter vers un nouveau modèle de relations internationales. Répondant à Collopy, il déclare :

> Je milite pour un monde sans nucléaire… Le XXe siècle doit être considéré comme un siècle d'avertissement, un appel qui doit convaincre l'humanité de développer une nouvelle conscience, de nouvelles façons de vivre et d'agir.

En 1974, Muhammad Yunus, professeur à l'université de Chittagong, au Bangladesh, bouleversé par la misère de sa patrie, indépendante depuis peu, s'interrogeait : Pourquoi les habitants d'un village voisin devaient-ils mourir de faim ? « Pourrais-je faire quelque chose, se demanda-t-il, pour retarder le processus ou même l'arrêter, ne fût-ce que pour une personne ? » Il se rendit donc dans ce village où il rencontra une femme qui fabriquait des tabourets en bambou. Cette rencontre transforma sa vie et celle d'innombrables personnes, au Bangladesh et ailleurs. Il apprit que le bambou nécessaire à la fabrication d'un tabouret ne coûtait que vingt centimes de dollar, mais que cette femme était obligée de les emprunter au fournisseur qui la tenait ainsi en situation de dépendance économique. Yunus pensa d'abord lui donner de quoi acheter son bambou, mais il eut une meilleure idée, qui porte encore ses fruits aujourd'hui. Avec l'un de ses élèves, il établit une liste de vingt-deux villages qui avaient besoin de petites sommes d'argent pour se libérer d'un esclavage virtuel. Voilà comment il raconte l'histoire :

> Lorsque j'ai fait le total de la somme dont ils avaient besoin, j'ai eu le choc de ma vie : il s'agissait de vingt-sept dollars ! Je me suis senti honteux d'appartenir à une société incapable de fournir vingt-sept dollars à quarante-deux êtres humains capables et travailleurs. Pour échapper à cette honte, j'ai sorti les vingt-sept dollars de ma poche et je les ai donnés à mon élève en disant : « Prends cet argent. Donne-le à ces quarante-deux personnes que nous avons rencontrées et dis-leur qu'il s'agit d'un prêt qu'ils peuvent me rembourser quand ils voudront. »

Les villageois furent touchés que l'on puisse leur faire confiance sur le plan financier, et les banques auxquelles Yunus demanda ensuite une avance se montrèrent sceptiques. Mais Yunus ne se découragea pas. En 1983 il monta la Grameen Bank, alternative aux systèmes bancaires conventionnels, qui prêtait à des femmes des sommes de quelques centimes ou dollars, à condition qu'elles s'acquittent de remboursements modestes mais hebdomadaires. « Lorsque les prêts sont remboursés, dit Yunus, les femmes sont complètement transformées. Elles se sont confrontées à elles-mêmes et découvertes. »

À l'heure où nous écrivons ces lignes, la Grameen Bank travaille dans trente-six mille villages du Bangladesh ; prête à 2,1 millions de personnes dont 94 % de femmes et emploie douze mille personnes. Elle a atteint le premier milliard de dollars prêtés, il y a plusieurs années, et le taux de recouvrement des prêts est d'environ 98 %.

« Des programmes du type Grameen Bank fleurissent dans beaucoup de pays, raconte Yunus. À ma connaissance, cinquante-six pays – dont les États-Unis – s'impliquent dans ce genre d'entreprise. Mais l'ampleur de cet effort reste insuffisante. Plus d'un milliard d'habitants de cette planète gagnent l'équivalent d'un dollar américain par jour, ou moins. Si nous multiplions des institutions capables de fournir les prêts nécessaires pour que les pauvres se créent un emploi, nous aurons le même succès qu'au Bangladesh. Je ne vois aucune raison pour que quiconque, dans ce monde, soit pauvre. »

La Grameen Bank est un magnifique exemple de ce que peuvent accomplir des individus inspirés quand, dépassant leur égocentrisme, ils reconnaissent que le tissu de la vie nous relie tous. C'est souvent l'existence de problèmes apparemment insurmontables autour de nous qui stimule la volonté d'action, mais l'essentiel est de se consacrer à une cause qui nous touche. Et cela demande seulement une conscience plus sensible, une ouverture plus grande et la possibilité d'aimer. Le Dr Helen Caldicott, militante antinucléaire australienne résume ainsi sa philosophie : « Le seul remède c'est l'amour. Aimer, apprendre, vivre, légiférer. »

Ranimer l'énergie des Églises

L'objet de ce chapitre est donc de suggérer comment faire profiter le monde de ce que nous apporte la pratique transformative. Les Églises devraient nous en fournir les moyens puisqu'elles sont censées incarner notre désir de servir, à la lumière d'une puissance supérieure. Or, malheureusement, beaucoup de religions ont perdu leur profondeur spirituelle en vidant les rituels de leur contenu ou en s'engageant dans de vains conflits sociaux provoqués par une conception dogmatique du bien. Comme nous le savons tous, les conflits religieux, grands ou petits, ont toujours entraîné les peuples dans la souffrance.

Tout échec d'une institution à incarner ses valeurs est une déception – voire une tragédie – et malheureusement beaucoup de groupes religieux en sont là. Lorsqu'une religion suscite des malentendus entre communautés humaines, ou qu'elle bloque la capacité de ses fidèles à transcender leur ego, elle devient la caricature de ce qu'elle prétend être. Lorsqu'elle encourage une vision étroite du bien, elle se pose en ennemie et non plus en amie de nos plus nobles aspirations, de nos capacités d'amour et de dévouement. Mais le réveil de l'humanité que nous célébrons ici constitue un antidote à ces poisons.

Les forces d'amour et de connaissance que nous développons par la pratique peuvent contribuer à dépasser l'étroitesse d'esprit et l'absence de vitalité qui caractérisent certains groupes religieux. Inspirés par notre réveil à la Transcendance, nous pouvons tous contribuer à régénérer l'église, le temple, la chapelle auxquels nous appartenons. N'oublions pas que toute religion durable a commencé par témoigner des capacités supérieures – amour, connaissance, service – de l'être humain. Nous l'avons constaté lors de notre survol historique, toutes les traditions sacrées ont toujours favorisé le développement des facultés extraordinaires des hommes, sous des noms différents et à des degrés d'importance divers. Les siddhis de l'hindouisme, les « ornements » du soufisme, le charisme des saints et mystiques chrétiens et les « dons de l'esprit » célébrés par le judaïsme et le protestantisme ont des ressemblances évidentes. Nous estimons quant à nous qu'il s'agit des mêmes attributs de notre nature émergente. Toutes les traditions sacrées parlent de ces attributs et des énergies avec lesquelles ils semblent reliés. Nous étudierons leur connexion avec les dimensions spirituelles supérieures dans les deux chapitres suivants.

Par essence, toutes les religions reconnaissent en nous l'extraordinaire, la Vie supérieure qui s'efforce de s'actualiser sur terre. Il nous semble que cette vérité commence à être reconnue dans l'ensemble du monde. Prenant conscience des possibilités d'évolution dont nous parlons ici, les gens vont être de plus en plus nombreux à insister pour que leur Église se préoccupe davantage de l'expérience directe que des dogmes et des rivalités religieuses.

À mesure que notre nature profonde va se révéler et que se développeront sa pratique et son intégration, le monde religieux sera contraint d'évoluer, de reconnaître que le domaine spirituel appartient à l'ensemble de l'humanité et que tous les hommes sont destinés à passer à une dimension de Vie supérieure. Ce progrès permettra d'approfondir notre sens de la Transcendance dans la vie quotidienne et de nous ouvrir à des dimensions encore invisibles.

14

L'APRÈS-VIE ET LES ROYAUMES ANGÉLIQUES

Quelles que soient nos croyances spirituelles, nous sommes tous « blessés », comme le disent certains philosophes, par un questionnement apparemment inévitable sur l'immortalité. Devant la brièveté de la vie, ses mystères et ses infortunes, il est difficile de ne pas s'interroger sur ce qui nous attend au-delà du tombeau. Depuis la préhistoire, les hommes ont pressenti que la mort physique n'était peut-être pas une fin mais une transition – qu'une partie de nous-mêmes, l'esprit, l'âme, survit au corps.

L'intuition qu'il existe quelque chose après la mort est souvent traitée de pur fantasme ou attribuée à l'espoir puéril que les choses iront mieux dans un autre monde. Pourtant, les faits ont toujours prouvé l'existence d'autres dimensions. L'exploration des phénomènes décrits dans ce livre permet effectivement de mieux percevoir qu'il existe un au-delà. Dans ce chapitre, nous allons nous pencher sur les preuves de la vie après la vie et voir comment les pratiques de transformation peuvent nous en rapprocher.

Rappelons tout d'abord qu'il existe différentes façons d'envisager la survie de l'âme. Hindous, bouddhistes tibétains et néoplatoniciens croient à la réincarnation.

Sages taoïstes et chamanes ont affirmé que seuls quelques esprits avancés survivent. Juifs, chrétiens et musulmans soutiennent généralement que l'homme ne vit qu'une seule vie sur Terre mais que son âme survit dans l'après-vie. Une telle diversité dans des croyances, qui sont toutes attestées par des adeptes profondément impliqués dans leur vie intérieure, nous invite à beaucoup de prudence si nous voulons préciser la nature de l'existence post mortem.

On retrouve pourtant dans toutes les cultures des expériences similaires, sans rapport avec les convictions religieuses de ceux qui en témoignent. Comme nous l'avons vu au chapitre 8, de tout temps et en tout lieu des individus – et parmi eux des saints et des sages dont l'influence fut déterminante sur l'histoire des religions – ont affirmé avoir eu l'expérience directe d'un Soi, d'une âme immortelle qui voyage d'une vie terrestre à une autre ou dans des mondes extérieurs à notre planète. Comme nous l'avons vu au chapitre 4, certains individus sortent de leur corps, lors d'un entraînement sportif, pendant leur sommeil, un moment de grande souffrance ou de crise, et toutes sortes de gens, jeunes ou vieux, disent avoir pénétré d'autres mondes pendant une prière, une méditation ou une expérience de mort imminente. L'apparition des morts est un phénomène attesté depuis toujours, même par des esprits forts qui méprisent toute superstition. Et, nous allons le voir, partout dans le monde des enfants évoquent des souvenirs de vies antérieures que des chercheurs s'emploient à vérifier, avec un certain succès. Ces faits, ces témoignages et bien d'autres, nous donnent des raisons de croire qu'il existe des mondes inaccessibles à nos sens avec lesquels beaucoup d'hommes et de femmes entrent parfois en contact et dans lesquels, vraisemblablement, nous passerons.

Mais le plus important pour notre propos c'est que dans pratiquement toutes les doctrines où l'âme survit elle continue à se développer dans l'au-delà. C'est le point essentiel sur lequel nous voulons insister. Selon la doctrine chrétienne du Purgatoire, par exemple, en nous abandonnant à Dieu, nous pouvons, une fois morts, accéder progressivement au Paradis. Le Livre des morts tibétain est un manuel qui permet de guider l'âme délivrée du corps vers la claire lumière du nirvana. Les enseignements chamaniques de diverses parties du monde promettent des extases au-delà de la tombe. Malgré leur système métaphysique différent, toutes ces mystiques partagent l'idée que notre voyage spirituel se poursuit après la mort physique. Et cette conviction repose sur toutes sortes d'événements transpersonnels attestés dans toutes les cultures, notamment les sorties hors du corps, les phases de mort imminente et les extases mystiques suscitées par la pratique contemplative.

Expériences d'un soi transcendant l'ego

Se sentir être, au-delà de l'identité habituelle est une expérience rapportée par des gens d'origine et de confessions très diverses. Ce Soi transcendant, supérieur, nie la notion de séparation en même temps qu'il confère une plus grande individualité. Il donne liberté et sécurité en dehors du cadre de nos références habituelles. Et paradoxalement, tout en nous élevant au-dessus des attaches du moi ordinaire, il semble nous révéler quelque chose qui serait un souvenir. La reconnaissance de l'individu dans ce Soi est tellement immédiate que certains y voient leur véritable, éternelle identité, leur moi ultime, leur nature originelle.

Cette expérience – ou reconnaissance – est mentionnée dès les premiers temps de l'histoire. Sous forme symbolique, elle apparaît dans les textes sacrés les plus anciens, le Rig Veda (I.164.20) par exemple :

> Deux oiseaux, beaux de plumage, amis et camarades, s'attachent au même arbre, et l'un en mange les doux fruits tandis que l'autre le regarde et ne mange point.

Si l'on en croit les érudits, ce passage exprime l'identité essentielle entre le moi terrestre (qui mange les doux fruits) et l'identité transcendante (qui ne mange point). Des images semblables se retrouvent dans des textes indiens plus tardifs comme les Upanishad Swetaswatara et Mundaka.

Comme nous l'avons vu au chapitre 8, différentes traditions et philosophies font état de cette transcendance du moi. Les bouddhistes croient par exemple à l'*anatta,* ou non-moi, doctrine selon laquelle toute notion d'identité est illusoire. Certains bouddhistes ont donc été contraints, par leur expérience d'un moi supérieur, à utiliser un langage que leur métaphysique désapprouverait plutôt. En bref, comme d'autres expériences, l'accession à une identité surpassant l'ego se retrouve dans des traditions très différentes. Les platoniciens en ont parlé, ainsi que les néoplatoniciens, des chrétiens comme Maître Eckhart au Moyen Âge, des initiés soufis et juifs, des mystiques hindous modernes comme Sri Ramakrishna et Sri Aurobindo (voir chapitre 8).

Ces divers témoignages nous fournissent depuis trois millénaires, les bases les plus solides pour une croyance en la vie après la mort. Une identité, un Soi qui transcende le corps, les émotions et la pensée, doit être plus à même de survivre qu'un ego attaché à son environnement immédiat. Pour les philosophes que nous avons cités, cela atténue les rigueurs de la mort. C'est un terrain sûr dans lequel ancrer notre croyance en une vie supérieure, tant dans ce monde que dans l'autre.

Sorties hors du corps

Au chapitre 4 nous avons classé les sorties hors du corps dans la catégorie des mouvements paranormaux. Elles se produisent le plus souvent, nous l'avons vu, dans des circonstances où l'énergie et la volonté de la personne sont tendues par un effort extraordinaire – sport, transe contemplative, crise – et elles semblent concerner une entité corps-esprit. Charles Lindbergh a raconté une expérience de cette nature pendant sa fameuse traversée de l'Atlantique, en 1927. Interrogé par un journaliste, il a dit :

> ... Je me suis senti m'éloigner de mon corps comme j'imagine qu'un esprit pourrait le faire – monter dans le cockpit, me répandre à travers le fuselage comme s'il n'y avait aucun obstacle, aucune paroi matérielle, m'élever en diagonale, vers l'extérieur, jusqu'à me reformer en une conscience très éloignée de la forme humaine que j'avais laissée dans un avion volant à toute vitesse. Mais je restais connecté à mon corps par un long cordon qui s'étirait, si ténu qu'un souffle aurait pu le rompre.

Pendant la guerre de 1940, le jeune Ernest Hemingway se battait sur le front italien quand il fut blessé par un obus. Il crut qu'il allait mourir et, comme il le raconta plus tard, sentit que son âme avait quitté son corps. C'est une chose que ressentent beaucoup de gens à l'approche de la mort. Cet homme par exemple qui, emporté par une lame de fond, lutta désespérément pour lui échapper avant de renoncer, épuisé. Une grande paix descendit alors en lui et il eut l'impression que

> ... une merveilleuse transition s'était produite. J'étais très haut au-dessus de l'eau et je regardais vers le bas. Le ciel, qui était très gris, chatoyait d'une merveilleuse beauté. Il y avait de la musique que je percevais plutôt que je ne l'entendais. Des vagues de

couleurs extatiques, délicates vibraient autour de moi et me berçaient, m'emplissant d'un incompréhensible sentiment de paix.
Dans l'eau, sous moi, je vis arriver un bateau avec deux hommes et une fille à bord. Puis j'aperçus une tache dans la mer. Une vague la poussa, la retourna, et je me trouvai face à face avec mon propre visage déformé. Quel soulagement, pensai-je, que ce truc si mal pratique n'ait plus besoin de moi. Ensuite, les hommes hissèrent la forme dans le bateau et ma vision s'effaça. Quand je revins à moi, il faisait nuit et j'étais allongé sur la plage. J'avais froid, je me sentais malade et contusionné. Des hommes s'affairaient au-dessus de moi. J'appris plus tard qu'ils avaient passé plus de deux heures à me ranimer.

Des récits du même genre ont été collectés par Syvan Muldoon, Oliver Fox, Robert Crookall, Robert Monroe et autres passionnés des expériences de sorties hors du corps. Leurs travaux montrent que le sujet a l'impression de voyager dans une sorte de corps-esprit capable de percevoir le monde physique et de s'y déplacer. Pratiquement toutes les traditions sacrées ont parlé de ce « corps » et lui ont donné un nom : *ka* chez les Égyptiens, *ochema* chez les Grecs, *kosha, deha* ou *sarira* chez les hindous.

Le philosophe hollandais J.J. Poortman a répertorié doctrines et témoignages directs concernant ce corps spirituel dans son monumental ouvrage en quatre volumes intitulé *Vehicles of Consciouness* (*Les Véhicules de la conscience*), démontrant ainsi qu'il en existe quantité de preuves, que ce soit dans les hymnes védiques et autres textes de l'hindouisme, l'Ancien et le Nouveau Testament, les œuvres de Platon, Aristote, Plotin, saint Paul, saint Thomas d'Aquin, Swedenborg et dans celles de plusieurs romanciers, savants et philosophes modernes. La beauté des descriptions du corps-esprit ainsi que l'affirmation de son existence par des saints et des mystiques depuis la plus haute Antiquité impressionneront sans doute les lecteurs de Poortman. Ces témoignages démontrent une fois de plus que notre conscience dispose d'un véhicule invisible capable de sortir du corps physique et de nous survivre après la mort.

Expériences de proximité de la mort

Depuis la publication de *La Vie après la vie* de Raymond Moody en 1975, plusieurs milliers de cas de voyages aux frontières de la mort ont été étudiés par des médecins, des neurophysiologistes, des psychiatres et des parapsychologues. Pendant plusieurs années, le *Journal of Near-Death Studies* a servi de forum aux travaux concernant ce phénomène, et des livres ont été publiés par des pionniers comme Kenneth Ring, Steven Sabom et d'autres chercheurs. Leurs recherches ont été dynamisées par de nouvelles techniques de réanimation qui permettent de survivre à des crises cardiaques, des accidents ou autres circonstances ayant amené leurs victimes aux frontières de la mort. Aujourd'hui, un nombre croissant de malades résistent à ce qui les aurait tués jadis et, une fois ressuscités, beaucoup disent être sortis de leurs corps, passés dans un autre monde, avoir retrouvé des êtres chers et disparus, rencontré des figures angéliques, s'être sentis plongés dans une lumière ineffable et autres expériences qui les persuadent d'avoir eu un avant-goût de l'au-delà. Le nombre de ces témoignages, leurs indéniables ressemblances et l'inébranlable conviction de ceux qui les rapportent frappent la plupart des gens qui s'y intéressent.

Des recherches actuelles viennent compléter les connaissances plus anciennes concernant ce phénomène. Une étude systématique due aux psychologues Karlis Osis et Erlander Haraldsson, par exemple, révèle plusieurs correspondances frappantes entre les expériences de proximité de la mort dans différentes cultures, notamment des visions d'autres mondes et de personnes mortes depuis longtemps, des sensations d'élévation rédemptrice, de lumière et de joie, qui annoncent une dimension plus haute de la vie à venir. Le résultat de leurs recherches a été publié sous le titre *At the Hour of Death* (*À l'heure de notre mort*).

Des études similaires montrent que des hommes et des femmes, jeunes ou vieux, de confessions différentes font l'expérience de ce qui ressemble à un royaume angélique et à une existence post mortem lumineuse. Or ces expériences rappellent de façon évidente les perceptions de l'au-delà rapportées non seulement par des visionnaires mais aussi par des personnes de toutes catégories depuis l'aube de l'humanité. Il est de fait que d'innombrables personnes ont eu des révélations de ce genre, y compris parmi les incroyants. Cette accumulation de témoignages constitue l'une des pièces maîtresses de la littérature, de la philosophie et de la religion depuis plusieurs siècles. Sa persistance suggère qu'elle se fonde sur des perceptions valides. Selon nous, les mourants entrevoient des mondes invisibles parce qu'ils possèdent, à l'état latent, le pouvoir de le faire, et parce que cela leur rappelle les capacités de vie supérieure qui sont en eux.

Apparitions des morts

En s'entretenant avec des mourants, Osis et Haraldsson ont découvert que beaucoup d'entre eux voient des amis, des parents ou des personnages religieux disparus, qui « viennent les chercher », pour les aider à passer dans un autre mode d'existence. Ces deux psychologues, comme différents chercheurs depuis cent vingt ans, ont essayé de distinguer ces visions apparaissant à des esprits clairs des hallucinations produites par des drogues, fortes fièvres ou émotions violentes. Leurs analyses, écrivent-ils,

> ... indiquent clairement que la majorité des cas d'apparitions ne peuvent s'expliquer ni par des facteurs médicaux tels que forte fièvre, maladies hallucinogènes, administration de substances pouvant produire des hallucinations (comme la morphine ou le Demerol) ni par des facteurs hallucinogènes dans le passé du patient. Le phénomène qui consiste à voir des apparitions peu avant de mourir apparaît comme indépendant de l'âge, du sexe, de l'éducation et de la religion des patients. Il semble toutefois que l'appartenance à une religion, quelle qu'elle soit, soit un facteur légèrement facilitant.

Nous recommandons ce livre aux lecteurs intéressés par les témoignages de mourants sur l'au-delà. Au cours de nombreuses années de recherches patientes et prudentes, Osis et Haraldsson ont constaté que l'approche de la mort provoque des expériences extraordinaires comparables à celles dont nous parlons ici. Leur travail étaye notre hypothèse selon laquelle l'âme poursuit son évolution après avoir quitté le corps physique.

Toutefois, les apparitions de défunts ne sont pas réservées aux seuls mourants. Bien des enquêtes effectuées par des sondeurs, des psychologues et des chercheurs dans le domaine du psychisme ont montré que les gens en bonne santé en ont également. Les morts leur apportent des informations, leur procurent inspiration ou réconfort et leur donnent parfois des indications sur leurs pouvoirs et leur vie future. Parmi les nombreuses publications à ce sujet, nous recommandons *Apparitions*, de G.N.M. Tyrell, qui comprend le « recensement des hallucinations » effectué par la British Society for Psychical Research à la fin du XIXe siècle, les théories proposées par Edmund Gurney et Frederic Myers pour expliquer le phénomène, un résumé des caractéristiques propres aux apparitions et diverses spéculations sur le rôle qu'elles jouent dans l'aventure humaine.

Des travaux comme ceux de Gurney et Myers et de Osis et Haraldsson ainsi que l'étude des textes anciens montrent que les apparitions remontent à la plus haute Antiquité. Certaines sont bienveillantes, d'autres ne le sont pas. Certaines seraient des âmes de défunts, d'autres des entités appartenant à d'autres mondes. Dans les textes fondateurs de l'hindouisme, dans Homère, Platon, l'Ancien et le Nouveau Testament, le Coran, Shakespeare, Blake, Coleridge et dans d'innombrables témoignages contemporains, on trouve des récits où des fantômes menacent, inspirent, guident ou soutiennent ceux qui les rencontrent. Les apparitions rappellent depuis toujours à l'humanité que la vie a d'autres dimensions que ce que perçoivent nos sens, ce que convoitent nos désirs immédiats, ce que conçoit notre moi ordinaire.

Arguments en faveur de la réincarnation

Les Indiens, d'autres cultures asiatiques, des philosophes occidentaux aussi fameux que Platon, Pythagore, Origène et Plotin considèrent la transmigration des âmes ou réincarnation comme une réalité. Bien qu'on l'ignore souvent, de nombreux artistes et écrivains célèbres des Temps modernes ont cru à la réincarnation, parmi eux, Victor Hugo, Honoré de Balzac et Jack London, les poètes Heine, Rilke, Wordsworth et Shelley. Dans son livre *La Personnalité humaine : sa survivance et ses manifestations supranormales*, Frederic Myers écrit :

> Le simple fait que [la réincarnation] soit probablement l'opinion de Platon et de Virgile montre qu'elle n'a rien

d'étranger à la raison ou aux plus hauts instincts de l'homme. Et il n'est pas facile non plus d'admettre qu'il y a *création directe* d'esprits à des degrés d'avancement aussi divers que ceux qui arrivent sur terre sous l'aspect de mortels. Il doit y avoir, nous le sentons, une sorte de continuité – une forme de passé spirituel...

Le Dr Ian Stevenson, psychiatre à l'université de Virginie a étudié avec un certain nombre de ses collègues plus de deux mille sept cents sujets, surtout des enfants, qui prétendent se souvenir de vies antérieures. Ces recherches, entreprises dans les années 1960 et poursuivies jusqu'à ce jour par les collègues de Stevenson, ont été menées en Turquie, en Inde, au Liban, dans l'Asie du Sud-Est, l'Europe occidentale et à travers les deux Amériques. La méthode consiste à rechercher les preuves qu'une vie a bien été vécue selon le récit qu'en fait un sujet particulier. Stevenson et ses collègues ont donc réuni actes de naissance, photos et témoignages directs de gens ressemblant à ceux que décrivent les sujets. Et ils ont ainsi rassemblé un nombre de cas suffisant pour suggérer avec force l'existence de la réincarnation.

Beaucoup de sujets ont des marques de naissance correspondant à un événement vécu dans le passé ou à une caractéristique de la personne qu'ils se souviennent d'avoir été. Un enfant turc présentant plusieurs marques sur le corps se souvenait par exemple d'être mort par balles, et un homme avait effectivement été tué approximativement à l'endroit et au moment désignés par l'enfant. Des photos de son cadavre montraient des blessures aux endroits où l'enfant avait des marques sur le corps. L'œuvre de Stevenson, deux gros volumes intitulés *Réincarnation et Biologie* et *Les enfants qui se souviennent de leurs vies antérieures* présente de nombreux cas du même genre, avec un grand nombre de photos montrant des correspondances entre des marques ou difformités des sujets interrogés et des blessures ou caractéristiques des personnes dont ils se souviennent.

Cette étude pourrait constituer une étape importante pour la découverte scientifique de la survie après la mort. Bruce Greyson, Emily Kelly, Antonia Mills et d'autres continuent à réunir et vérifier des souvenirs de vies antérieures, ajoutant de nouvelles analyses statistiques, de nouvelles méthodes de recherche de preuves et de nouveaux sujets aux données déjà acquises. Bien que leurs travaux soient encore mal connus, ils pourraient s'avérer historiques. On peut très bien concevoir que Ian Stevenson soit un jour considéré comme le Darwin de la réincarnation.

Les royaumes angéliques

Qu'ils meurent ou qu'ils reviennent à la vie, les mourants font souvent des rencontres avec des entités désincarnées. Il s'agit soit de défunts connus par le sujet, soit d'êtres assimilés à des anges ou des guides qui facilitent le passage dans l'après-vie. Ces mêmes êtres peuvent aussi apparaître dans d'autres circonstances, à des marins en mer, par exemple ou à des aventuriers pendant un moment difficile.

Joshua Slocum, le premier navigateur à avoir fait le tour du globe en solitaire, raconte sa rencontre avec un marin fantôme dans son livre *Seul autour du monde sur un voilier de onze mètres*. Il dit avoir rêvé puis vu, le lendemain, un « grand marin » qui affirma l'avoir aidé à gouverner son bateau pendant une forte tempête, alors qu'il était malade. L'aviateur Charles Lindbergh aussi a rencontré un fantôme, pendant sa traversée de l'Atlantique. Dans son livre *The Spirit of St. Louis*, il écrit :

Alors que je contemple les instruments, pendant un laps de temps inimaginable, à la fois conscient et endormi, le fuselage derrière moi se remplit de présences fantomatiques – formes vaguement esquissées, transparentes, mouvantes, flottant légèrement dans l'avion. Je ne ressens aucune surprise à leur venue... Sans tourner la tête, je les vois aussi clairement que si elles étaient dans mon champ de vision. Ma vue n'a pas de limites – mon crâne est un gros œil qui voit partout en même temps.

Ces fantômes parlent avec des voix humaines – contours vaporeux, amicaux, dénués de substance, capables de disparaître ou d'apparaître à volonté, de traverser les parois du fuselage dans un sens et dans l'autre comme si ces parois n'existaient pas. Maintenant, ils sont nombreux derrière moi. Maintenant, il n'en reste plus que quelques-uns. L'un d'abord, puis un autre s'appuie contre mon épaule pour me parler, dominant le bruit du moteur, et puis rejoint le groupe derrière moi. Par moments, des voix sortent de l'air lui-même, claires bien que lointaines, traversant des distances impossibles à évaluer à l'échelle humaine ; des voix familières, devisant et donnant leur avis sur mon vol, discutant mes problèmes de navigation, me rassurant, me transmettant des messages importants impossibles à obtenir dans la vie ordinaire.

Je suis à la frontière entre la vie et un au-delà plus grand, comme pris dans un champ gravitationnel entre deux planètes, agi par des forces que je ne peux contrôler, des forces trop faibles pour être mesurées par aucun moyen à ma disposition et représentant pourtant des puissances incomparablement plus fortes que tout ce que j'ai pu connaître.

Comme tous les aventuriers qui ont rencontré des entités désincarnées, Lindbergh et Slocum ont souvent dépassé les limites de leur endurance avant ces rencontres et n'en luttent pas moins pour rester conscients. Cette vigilance soutenue par le stress exacerbant leurs perceptions et leurs barrières perceptives étant abaissées par la fatigue, on peut imaginer que ces hommes étaient ouverts à un autre type de perception, médiumnique. Certaines des entités que l'on rencontre ainsi paraissent menaçantes ; d'autres sont bienveillantes. Parfois, comme le grand marin de Slocum, elles guident ou rassurent. Certains disent que ces mystérieuses présences ébranlent leurs certitudes, leur donnent joie et force et les incitent à penser qu'il existe des dimensions échappant à l'échelle habituelle de nos sens ordinaires. On peut penser que ce sont des messagers venus pour nous indiquer que ces dimensions sont celles auxquelles la vie nous destine.

Et le mot « ange » provient effectivement d'un mot grec qui signifie « messager ». Dans le christianisme, le judaïsme et l'islam, ces entités sont des intermédiaires entre les mondes inférieurs et supérieurs, leurs ailes symbolisent leur liberté et leur corps lumineux la lumière divine qu'ils portent en eux. Depuis les temps anciens ils inspirent respect et affection en faisant des allers et retours entre le Ciel et la Terre avec des messages à délivrer.

Les anges et leur royaume sont vénérés dans toutes les religions. Les *aspara* hindous sont des dispensateurs d'amour et de plaisirs qui prennent les morts extasiés contre leur sein généreux pour les emporter vers le paradis. Il est dit dans le Coran que les larmes versées par l'archange Michel sur les péchés des fidèles ont donné naissance aux chérubins. Les premiers écrivains hébreux croyaient que les anges renaissaient chaque jour comme la rosée du matin. Et le Talmud affirme qu'à chaque juif sont assignés douze mille d'entre eux.

Mais les anges apportent plus que l'amour et la lumière. Ils peuvent se battre pour le bien et prendre l'initiative de combats spirituels. Jacob lutte avec l'ange avant d'être appelé Israël. Les chérubins gardent l'Arche d'alliance. Saint Georges et saint Michel archanges sont représentés sous les traits de héros ailés tueurs de dragons. La représentation des anges peut effectivement être très complexe. Le mystique du XVe siècle connu sous le nom de « pseudo-Denys » organisa la hiérarchie céleste en trois triades : les séraphins, chérubins et trônes au plus près de Dieu, les dominations, vertus et pouvoirs du deuxième cercle et les principautés, archanges et anges du troisième. Cette vision du royaume angélique a été adoptée par de nombreux chrétiens.

Les heures de la journée, les jours de la semaine, les mois de l'année, les saisons, les signes du Zodiaque et toutes les planètes ont été représentés par des anges. Au XIVe siècle, on pensait qu'ils étaient 301 655 722 à planer aux frontières de notre univers temporel, 133 306 668 d'entre eux étant des anges déchus. On retrouve une complexité similaire dans la vision hindoue des hiérarchies spirituelles, dans la tradition bouddhiste des « royaumes intermédiaires » et dans les mondes spirituels surpeuplés des croyances populaires taoïstes.

Mais notre but n'est pas de défendre une image particulière de la hiérarchie ou des anges. À nos yeux, l'importance de ces symboles complexes tient à ce qu'ils témoignent de l'idée très ancienne qu'il existe des êtres n'appartenant pas au monde physique avec lesquels nous pouvons avoir des relations. Et, aujourd'hui, les anges sont toujours parmi nous, comme le prouve l'abondance de livres, pièces ou films qui s'y réfèrent. Le fait que des gens appartenant à diverses couches de la société, y compris des incroyants, rencontrent des entités désincarnées nous rappelle que ce type d'expériences est une constante de la nature humaine, qui n'est limité ni à certaines cultures ni à certaines époques, qui n'a pas été éliminé par la science moderne. C'est pour cela, et parce que de telles rencontres provoquent souvent chez les gens une vision plus vaste de la Vie, que nous ne pouvions pas ne pas en parler. Aujourd'hui comme toujours dans l'histoire, les humains sont guidés, consolés et inspirés par des présences qui semblent venir d'autres dimensions.

Lorsqu'on veut acquérir une compréhension globale du potentiel humain inexploré il faut au moins tenir compte des interventions attribuées aux anges gardiens. N'oublions jamais qu'on ne peut pas faire avancer le savoir, en science fondamentale comme dans la vie pratique, sans commencer par admettre des choses apparemment étranges ou improbables. Et l'existence de mondes au-delà du nôtre n'est pas plus étrange que certaines caractéristiques bizarres de nombreuses créatures terrestres ou même de l'esprit humain et que certains comportements déroutants des quarks et autres particules subatomiques. Des êtres appartenant à des mondes extraphysiques peuvent effectivement interagir avec nous d'une manière que nous ne comprenons pas, à notre détriment parfois, mais parfois aussi pour notre plus grand bien.

Les techniques de transformation permettent déjà à beaucoup de gens d'entrevoir des mondes qu'ils associent à une dimension supérieure de la vie. La connaissance intuitive, l'identité lumineuse, la joie indescriptible et l'amour infini qu'ils découvrent semblent soulever certains des voiles qui les séparaient des mondes invisibles. Si, en intégrant nos attributs supérieurs nous participons effectivement à l'évolution ultérieure du monde, nous devons nous attendre à ce que ce processus nous conduise, en tant qu'êtres physiques, vers un alignement de plus en plus grand avec les dimensions supérieures. Si l'évolution nous a amenés de la matière inorganique à la vie et à la conscience incarnée, les prochaines étapes peuvent très bien nous amener plus loin encore – vers une interface entre ce monde et d'autres mondes où notre corps manifestera de plus en plus la gloire de l'esprit.

15

Incarnation lumineuse

Nous avons exploré la mystérieuse trajectoire de l'évolution, depuis les brûlantes fournaises des étoiles primordiales et l'apparition de nos ancêtres humains jusqu'à ces attributs extraordinaires qui, se déployant en nous, augurent d'une forme supérieure de Vie. Nous avons donné quelques idées quant à la façon d'intégrer ces capacités émergentes par la volonté et la pratique pour nous couler dans le courant synchronistique du monde – pour atteindre un état du corps, de l'esprit et de l'âme qui contribue à enrichir nos institutions, notre culture et qui nous mette en harmonie avec les dimensions supérieures de l'existence.

Nous avons donc considéré la longue histoire de l'évolution comme l'accomplissement du potentiel inhérent au monde. Le germe minuscule d'où jaillit notre univers portait en lui la capacité de produire des milliards de galaxies. Dans l'océan primordial de la Terre en cours de refroidissement se trouvaient les éléments nécessaires à la vie. Dans les tout premiers organismes existait le potentiel de la conscience. Et nos plus lointains ancêtres portaient en eux les germes des capacités transcendantes dont nous avons parlé dans ce livre. À partir de là, nous imaginons une potentialité qui, si elle s'actualisait, ferait franchir un bond considérable à l'évolution. Nous y avons déjà fait quelques allusions. Il s'agit d'une relation mystérieuse entre l'âme, l'esprit et la chair de l'être humain.

Notre hypothèse est que nos capacités émergentes qui, lorsqu'elles se manifestent, altèrent notre fonctionnement organique jusqu'à un certain point, peuvent progressivement donner naissance à une incarnation nouvelle, plus lumineuse. Nous savons qu'il s'agit là d'une idée radicale. Nous prévoyons déjà qu'elle sera considérée par beaucoup comme exagérée. Mais elle fait l'objet d'intuitions depuis longtemps et elle commence apparemment à se manifester chez certaines personnes.

La coévolution de l'esprit et du corps

Nos ancêtres ont pu développer de nouvelles capacités grâce aux changements, grands ou petits, qui se produisaient dans leur structure et leurs processus corporels, et nous pouvons supposer que des changements analogues en nous – développés par la pratique plus que par la sélection naturelle – accompagneront et favoriseront une réalisation durable de nos propriétés émergentes. Cette hypothèse est étayée par des découvertes scientifiques récentes et par la tradition concernant les modifications physiques impliquées dans l'expansion de la conscience.

En nous appuyant sur les enseignements des mystiques et sur les éléments fournis par la science, nous pouvons commencer à imaginer les changements physiologiques susceptibles d'accompagner le développement de nos attributs supérieurs. Pour cela, nous supposerons, premièrement, que les témoignages ésotériques de ces changements, bien que parfois fantaisistes, reflètent de véritables transformations encore ignorées de la science ; deuxièmement, que les capacités paranormales, comme leurs contreparties normales, nécessitent des structures et processus particuliers ; troisièmement, que nous pouvons extrapoler à partir des modifications physiologiques déjà découvertes par la science moderne pour imaginer les transformations nécessaires à une évolution supérieure. Les recherches actuelles sur la méditation, l'hypnose et le biofeedback ont révélé un grand nombre de modifications somatiques qui favorisent l'enrichissement du comportement et de la conscience (pour plus d'informations, se reporter à notre bibliographie, en fin de volume). Des recherches récentes ont montré que la neurogenèse, ou création de nouvelles cellules cérébrales chez l'adulte, est bien une réalité, qu'il s'agisse de rendre possibles de nouveaux types de fonctionnement ou de restaurer des capacités perdues à la suite de lésions ou de maladies.

L'extraordinaire souplesse dont font preuve certains yogis, athlètes et saints, l'incroyable agilité de certains danseurs et chamanes indiquent que muscles, tendons et ligaments sont, dans certaines conditions, capables d'une puissance et d'une élasticité extraordinaires. De telles capacités peuvent-elles être poussées encore plus loin ? Il est possible que des expériences comme l'éveil de la kundalini des hindou-bouddhistes, l'*incendium amoris* des saints catholiques et le *tumo* des yogis tibétains – toutes les mutations énergétiques dont nous avons parlé dans la deuxième partie, en fait – nécessitent la libération de forces que la science ne comprend pas encore. Il est même concevable qu'elles impliquent des énergies provenant d'une réorganisation des éléments constitutifs de l'organisme. Une restructuration supranormale du corps humain pourrait exiger des modifications atomiques et moléculaires qui transforment l'apparence, la sensation et les capacités des tissus et cellules. Si tel est le cas, on ne saurait prévoir quelles percées physiologiques pourraient éventuellement provoquer nos pratiques de transformation. L'éventualité d'une mutation de l'homme a d'ailleurs été annoncée dans les légendes, les mythes, les religions, comme en témoigne la croyance catholique à la glorification du corps.

Les doctrines chrétiennes du corps de gloire

Depuis le quatrième concile du Latran en 1215, le dogme de la résurrection et la glorification du corps est inscrit dans le canon de l'Église catholique romaine. Il est formellement défini dans les termes suivants : « Tous se lèveront avec le corps qui est maintenant le leur afin qu'il leur soit donné selon leurs œuvres, bonnes ou mauvaises. » Cela veut dire que les corps de ceux dont les œuvres furent bonnes seront glorifiés et jouiront, avec l'âme, de la contemplation de Dieu. En dépit de son apparente absurdité, cette doctrine fascine les théologiens et les philosophes depuis l'Antiquité. Cela indique, selon nous, qu'elle résonne avec l'intuition ancienne que le corps est capable de transfiguration.

Pour illustrer la continuité de l'idée tout au long de l'histoire du christianisme, citons encore une fois saint Paul, deux siècles plus tard, Origène, au Moyen Âge, saint Thomas d'Aquin et au XXe siècle l'écrivain catholique Romano Guardini. La première référence, qui va alimenter toutes les discussions ultérieures, se trouve dans la première Épître de saint Paul aux Corinthiens (XV, 39-44) :

> Toute chair n'est pas la même chair ; mais autre est la chair des hommes, autre celle des bêtes, autre celle des oiseaux, autre celle des poissons.
> Il y a aussi des corps célestes et des corps terrestres ; mais l'éclat des corps célestes est différent de celui des corps terrestres.
> Autre est l'éclat du Soleil, autre l'éclat de la Lune, autre l'éclat des étoiles ; et même, une étoile diffère en éclat d'une autre étoile.

> Il en est ainsi de la résurrection des morts. Le corps est semé corruptible, il ressuscite incorruptible ;
> Il est semé méprisable, il ressuscite glorieux ; il est semé infirme, il ressuscite plein de force ;
> Il est semé corps animal, il ressuscite corps spirituel. S'il y a un corps animal, il y a aussi un corps spirituel.

Les théologiens chrétiens ont souvent commenté les quatre caractéristiques attribuées par saint Paul au corps glorifié, c'est-à-dire l'*impassibilité* (semé corruptible, il ressuscite incorruptible), la *clarté* (semé méprisable, il ressuscite glorieux), l'*agilité* (semé infirme, il ressuscite plein de force) et la *subtilité* (semé corps animal, il ressuscite corps spirituel). Saint Thomas d'Aquin décrit ces quatre aspects de la glorification dans *Somme contre les gentils* (IV, 86). À l'instar d'Aristote, il considère l'âme comme la « forme » du corps, l'agent qui donne vie et apparence à la chair humaine. À titre d'expérience, lisez les passages suivants en gardant à l'esprit les extraordinaires capacités décrites dans la deuxième partie. Notez les similitudes entre elles et les attributs de la glorification décrits par saint Thomas.

> Mais, grâce à la clarté et au pouvoir de l'âme élevée à la vision divine, le corps auquel cette âme est unie aura quelque chose de plus. Par l'action du pouvoir divin il sera en effet totalement soumis à l'âme, non seulement pour ce qui concerne l'être mais aussi pour ce qui concerne les actions et les passions, les mouvements et les qualités corporelles.
> De même que l'âme jouissant de la vision de Dieu sera remplie d'une certaine clarté spirituelle, de même, par certain rejaillissement de l'âme sur le corps, ce dernier sera donc revêtu à sa manière de la clarté et de la gloire. C'est pourquoi l'Apôtre dit dans la première lettre aux Corinthiens (XV, 43) « le corps semé méprisable ressuscite dans la gloire ».
> Unie à la fin ultime, l'âme qui jouira de la vision divine fera également l'expérience du rassasiement de tous ses

désirs. Et comme c'est le désir de l'âme qui meut le corps, ce corps obéira en conséquence complètement au commandement de l'esprit. C'est pourquoi les corps des ressuscités bienheureux seront agiles. C'est ce que dit l'Apôtre dans le même texte : « semé dans la faiblesse, il ressuscite dans la force ». Nous faisons en effet l'expérience de la faiblesse du corps en le découvrant incapable de satisfaire le désir de l'âme dans le mouvement et les actions qu'elle lui commande : cette faiblesse sera alors supprimée par le pouvoir qui, depuis l'âme jointe à Dieu, rejaillira sur le corps.

[Les corps] ne pourront rien souffrir de pénible pour eux. C'est pour cette raison qu'ils seront incapables de souffrir, sans que cette incapacité empêche pour autant en eux la passion qui appartient à la notion de la sensibilité : ils se serviront en effet de leurs sens pour le plaisir, dans ce qui n'est pas incompatible avec l'état d'incorruptibilité. C'est donc pour montrer cette incapacité des corps à la souffrance que l'Apôtre dit : « semé corruptible, il ressuscitera incorruptible ».

De nouveau, l'âme jouissant de Dieu adhérera à lui de manière parfaite et participera à sa bonté au plus haut point, à sa façon ; ainsi le corps sera parfaitement soumis à l'âme et aura part, autant qu'il est possible, à ses propriétés, dans l'acuité des sens, dans l'ordonnancement de l'appétit corporel et dans la perfection en tout point de sa nature ; en effet, plus la matière d'une chose est parfaitement soumise à sa forme, plus cette chose est parfaite en sa nature. C'est pour cette raison que l'Apôtre dit : « semé corps animal, on ressuscitera corps spirituel ». Assurément, le ressuscité aura un corps spirituel ; non parce qu'il sera esprit – comme certains l'ont mal entendu en comprenant par esprit une substance spirituelle ou bien de l'air ou du vent – mais parce qu'il sera complètement soumis à l'esprit[1].

1. *Somme contre les gentils*, IV La Révélation, Flammarion.

Saint Thomas exprime une idée centrale du christianisme, intégrée depuis longtemps dans le dogme catholique, lorsqu'il dit que les corps des justes seront spirituels mais pas des esprits, comme l'ont à tort compris certains. Non, ce seront réellement des corps. Il soutient passionnément cette idée, en dépit de son absurdité apparente, l'idée que notre corps actuel, celui-là même qui est nôtre aujourd'hui, sera glorifié si nos œuvres sont bonnes. Il ne suffit pas que l'âme des justes connaisse la béatitude, leur corps aussi doit en profiter. De fait, il est contraire à la nature de l'âme d'exister sans sa contrepartie physique, comme il le dit dans *Somme contre les gentils* (II, 68,83 ; IV, 79). Séparée du corps, l'âme est imparfaite. La résurrection est naturelle en ce sens qu'elle les réunit, bien que sa cause soit surnaturelle (*Somme contre les gentils*, IV, 81). Saint Thomas et d'autres penseurs chrétiens ont senti intuitivement la justesse de cette vision, même si elle contredit l'inéluctable détérioration de toute chair. La justesse de cette intuition l'emportait sur des difficultés conceptuelles telles que celles-ci : si les corps doivent être glorifiés plusieurs siècles ou millénaires après leur décomposition, de quelle matière seront-ils faits ? À quelle étape de leur développement seront-ils fixés pour l'éternité ? Les infirmes de naissance auront-ils les facultés qui leur manquaient de leur vivant ? Et ceux qui sont morts innocents, les enfants ? Y aura-t-il des enfants au ciel ?

En dépit de ces difficultés conceptuelles et de l'apparente absurdité de cette thèse, beaucoup de théologiens chrétiens l'ont soutenue. Elle fut parfois confirmée par des exemples de corps radieux, de lévitation, de stigmates et autres phénomènes physiques extraordinaires chez les pères du désert et des saints comme François d'Assise, Joseph de Cupertino, Jean de la Croix et Thérèse d'Avila (voir deuxième partie). Bien que la doctrine de la résurrection des corps soit ancrée dans une vision préscientifique du monde et relève de la pure superstition, elle a persisté, croyons-nous, parce que des penseurs sensibles et intelligents ont deviné le potentiel de transformation du corps et ont été confortés dans leur idée par les extraordinaires pouvoirs de mystiques et de saints. Dans le contexte évolutionniste proposé par ce livre, on peut voir dans la doctrine de la glorification du corps la symbolisation d'une phase de l'évolution humaine, et dans « la résurrection des justes » une incarnation lumineuse.

Origène que beaucoup considèrent comme le plus grand penseur chrétien de son temps a parlé du corps glorifié avec beaucoup d'audace et d'imagination. À titre d'expérience, une fois encore, lisez le passage suivant en gardant à l'esprit les exemples de capacités extraordinaires que nous avons cités.

> Certes notre chair est considérée par les ignares et les incroyants comme devant périr si complètement après notre mort que rien de sa substance ne sera conservé. Mais nous qui croyons en sa résurrection, savons que la mort ne provoque en elle qu'un changement et que sa substance persiste certainement et sera rendue à la vie au moment défini par la volonté de son Créateur et subira une nouvelle transformation.
>
> Dans ces conditions, donc, nous devons supposer que l'entière substance de ce corps qui est le nôtre se développera au moment où toutes choses seront restaurées et deviendront une, et quand Dieu sera « Le tout dans le tout ». Toutefois, ne pensons pas que cela se produira tout d'un coup, mais graduellement et par degrés, au cours de temps infinis et incommensurables, puisque les améliorations et corrections seront réalisées lentement et séparément dans chaque personne individuelle.
>
> Car la foi de l'Église n'admet pas l'opinion de certains philosophes grecs selon laquelle, en plus de ce corps composé des quatre éléments, il y a un cinquième corps

qui est entièrement autre et différent de notre corps actuel ; puisqu'on ne peut ni trouver dans les saintes écritures la moindre allusion à cette opinion, ni en permettre l'adoption comme déduction logique, notamment parce que le saint apôtre pose clairement que ceux qui se relèveront de la mort ne recevront pas de corps nouveau mais qu'il leur sera rendu celui-là même qu'ils avaient de leur vivant, simplement transformé pour le mieux. Car il dit : « semé corps animal, il ressuscitera corps spirituel » et « semé corrompu, il ressuscitera incorruptible ; semé infirme, il ressuscitera plein de force ; semé méprisable, il ressuscitera glorieux ».

Toute la question revient donc à ceci, Dieu a créé deux natures universelles, une nature visible, c'est-à-dire corporelle et une nature invisible qui est incorporelle. Ces deux natures subissent chacune le changement qui leur correspond. La nature invisible, qui est aussi la nature rationnelle, est transformée par l'action de l'esprit et de la volonté du fait qu'elle a été dotée de la liberté de choix ; et par conséquent elle se trouve parfois existant dans le bien et parfois dans son opposé. La nature corporelle, elle, souffre un changement de substance, afin que Dieu l'Artisan de toute chose, quel que soit le travail de conception, de construction ou de restauration qu'il veuille entreprendre, ait à son service cette matière pour toute utilisation, et puisse la transformer et la transférer dans n'importe quelle forme et espèce qu'il désire, selon ce que requiert le mérite des choses. C'est, clairement, ce que désigne le prophète lorsqu'il dit : « Dieu qui fait et transforme toute chose. »

Origène a donc la vision intuitive des possibilités de Vie supérieure que nous évoquons dans ce livre ; en soutenant que la substance matérielle peut subir « toutes sortes de transformations » ; en insistant sur le fait que le corps glorifié se lèvera, mystérieusement, de notre corps actuel, non d'un « cinquième corps » comme le prétendent certains philosophes grecs ; et en croyant que le corps va se rapprocher progressivement de la glorification au cours « de temps infinis, incommensurables ». Bien que les spécialistes débattent toujours de l'origine de cette idée, l'attribuant aux chrétiens, aux néoplatoniciens ou aux gnostiques, il est évident que la vision d'Origène est à rapprocher de celle, plus tardive, du corps de gloire des chrétiens. Comme saint Paul avant lui et saint Thomas d'Aquin deux siècles plus tard, Origène exprime l'idée que la nature humaine, dans son esprit comme dans sa chair, peut accéder à une existence béatifique.

L'attachement de certains penseurs chrétiens contemporains à la thèse du corps de gloire paraît évident à la lecture du passage suivant, emprunté au théologien catholique Romano Guardini :

> Être homme, c'est être un esprit exprimé et activé par un corps. Être homme, c'est être un organisme corporel, soumis à l'action d'un esprit personnel qui confère à cet organisme une forme et des capacités qu'il serait incapable d'obtenir par lui-même ; être homme, c'est occuper une place déterminée dans l'histoire où l'esprit prend sa place avec dignité et responsabilité. La résurrection signifie donc que l'âme spirituelle, fidèle à sa nature redevient l'âme d'un corps. La résurrection signifie que la matière dont l'âme s'est séparée redevient une enveloppe personnalisée, spiritualisée, un corps humain qui n'est pourtant plus limité par le temps et l'espace mais devient, comme le dit Saint Paul, un corps spirituel, « pneumatique ».
>
> Dans tous les types de choses existantes on retrouve un « corps » – dans le cristal, le pommier, le cheval et les oiseaux, dans l'homme dont je parle. À chaque étape, la matière physique est mise au service d'un nouveau principe qui lui donne non seulement de nouvelles qualités et capacités, mais également, à chaque étape, un caractère nouveau. Étape par étape, elle vainc l'inertie, le poids, les liens, le mutisme et gagne en légèreté, en

espace, en hauteur et en liberté ; sa sphère d'action s'élargit et ses actions elles-mêmes prennent de l'importance. Le pouvoir d'agir et le domaine d'action augmentent parallèlement.

Ce fil de l'évolution va-t-il s'interrompre à l'arrivée de l'homme tel que nous le connaissons ? Notre intuition nous souffle que non. L'humanité n'est pas une impasse. Les possibilités de ce que nous appelons corps sont illimitées. On en a la preuve évidente dans les étapes que franchit le corps dans l'homme lui-même.

Car le corps humain n'est pas une forme finie, définitive ; elle est dans un perpétuel processus de devenir. Le fait qu'un corps sain, entretenu à force de soins et d'exercice soit plus « corps » qu'un corps négligé est une évidence. Mais atteint-il sa plus grande dignité, sa perfection dans le visage et l'allure d'un homme qui vit au milieu de beaux objets et mène une vie de réflexion ou dans l'homme physiquement au mieux de sa forme mais borné et superficiel ? Si la question nous surprend, c'est parce que nous avons l'habitude de considérer le corps humain à peu près comme nous considérons le corps animal, dans sa nature seulement. Mais le corps humain est manifestement déterminé par l'esprit. Le visage d'un homme passionnément en quête de vérité n'est pas seulement plus « spirituel » que celui d'un homme dénué d'intelligence, mais il ressemble plus à un visage, c'est-à-dire qu'il est plus authentiquement, plus intensément « corps ». Et il n'y a pas seulement plus de spiritualité dans l'attitude d'un homme de cœur que dans celle d'une brute égoïste, il y a également un corps plus épanoui. Avec l'homme commence une phase de développement complètement neuve. Le corps en lui-même devient plus animé, plus vibrant puisqu'il est plus fortement influencé par la vie du cœur, de l'intelligence et de l'esprit...

Qu'y aurait-il donc d'impossible lorsque l'éternité fera irruption dans le temps, lorsque s'affirmera la domination absolue de la force divine qui rendra à l'esprit toute sa liberté avec sa pureté absolue et sa puissance ?

Saint Paul, Origène, saint Thomas d'Aquin et Romano Guardini, bien qu'appartenant à des époques et à des pays différents, croient que le corps, comme l'âme, peut atteindre un état de béatitude. Pour eux, l'âme conduit le corps vers cette fin, mais elle ne peut le faire qu'en s'ouvrant à la Transcendance. Il en est de même pour toutes les évolutions dont nous avons parlé. Le développement de nos capacités supérieures, y compris l'accession de notre corps à une forme plus lumineuse, doit être guidé par l'intention, l'imagination et l'ouverture, l'abandon à des énergies émanant d'une puissance et d'une intelligence extérieures à notre moi habituel.

Doctrines taoïstes de la transformation du corps

Dans son livre *Subtle Bodies*, David T. Hansley évoque d'anciennes traditions qui enseignaient aux humains à devenir « cocréateurs » de l'univers. Ces initiés pouvaient notamment apprendre à contrôler les énergies naturelles de leur corps.

Les adeptes du taoïsme estimaient par exemple que pour devenir immortel l'homme devait apprendre à s'unir à la force primordiale de l'univers. Il suffisait de se concentrer sur cette force, ou Lumière, et de la diriger correctement à travers l'anatomie subtile pour qu'elle amène tous les pouvoirs du corps et du moi inférieur devant le trône de l'Oreille céleste, située dans le front. Cela permettait d'obtenir la prolongation de la vie et un corps immortel.

Dans *Taoïsm : The Road to Immortality*, John Blofeld, spécialiste des pratiques ésotériques chinoises, décrit l'« alchimie yogique » qui permet de rendre le corps immortel. Par la sublimation du *ching* (sperme ou essence psychologique), du *chi* (souffle ou force vitale) et du *shen* (esprit), les adeptes créent un « enfant spirituel » ou

« corps-esprit », véhicule d'une vie sans fin. Ces enseignements reflètent la croyance taoïste que les humains peuvent parvenir à des formes supérieures d'incarnation, dans leur chair ou dans une substance créée à l'intérieur de leur corps. Cette croyance est ancrée dans la tradition de la transformation du corps issue en partie du bouddhisme, en partie d'un chamanisme plus ancien existant en Chine et en Sibérie et en partie de l'expérience directe des mystiques taoïstes. Nous retrouvons donc une fois encore le mélange entre intuition et expérience de certains saints ou sages.

Chamanisme et transformations du corps

Dans le monde entier, les chamanes, bien qu'appartenant à des cultures diverses, ont longtemps partagé un grand nombre de pratiques, notamment le rituel de démembrement et de résurrection symbolique qui a pour but de régénérer le corps et l'âme. Voyez par exemple ce que raconte Mircea Eliade :

> L'expérience extatique du morcellement du corps suivi d'un renouvellement des organes est connue aussi des Esquimaux. Ils parlent d'un animal (ours, cheval de mer, morse, etc.) qui blesse le candidat, le dépèce ou le dévore ; ensuite une chair nouvelle croît autour de ses os... Mais la plupart des chamanes esquimaux cherchent eux-mêmes l'initiation extatique et, au cours de cette initiation, ils subissent maintes épreuves, parfois bien proches du morcellement du chamane de Sibérie et d'Asie centrale. En l'occurrence, il s'agit d'une expérience mystique de mort et résurrection provoquée par la contemplation de son propre squelette[1].

---

1. *Le Chamanisme et les techniques archaïques de l'extase*, Payothèque, p. 52.

Chez les Warburton Trange, tribu aborigène d'Australie, l'initiation se passe comme suit : l'aspirant entre dans une grotte et deux héros totémiques (le chat sauvage et l'émeu) le tuent, ouvrent son corps, en sortent les organes qu'ils remplacent par des substances magiques. Ils prélèvent aussi l'os de l'épaule et le tibia, ils les font sécher et, avant de les remettre en place, les bourrent des mêmes substances. Pendant cette épreuve, l'aspirant est assisté par son maître d'initiation qui allume des feux et les entretient tout en observant le déroulement de l'expérience extatique.

Ces démembrements imaginaires sont également pratiqués dans les deux Amériques, en Afrique et en Indonésie où, selon Eliade, la « maladie de rêve » ou cérémonie d'initiation possède le même élément central : la mort et la résurrection symboliques du néophyte impliquant une mise en pièce du corps par différentes méthodes (démembrement, éventrement, etc.). Les Esquimaux de Sibérie, du Groenland, du Labrador ont aussi pratiqué des rites de mort et de renaissance. Le grand explorateur de l'Arctique Knud Rasmussen écrit, dans son livre *Intellectual Culture of the Iqlulik Eskimos* :

> Bien qu'aucun chamane ne puisse expliquer comment et pourquoi, il peut néanmoins, par la puissance que son cerveau reçoit du surnaturel, dépouiller son corps de chair et de sang de telle manière qu'il n'y reste que les os. Il doit alors nommer toutes les parties de son corps, mentionner chaque os par son nom ; pour cela, il ne doit pas utiliser un langage humain ordinaire mais uniquement le langage particulier et sacré des chamanes qu'il a appris de son instructeur. En se regardant ainsi nu et complètement délivré de la chair et du sang périssables, éphémères, il se consacre lui-même, toujours dans la langue sacrée des chamanes, à sa grande tâche, à travers cette partie de son corps qui est desti-

née à résister le plus longtemps à l'action du soleil, du vent et du temps [quand il sera mort][1].

Ces rituels initiatiques permettent aux chamanes d'accéder par l'expérience directe à l'identité et à la conscience transcendantes qui survivent à tout ce qui peut insulter ou menacer le corps et l'esprit. Cette initiation permet au chamane, une fois revenu à la vie de conserver un haut niveau d'énergie, de concentration, de force et d'acuité intellectuelle au cours des épreuves tant physiques que spirituelles à venir. Il est devenu capable d'« habiter » pleinement son corps dans toutes les circonstances chargées de puissance surnaturelle.

Toutefois, en plus de l'objectif avoué et reconnu par la plupart des spécialistes de ces initiations, il existe, selon nous, une autre aspiration moins évidente. La tradition chamanique, comme la doctrine catholique de la glorification du corps et la croyance taoïste à la transmutation psychophysique, exprime l'intuition que le corps peut, non seulement transcender les vicissitudes de l'existence, mais aussi se transformer en une entité plus lumineuse qui partage l'extase et la libération de l'âme. Autrement dit, les hommes ont, depuis la préhistoire, pressenti que le corps était capable de s'aligner progressivement avec la Transcendance, de se libérer des éléments, d'acquérir d'autres capacités d'intervention sur Terre et de manifester une joie radieuse, vivifiante.

Cette intuition correspond parfaitement à la vision évolutionniste que nous proposons ici. Les différents attributs des organismes animaux se sont développés de concert depuis l'apparition de la vie sur Terre, et ils ont continué à le faire dans l'être humain. Corps et esprit ont poursuivi une évolution parallèle depuis que nos ancêtres primates ont amorcé leur transformation en *Homo*

---

1. Cité par M. Eliade dans *Le Chamanisme...*, p. 60.

sapiens et peuvent, nous en sommes convaincus, continuer à se développer vers des formes d'incarnation aussi lumineuses que notre esprit dans ses meilleurs moments. Il est impossible de dire combien de temps peut prendre cette transformation, mais la perspective de progrès qu'elle offre peut inspirer un surcroît de créativité, de détermination et d'enthousiasme à ceux d'entre nous qui se sentent attirés par l'aventure de l'évolution.

Quatrième partie

*

EXERCICES ET LECTURES

16

PRATIQUES FAVORISANT LA TRANSFORMATION

Lors de nos réveils spirituels successifs, l'évolution nous a révélé sa face cachée. Il nous arrive de voir qu'une Présence supérieure habite l'univers, l'attirant et l'entraînant vers des fins plus hautes. Et cette Présence nous appelle. Elle s'impose à nous parce que, comme le reste du monde, nous sommes faits de matière et d'esprit, cette matière et cet esprit qui sont à la fois agents et résultats des progrès de l'évolution. Mais l'évolution est un mouvement sinueux, c'est pourquoi notre avenir n'est pas garanti. L'histoire et le sens commun nous disent que notre développement ultérieur dépend de nous.

Cette règle s'applique à l'ensemble de nos capacités. Les attributs émergents dont nous avons parlé dans ce livre ne fleuriront pas si nous ne les cultivons pas. Ils ne donneront leurs fruits que si nous nous tournons vers les dimensions supérieures de la Vie qu'ils révèlent et si nous les entretenons en y pensant constamment et en les développant par la pratique. Dans ce chapitre, nous proposons un programme d'exercices qui peut être adapté aux intérêts, aux capacités, aux conditions de vie de chacun, et qui peut aussi être étoffé de différentes façons. Laissez-vous guider par votre inclination la plus profonde.

Ce programme n'est d'ailleurs qu'un guide car nous pensons que chaque attribut de notre nature émergente porte en lui les éléments d'une pratique évolutive. Chaque fois que nous sentons s'ouvrir le champ de nos perceptions, communications, connaissances, de notre amour ou de notre identité, nous en gardons le souvenir comme une graine qu'il suffit alors de cultiver. Intention, persévérance et confiance dans sa réussite sont les clés de cette entreprise. Sans volonté et sans pratique, nos capacités émergentes ne réussiront pas à s'épanouir.

Principes essentiels des exercices de transformation

La transformation par la pratique implique des processus physiques, biologiques et sociaux innés que nous avons tous plus ou moins cultivés dans notre vie quotidienne. Nous pourrons donc améliorer la conscience et le contrôle de notre corps, parce que nous avons dû le faire dès notre plus jeune âge pour apprendre à marcher et à parler. Et nous n'aurons aucun mal à développer nos capacités de concentration et de relaxation parce que nous le faisons régulièrement, au travail ou pendant nos loisirs. Nous sommes tous capables d'affirmer et d'affiner notre volonté, de visualiser les capacités que nous voulons acquérir, d'approfondir notre réflexion, de nous détacher d'émotions, de pensées particulières et d'élever notre conscience par la prière parce que nous l'avons toujours plus ou moins fait, instinctivement ou délibérément. Les éléments essentiels de la pratique que nous proposons sont donc inhérents à notre nature telle qu'elle a été déterminée par l'évolution de la vie sur cette planète. Beaucoup de maîtres spirituels ont insisté sur ce point. Pour Sri Aurobindo, par exemple « toute la vie est yoga », c'est-à-dire que les circonstances nous permettent, à tout moment, d'actualiser un peu plus notre divinité latente.

Mais ces mêmes processus qui facilitent notre évolution peuvent aussi la bloquer. Notre détermination, par exemple, peut être faussée par des instincts destructeurs, notre imagination se charger de pensées négatives, notre concentration se laisser disperser par des distractions inutiles et nos prières se limiter à des revendications égoïstes. De plus, nous avons souvent du mal à changer parce que nous sommes des créatures d'habitudes, seul moyen de trouver un peu de stabilité au milieu des vicissitudes de l'existence. Sans l'homéostasie, cette capacité innée d'autorégulation, nos systèmes organiques ne pourraient pas fonctionner harmonieusement lorsque notre environnement physique et notre niveau de fatigue changent. Et sans un minimum de stabilité mentale et émotionnelle nous ne pourrions pas supporter les aléas de la vie professionnelle et familiale.

C'est pourquoi nous sommes en même temps stimulés et freinés par des mécanismes physiques et mentaux qui, au cours de leur longue évolution se sont adaptés aux complexités de la vie sur Terre. Cette tension ancestrale de notre nature animale-humaine, avec sa résistance au changement et sa capacité de restructuration devra donc être ménagée pendant nos pratiques transformatives. Respectons nos tendances fondamentales au moment de les restructurer. Cette restructuration demande du temps, elle est souvent difficile, mais elle vaut la peine d'être entreprise.

La transformation de soi-même peut devenir très gratifiante car, tout en étant astreignante elle est profondément satisfaisante. En outre, elle est souvent relayée par des forces qui paraissent extérieures à soi. Ces surgissements spontanés d'énergie – qu'on les appelle grâce divine, esprit du Bouddha ou mouvement du tao –

répondent à nos élans vers l'Être et confirment notre aspiration à y parvenir.

C'est un point sur lequel nous voulons insister. En tant que produits et agents de l'univers, guidés par sa Présence, nous devons nous servir de ce que nous offre le passé pour prolonger la quête de l'humanité. Et les traditions sacrées ont beaucoup à nous apprendre. Pour le grand maître zen Dogen, la pratique du zen n'est pas seulement une voie, *c'est* l'illumination. Aux chrétiens qui consacrent leur vie à la vertu et à la prière, il est dit que « la pratique récompense la nature et est à son tour récompensée par la grâce ». Dans le taoïsme, l'adepte « guide le monde là où il veut le plus profondément aller ». Et comme le dit Sri Ramakrishna : « Les vents de la grâce soufflent en permanence, mais il faut hisser ses voiles. » Ces différents points de vue soulignent les mêmes principes fondamentaux : premièrement, notre nature actuelle, si nous la respectons, nous soutiendra dans notre désir de développer ses capacités latentes ; deuxièmement, nous serons soutenus par une présence ou une puissance supérieure.

Et ces deux principes en impliquent un troisième. Pour développer nos propriétés émergentes, nous pouvons choisir des pratiques qui induisent plusieurs changements positifs à la fois. La plupart des exercices que nous présentons ici sont de cette nature. La méditation, par exemple, peut simultanément calmer l'esprit, favoriser l'équilibre hormonal, aiguiser la pensée, libérer l'imagination, vivifier les émotions, affermir la volonté et permettre d'accéder à des états de conscience élargis. De même, l'entraînement physique tonifie le cœur, améliore la circulation, fait tomber la tension sanguine, fortifie les os, favorise la stabilité émotionnelle, éclaircit les idées et augmente la vitalité. Ces pratiques sont donc sources de multiples bienfaits. Comme un bon accord commercial ou une bonne théorie scientifique, chacune d'entre elles est susceptible de nous rapporter des bénéfices considérables.

Et la combinaison de plusieurs exercices peut donner de meilleurs résultats encore. De nombreuses études ont en effet montré que l'exercice physique profite à la méditation et inversement que la méditation augmente la forme physique. Le Dr Herbert Benson a par exemple découvert qu'en répétant un mot comme « un » pendant qu'on court sur un tapis de jogging, on augmente automatiquement sa capacité musculaire et respiratoire. Et le psychologue du sport Richard Suinn a fait état des mêmes résultats après avoir demandé à des volontaires de « courir détendus ». Cette synergie de l'entraînement physique et mental est aujourd'hui mise à profit par des professeurs de méditation et des sportifs dans le monde entier.

Et il en va de même pour d'autres pratiques. Aujourd'hui, l'Église catholique, certains enseignants juifs et bouddhistes recommandent couramment la psychothérapie à des moines ou à des laïques parce que la conscience de soi facilite l'attention et le détachement que la prière et la méditation sont censées réaliser. Parallèlement, beaucoup de psychothérapeutes conseillent à leurs clients de pratiquer la méditation pour apprendre à se détacher de leurs émotions, pulsions et pensées. Les disciplines qui ont résisté à l'épreuve du temps sont généralement celles qui ont cet effet synergique, qui provoquent plusieurs bienfaits à la fois parce que toutes nos capacités sont liées entre elles et donc influencées en bien ou en mal par tout changement signifiant intervenant dans notre corps ou notre esprit. *L'efficacité de la pratique repose donc sur l'unité sous-jacente de la nature humaine et de ses attributs émergents*. Nous l'avons dit et répété : en dépit des insuffisances et perversités de la nature humaine malheureusement trop évidentes, toutes les qualités qui sont en l'homme peuvent et doivent participer à son développement ultérieur parce que c'est leur destin, leur ultime raison d'être. Nous croyons fermement que la nature humaine est promise à une transformation intégrale. Les vents de la grâce ne cessent de souffler, mais, pour en profiter, il faut hisser une voile aussi large que possible. Le programme que nous proposons ici se fonde sur cette idée fondamentale.

Avant de commencer, encore un mot : dans la mesure où il s'agit d'une pratique intégrale, elle doit être abordée comme une activité à long terme. C'est un programme global d'apprentissage, et il convient de le considérer comme une fin en soi autant que comme une voie menant vers un but. Dans son livre *Mastery*, George Leonard décrit comment la progression de l'être humain peut être arrêtée net par un manque de persévérance dans la discipline. Pour éviter cet écueil, sachons que les progrès se font souvent par à-coups après de longues périodes de stagnation complète ou relative. En profitant au mieux des « longs plateaux dans la courbe de l'apprentissage », comme le dit Leonard, et en appréciant la pratique pour elle-même, nous aurons plus de chances de réussir notre transformation qu'en espérant des résultats immédiats. Pour paraphraser Dogen, nous dirons que la pratique *est* la transformation lorsqu'elle est entreprise dans cet esprit.

Éléments essentiels des exercices de transformation

En dépit de différences qui tiennent à leur origine et à la philosophie qui les sous-tend, toutes les disciplines transformatrices du monde ont en commun plusieurs éléments essentiels. La prière contemplative, par exemple, implique la même ouverture à la Transcendance dans les cultures hindoue, juive, chrétienne et islamique.

La méditation « du témoin », qui consiste à observer ses pensées, ses pulsions et ses émotions avec détachement, est pratiquée par différentes branches du bouddhisme, par les yogis indiens, les soufis et les psychologues contemporains. Et, bien que présentées différemment, sous des noms différents, la motivation et l'attention soutenue sont systématiquement requises dans toutes ces disciplines.

Toutes ces activités prenant des formes diverses, il paraît préférable de les regrouper par familles. Nous allons vous présenter cinq de ces familles qui, selon nous, sont particulièrement favorables au développement de nos attributs émergents.

1. Intention centrée, affirmations et engagement.

Sans cette famille ou ensemble d'activités, aucune pratique de transformation n'aurait la moindre efficacité. Si nos capacités émergentes se manifestent souvent de façon spontanée, elles doivent être cultivées volontairement pour perdurer, ce qui implique de notre part motivation, intention et persévérance.

Pour renforcer cette intention et cette persévérance, toutes les traditions sacrées demandent à leurs membres de s'engager dans la poursuite de la vertu et de l'illumination, ou unité avec Dieu. C'est la raison pour laquelle les Alcooliques anonymes et autres programmes du même genre exigent que leurs participants s'engagent formellement à parler d'eux-mêmes, à pratiquer des exercices de visualisation et de concentration de façon à améliorer leur forme physique et leur comportement. Dans *The Life We Are Given*, George Leonard et Michael Murphy décrivent un programme de transformation intégrale comparable à celui que nous proposons ici. Les affirmations requises sont :

... des engagements clairs, directs à changer dans son corps, son être et son comportement. Ils représentent un contact solide avec nous-mêmes. Ils concentrent nos efforts conscients sur la transformation et font appel à des énergies dépassant notre compréhension consciente. Ils sont énoncés au présent pour décrire des situations telles que nous les souhaitons à un moment précis de l'avenir.

Prenons un exemple : disons que vous soyez souvent trop occupé ou préoccupé pour tenir compte de ce que ressentent les autres. Vous voulez faire des progrès dans ce domaine. Vous allez affirmer : « Je me mets si facilement à la place des autres que j'ai parfois l'impression que c'est télépathique. » Temps, le présent. Dire « je vais essayer de me mettre à la place des autres » ou « je vais faire des efforts pour... » ou simplement « me mettre à la place des autres » ne marcherait pas.

Présentée au présent, l'affirmation « je me mets si facilement à la place des autres que j'ai parfois l'impression que c'est télépathique » semble contredire la réalité. Oui, bien sûr, en ce moment, avec la vie que vous menez, vous ne vous mettez pas facilement à la place des autres. Mais votre affirmation ne dément pas cette réalité. Elle permet de créer dans votre conscience une réalité parallèle, actuelle, un préalable au travail d'affirmation que nous utilisons dans la pratique de transformation intégrale.

La conscience n'est pas quelque chose que vous pouvez toucher, photographier ou mesurer avec un instrument connu, mais elle n'en est pas moins réelle. Elle existe dans l'univers. Elle est organisée. Elle donne des résultats. Votre tâche consiste à créer dans votre conscience les conditions qui vous permettront de changer, de vous mettre à la place des autres. Cela peut se faire par la parole (répéter la même affirmation en silence ou à haute voix), par l'image (créer une image de vous-même correspondant à cette affirmation), et par l'émotion (ressentir ce que ressent l'autre). Dans cet exemple, une partie du travail peut se faire par la pratique, avec vos proches, vos collègues, ou des étrangers – même si cela vous paraît trop formel, au début. Il faut aussi vous ouvrir à la magie de la grâce, cette médiation mystérieuse, apparemment imméritée qui nous arrive souvent à l'improviste. Mais, que cette médiation soit pratique et facilement compréhensible ou mystérieuse, l'intentionnalité déclenchée par votre affirmation, elle, est centrale.

Des affirmations du même genre peuvent donc être mises en pratique avec des mots, des images, des émotions ou des actes délibérés. Et elles sont réelles. Quand on s'y tient fermement, elles cessent d'être des fruits de l'imagination pour se mettre à diffuser une véritable énergie de changement. Mais attention, le fait de les répéter sans cesse augmente *sans cesse* leur pouvoir, c'est pourquoi il faut les choisir avec soin. Un très vieil adage ne dit-il pas « méfie-toi de tes désirs car ils risquent de devenir réalité » ? Comme vous le verrez, les exercices décrits plus loin impliquent des intentions constantes qui peuvent être renforcées par la parole, les images et d'autres moyens.

2. Observation de soi, méditation et détachement

Pour développer nos capacités inexplorées, nous devons tendre vers la conscience supérieure que révèlent une observation de soi disciplinée et la méditation « du témoin ». Cette conscience, qui transcende et enveloppe nos fonctions organiques et psychologiques, se déploie à mesure que nous nous détachons de toutes nos images, pensées, pulsions, émotions et sensations. Elle vient à être, pour ainsi dire, par une observation de soi qui, sans intervenir, renonce aux attachements, se désintéresse de tout ce qui peut se passer en nous ou à l'extérieur. En se développant, cette conscience témoin nous libère progressivement d'habitudes mentales, émotionnelles et physiques, elle nous apporte de brefs moments de joie et nous annonce une liberté plus grande encore. Cultivée plus longtemps, elle débouche sur des perspectives plus vastes et se mue en une subjectivité illimitée capable de percevoir l'unité de toute chose.

Cette conscience fondamentale est l'un des résultats suprêmes de la discipline transformatrice, mais elle est aussi nécessaire à son succès pratique, à toutes les étapes du développement intégral. La liberté toujours nouvelle qu'elle procure atténue les chocs, les réajustements et la restructuration indispensables à un changement de grande envergure. Sa grandeur, sa clarté et sa constance nous aident à supporter des transformations profondes et durables. Développée par la méditation et l'observation permanente de soi, elle s'épanouit en connaissance et en identité transcendantes, nous révélant les tréfonds de notre être où nous découvrons la source de nos synchronicités, de nos qualités émergentes et la prémonition d'une vie extraordinaire. C'est là, bien entendu, le secret des meilleures thérapies modernes et des pratiques anciennes de la méditation mystique. À partir de cette conscience indivise, globale, toujours légère qui naît de la méditation, nous pouvons mettre en contact nos diverses capacités et réaliser leur intégration. En y demeurant, nous découvrons de nouvelles sources de créativité, l'action spontanément juste et le contact direct avec nos sources les plus profondes.

Cette conscience peut être cultivée en toutes circonstances, y compris les transitions entre différents états de conscience. Sri Aurobindo écrit :

> Il est même possible de devenir pleinement conscient pendant le sommeil, du début à la fin ou pendant de larges portions des phases de rêve ; ensuite on se sent passer par différents états de conscience pour arriver à une brève période de repos sans rêves qui permet de

restaurer les énergies de la nature de veille, et retourner ensuite de la même façon jusqu'à la conscience éveillée.

On peut aussi développer ce type de conscience pendant les transitions vers des états autres que le sommeil. Quelques écoles yogiques indiennes ont intégré la consommation d'alcool au nombre de leurs pratiques pour que leurs adeptes s'habituent à rester conscients, même en état d'ébriété. Certains soufis préconisent l'observation consciente de soi pendant le travail manuel, l'exercice physique intensif et autres circonstances où, ordinairement, l'attention faiblit. Quant au Livre des morts tibétain (et autres manuels à l'usage des mourants) il donne des instructions pour le maintien de la conscience aux différentes étapes de la mort. En englobant toutes nos activités dans une même vigilance consciente, ces exercices installent des connexions entre des parties dissociées de nous-mêmes et contribuent à les intégrer. Ils nous donnent une meilleure emprise sur nos comportements habituels, nous ouvrent un accès vers les profondeurs de notre être qu'ils commencent à révéler dans tous les événements physiques et mentaux nous concernant.

3. La prière contemplative

La conscience fondamentale dont nous venons de parler peut aussi s'acquérir par la dévotion spirituelle. Cette dévotion, appelée *bhakti yoga* par les hindous, est essentielle à la vie contemplative des chrétiens comme au mysticisme juif et islamique. Dans un texte intitulé *The Seven Manners of Loving*, Batrijs de Nazareth (vers 1230-1268) écrit :

> Lorsque l'amour pour Dieu s'éveille dans l'âme, il s'élève joyeusement et agite le cœur. Le cœur est alors si tendrement touché d'amour, si puissamment assailli, si complètement environné et si amoureusement étreint

d'amour que l'âme est entièrement conquise par l'amour. Elle sent ensuite une grande proximité avec Dieu, une clarté spirituelle, une richesse merveilleuse, une noble liberté, une énorme force d'amour et une plénitude débordante d'infini plaisir. L'âme sent que tous ses sens et tout son vouloir sont devenus amour, qu'elle a plongé si profondément, qu'elle a été si complètement absorbée par l'amour qu'elle est elle-même devenue amour. La beauté de l'amour a paré l'âme, le pouvoir de l'amour l'a consumée, la douceur de l'amour l'a submergée, la vertu de l'amour l'a pénétrée, l'excellence de l'amour l'a étreinte, la pureté de l'amour l'a élevée, l'exaltation de l'amour l'a soulevée et l'a enclose, si bien que l'âme ne doit être rien d'autre qu'amour et ne faire rien d'autre qu'aimer.

Le maître soufi Djalal al-Din Rumi a écrit : « Je, tu, il, elle, nous, au jardin des amants mystiques, ne sont plus des distinctions réelles. » La dévotion spirituelle provoque un état où tout devient bonté et gloire de Dieu. Louer Dieu par le chant ou la prière, méditer sur la magnificence divine, répéter le nom de Dieu c'est entreprendre une purification qui peut éliminer toute barrière entre l'amant et l'aimé qui, alors, ne font plus qu'Un.

Dans cette union, cette joie, Sri Ramakrishna découvrait la même identité essentielle, le même espace fondamental et éternel que lui procurait la méditation. Et il n'est pas le seul à souligner l'identité des deux formes de réalisation. Pour Rumi et pour d'autres adeptes spirituels comme le poète Kabir, le Dieu que nous connaissons par la prière du cœur est le même que celui que nous découvrons par l'observation de nous-mêmes. « Pendant très longtemps, j'ai frappé à la porte de Dieu, écrit Rumi, mais quand enfin elle s'est ouverte, j'ai vu que je frappais de l'intérieur. »

Frederic Myers, pionnier de la recherche psychologique, a considéré la prière dans la perspective de son travail sur les phénomènes paranormaux et l'esprit subliminal. Il l'a comparée à un état obtenu par l'autosuggestion, l'hypnose par exemple, en ce sens qu'elle « tire une traite sur l'Invisible ». Il écrit :

> J'ai insisté sur le fait que si notre vie est maintenue par un afflux continuel provenant de l'âme du monde, cet afflux peut varier en abondance ou en force en fonction des changements d'attitude de notre esprit individuel. Les suppliques des pèlerins de Lourdes, la contemplation-adoration des scientistes chrétiens, la concentration interne des adeptes de l'autosuggestion, la confiance ouverte des sujets hypnotisés ne sont que des nuances d'un même état d'esprit, de cette foi qui déplace des montagnes et peut effectivement tirer de l'Infini des forces vives.

Comme Myers, William James parle de la prière dans un langage non sectaire. Il écrit :

> Les limites ultimes de la nature humaine plongent dans une tout autre dimension d'existence que le monde sensible et simplement « compréhensible ». Région mystique ou région surnaturelle, qu'on l'appelle comme on veut. Dans la mesure où nos pulsions idéales proviennent de cette région (et c'est le cas de la plupart d'entre elles, car nous nous trouvons possédées par elles d'une manière dont nous ne pouvons pas facilement rendre compte), nous lui appartenons de façon plus intime que nous n'appartenons au monde visible, car c'est à la région d'où proviennent nos idéaux que nous appartenons le plus intimement. Pourtant cette région n'est pas seulement idéale car elle produit des effets sur notre monde. Lorsque nous communions avec elle, un travail s'opère en effet sur notre personnalité limitée, car nous sommes transformés en hommes nouveaux et ce changement régénérateur est suivi, par voie de conséquence, d'une conduite différente dans le monde. Mais cela qui produit des effets dans une autre réalité doit aussi être nommé réalité, c'est pourquoi il me semble que nous n'avons pas d'excuse philosophique pour

qualifier le monde invisible ou mystique d'irréel. Dieu est réel à partir du moment où il produit des effets réels. Si l'on me demande où se manifestent exactement les différences factuelles qui sont dues à l'existence de Dieu, je devrai dire qu'en général je n'ai pas d'hypothèse à proposer si ce n'est ce que le phénomène de « communion par la prière »... suggère immédiatement. Il semble que dans ce phénomène quelque chose d'idéal, qui en un sens fait partie de nous et dans un autre sens n'en fait pas partie, exerce effectivement une influence, élève notre centre d'énergie personnel et produit des effets régénérateurs impossibles à obtenir autrement. Si, donc, il existe un monde de l'être plus vaste que celui de notre conscience ordinaire, si en lui il y a des forces dont les effets sur nous sont intermittents, si l'un des facteurs facilitant de ces effets est l'ouverture de la porte « subliminale », nous avons les éléments d'une théorie à laquelle les phénomènes de la vie religieuse confèrent une plausibilité. Je suis tellement impressionné par l'importance de ces phénomènes que j'adopte la théorie qu'ils suggèrent si naturellement. À ces endroits-là au moins, je le dis, il semblerait que des énergies n'appartenant pas à ce monde, Dieu, si vous voulez, a produit des effets immédiats dans le monde naturel auquel appartient le reste de notre expérience.

Nous avons cité divers exemples permettant de penser, avec William James, que quelque chose qui transcende le moi ordinaire « exerce effectivement une influence, élève notre centre d'énergie personnel et produit des effets régénérateurs impossibles à obtenir autrement ». Dans nos moments d'inspiration, nous avons souvent l'impression d'être traversés par quelque chose de plus grand – Dieu, l'esprit du Bouddha ou le tao – et d'être appelés à la communion avec lui par la prière. Cette prière s'élève en nous de façon instinctive et peut dynamiser n'importe quelle pratique transformatrice.

4. La catharsis

Le mot « catharsis » qui vient du grec, désigne une purification ou « purgation » de l'esprit et des émotions propres à soulager les tensions à la fois psychiques et physiques. Dans les temples voués à la guérison de la Grèce antique, le théâtre avait un tel pouvoir cathartique qu'il était souvent prescrit comme agent de guérison. Aristote voyait dans la catharsis une fonction essentielle du drame, et cette vision a influencé beaucoup de penseurs.

Depuis Freud, la psychologie moderne utilise la catharsis pour résoudre les conflits émotionnels et accéder aux contenus inconscients. C'est une composante active des grandes réunions politiques, des événements sportifs, des films et de l'humour mais aussi des techniques transformatrices comme le dialogue thérapeutique, la méditation et la prière, l'entraînement sportif intensif et les jeux de rôle dans différentes formes de thérapie. Les exercices dont nous allons parler peuvent déclencher des catharsis d'intensité variable. Si vous avez du mal à vous en remettre ou à les comprendre, nous vous conseillons d'en discuter avec un thérapeute, un conseiller spirituel ou une personne de confiance. Mais sachez que ce type de réaction est l'un des effets secondaires les plus courants de l'évolution spirituelle.

5. L'imagerie mentale

Telle que nous l'entendons ici, l'expression « imagerie mentale » désigne une expérience quasi sensorielle se produisant en l'absence de stimuli physiques. Une nuit d'hiver, par exemple, en vous imaginant allongé sur une plage, l'été, vous voyez des images de l'océan, vous sentez le soleil sur votre peau et l'odeur des algues, vous entendez le ressac des vagues, vous avez dans la bouche le goût du sel. Ces réactions s'expliquent par le fait que l'imagerie mentale peut produire des sensations identiques à celles de nos cinq sens. Un grand nombre d'études scientifiques ont montré que c'est une faculté dont nous disposons tous, à des degrés divers, nous qui produisons jour et nuit un flux ininterrompu d'images, sans forcément leur prêter attention. Des images envahissent nos rêveries, nos rêves et nos pensées volontaires. Elles exercent en permanence leur influence sur notre corps, nos émotions et notre raison. « L'homme est ce qu'il pense », a dit Jésus en substance.

Nous communiquons sans cesse par images, c'est pourquoi on peut nous dire « descends de ton nuage », « prends-toi en main » ou « soyez zen ». Le pouvoir des images est attesté par notre langage courant. Conscients de ce pouvoir, les chamanes, yogis, maîtres zen, instructeurs spirituels chrétiens, conseillers, guides et autres professeurs l'ont toujours mis à profit, chacun dans sa discipline. Car, comme toute pratique ayant résisté à l'épreuve du temps, l'imagerie mentale peut altérer plusieurs aspects de la nature humaine en même temps. Elle peut faciliter l'exercice de la volonté, enrichir les émotions, améliorer les capacités sensorimotrices et favoriser l'accès à des états de conscience élargie, car elle convoque simultanément un nombre inimaginable de processus organiques et psychologiques, même si l'essentiel de ces processus reste extérieur à la conscience ordinaire. Comme les autres pratiques dont nous avons parlé, celle de l'imagerie peut s'avérer extrêmement efficace. Les sportifs et les acteurs s'en servent pour améliorer leurs performances, les personnes en thérapie pour visualiser les comportements qu'ils voudraient avoir et les mystiques pour se représenter la présence ou puissance supérieure à laquelle ils veulent s'unir.

Les exercices présentés ci-dessous correspondent aux attributs émergents décrits dans notre deuxième partie, mais ils ne sont pas organisés de façon systématique, car nous sommes persuadés que chacun doit suivre son propre chemin d'évolution. Vous pouvez en discuter avec des amis qui partagent vos intérêts, écouter des maîtres que vous respectez, mais n'oubliez pas de vous laisser guider par votre intuition. Si le succès, dans toute discipline, suppose la persévérance, l'improvisation a aussi ses avantages. Soyez créatif. Les suggestions que nous faisons ici peuvent se décliner de multiples façons.

Développer les perceptions

Au chapitre 3 nous avons décrit différents types de perceptions susceptibles d'être élargies, depuis nos cinq sens jusqu'à la conscience de notre corps et même celle d'énergies et d'entités extrasensorielles. Mais il y a au cœur de toutes ces perceptions une conscience fondamentale qui peut être amplifiée – ou révélée – par l'observation de soi dans la méditation. Parce que cette conscience est essentielle à l'émergence de toutes nos capacités supérieures, nous commencerons par elle.

Précisons toutefois que certaines personnes y verront sans doute un paradoxe. En effet, la conscience dont nous parlons est à la fois immédiatement disponible – c'est notre conscience ordinaire – et capable de soudains déploiements. Elle existe ici et maintenant, conditionne la lecture de ce livre, et n'en possède pas moins des profondeurs insondables que seule une longue pratique peut révéler. Elle est à la fois, comme l'ont dit certains maîtres, « plus proche de nous que notre peau » et « plus vaste que l'univers ». Si vous êtes effectivement troublé par un tel paradoxe, la pratique de la méditation vous aidera à y voir plus clair.

La méditation du témoin. Dans un endroit tranquille où vous ne serez pas dérangé, asseyez-vous sur un coussin ou une chaise et observez simplement vos sentiments, impulsions, sensations et pensées. Vous pouvez fermer les yeux ou les garder ouverts en fixant, sans tension, un point situé devant vous. Changez de position si la vôtre devient inconfortable, mais restez assis le buste bien droit, pour éviter de vous assoupir. Si vous êtes installé sur un coussin, croisez les jambes en tailleur ou en lotus, cela vous aidera à garder la colonne vertébrale verticale. Tout affaissement du corps menace votre concentration.

Ne vous inquiétez pas si vos pensées vont et viennent sans arrêt. Contentez-vous de les regarder. Si des émotions surviennent, laissez-les passer ou fluctuer. Elles aussi sont portées par le courant de votre conscience. Si des sons s'imposent, considérez-les comme des oiseaux traversant le ciel de votre infini. Si une sensation vous dérange, picotements ou grattouillis, essayez d'attendre qu'elle disparaisse. Des sensations du même genre se produisent tous les jours et passent d'elles-mêmes.

Si vous vous retrouvez soudain entraîné dans une rêverie ou une réflexion sur vos préoccupations du moment, revenez à votre position de témoin. C'est toujours possible, même si votre esprit est parti très loin, même si un orage intérieur s'est produit. Vous pouvez toujours vous recentrer, reprendre votre position d'observateur.

Et n'oubliez pas que rien ne vous oblige à rester l'esclave de vos pensées ou de vos sentiments. Ils ne doivent pas vous dominer. Observez-les simplement et persévérez. Quand une image ou une idée intéressante se présente, laissez-la filer. Si elle est vraiment importante, elle reviendra une fois cet exercice terminé. Avec le temps vous pourrez remarquer un certain soulagement à laisser s'éloigner telle image, tel sentiment, telle idée. C'est une nouvelle forme de liberté qui s'annonce, un sentiment de libération qu'il ne tient qu'à vous de renouveler.

Méditez ainsi pendant un quart d'heure. Par la suite, vous pourrez prolonger. Si, au début, il vous semble difficile de vous y mettre, vous verrez qu'avec le temps il deviendra difficile d'arrêter. La méditation est en elle-même sa propre récompense, comme l'a dit le maître zen Dogen. C'est une première forme d'illumination. Elle révèle une joie profonde, sans cause.

Mais l'exercice n'est pas encore terminé.

Lorsque votre méditation s'achève, restez dans cet état d'observation attentive. La liberté dont vous avez eu un avant-goût, ce plaisir que donne la mise à distance des idées et sentiments inutiles, peut vous accompagner dans la vie quotidienne. Il peut mettre vos relations en perspective, donner une saveur nouvelle à votre travail ou à vos loisirs. Il peut vous ramener sans cesse vers les sources profondes de votre être. Pour les bouddhistes zen et les taoïstes, « la méditation en acte est cent fois, non, mille fois, non, un million de fois plus grande que la méditation au repos ». Elle est plus grande parce que la joie, l'énergie et la connaissance qu'elle révèle ne sont plus limitées aux quelques minutes ou aux quelques heures de notre pratique.

Le ressenti. Dans un lieu extérieur paisible – jardin, parc, prairie ou forêt – restez un moment en méditation ; observez vos pensées et émotions jusqu'au moment où vous vous sentirez plus tranquille, plus clair. Tournez alors votre attention vers les choses qui vous entourent et vers la qualité de vos perceptions. Prenez acte des couleurs, des formes, des sons et des odeurs et des sensations internes de votre corps. Observez la façon dont vous ressentez la température, la brise. Puis imaginez que vous pouvez percevoir avec plus de force, plus de clarté et demandez par la prière à y être aidé. Quelles beautés découvrez-vous soudain ? En voyez-vous plus qu'avant ?

Ouvrez-vous maintenant aux couleurs ; voyez-les plus denses, plus vibrantes. Soyez attentifs au caractère unique de chaque forme. Voyez comme la disposition de chaque arbre, chaque fleur, chaque brin d'herbe forme une structure distincte. Remarquez les ombres portées, la lumière, le charme qui imprègne les lieux. Faites appel au pouvoir de votre intention pour entendre, au-delà de votre ouïe normale, des sons « in-ouïs ». Faites de même avec les odeurs et les sensations de votre peau. Découvrez des choses que vous n'aviez jamais remarquées. Cherchez maintenant des traces de lumière. Voyez-vous des auras, de minuscules points lumineux ? Prolongez ces sensations aussi longtemps que vous serez dans ce lieu, en position de témoin. Ensuite, reprenez vos occupations habituelles en conservant ces perceptions élargies.

Vision à distance. Demandez à un ami de se rendre en un lieu inconnu de vous à un moment que vous aurez déterminé ensemble et jouez le rôle de la cible pour cette expérience de voyance ou vision à distance. Votre complice restera une quinzaine de minutes sur place, il observera les principales caractéristiques de l'endroit et il en prendra note par écrit. Pendant ce temps-là, installez-vous dans un endroit tranquille, fermez les yeux, détendez-vous et méditez. Vous êtes le témoin prêt à examiner tout ce qui peut se passer. Lorsque votre esprit sera calme, élargissez vos perceptions en direction de votre ami avec l'intention de savoir où il se trouve et ce qu'il perçoit. Ne quittez pas votre position de témoin lorsque certains indices vous viendront spontanément à l'esprit. Laissez vos impressions se former comme elles veulent, sans interférer, à moins qu'elles ne soient bloquées par votre bavardage habituel d'images et de mots. Laissez se préciser ce que vous commencez à voir sans essayer de deviner de quoi il s'agit. Renouvelez votre intention de voir votre ami et laisser vos impressions continuer à émerger jusqu'à ce qu'elles forment un dessin compréhensible. Mais ne forcez pas cette compréhension. Même si vous ne voyez pas un lieu particulier, vous en percevez peut-être certaines caractéristiques. Faites cela pendant un quart d'heure, prenez des notes sur ce que vous percevez et sur les associations spontanées qui se forment dans votre esprit. Comparez ensuite ce que vous avez capté avec la liste de votre ami et les précisions qu'il peut apporter.

Le mouvement

Mouvements à partir du centre. Beaucoup d'arts martiaux et de formes de danse développent une gestuelle partant du centre du corps, un point situé deux doigts sous le nombril. Cette pratique favorise la grâce, la coordination et l'équilibre parce qu'elle centre l'attention sur l'ensemble du corps, non sur certains muscles ou mouvements particuliers. Commencez par choisir un pas de danse, un mouvement sportif ou un autre geste habituel. Concentrez-vous sur ce point – le *hara*, pour les Japonais – et visualisez tous vos mouvements partant de là. Maintenant, exécutez le mouvement choisi en restant concentré sur votre hara. Faites appel à l'énergie de l'intention qui vous aidera à bouger librement, en parfaite coordination, à partir de votre centre. En pratiquant cette technique, voyez si vous vous sentez plus léger, comme libéré de l'effort. En terminant l'exercice, engagez-vous à appliquer cette technique à tous vos mouvements.

Mouvements avec mantra. Le fait de répéter un mot ou un son peut aussi favoriser la fluidité du mouvement pendant un exercice. N'importe quel mot ou son conviendra pourvu qu'il favorise le calme, le rythme et la concentration, mais vous pouvez essayer quelque chose de suggestif comme « oui », « coule » ou « douceur ». Cette répétition, de même que la récitation d'un texte spirituel, vous relie à un endroit de vous-même plus profond, plus énergétique.

Pendant que vous bougez en répétant votre mantra, voyez si votre conscience se positionne autrement, au-delà de vos points de référence physiques habituels. Cela peut se produire très progressivement, ou trop subtilement pour que vous le remarquiez tout de suite. Mais attendez de voir si cela se produit. Dans le taoïsme, il est dit que l'abandon au tao donne naissance à un « enfant spirituel » fait de matière spirituelle. En théorie, le nouveau centre que vous découvrez à force de répéter sans cesse le même mot pendant un exercice est l'indice de cette naissance.

Visualisation du mouvement. Choisissez dans un sport, une danse ou toute autre activité dans laquelle vous voulez progresser un mouvement connu mais difficile. Après avoir fait le calme dans votre esprit, visualisez ce mouvement dans tous ses détails, d'abord par l'image puis par les sensations qu'il provoque dans votre corps. Maintenant, essayez d'accomplir physiquement ce même mouvement, tel que vous l'avez visualisé. Recommencez plusieurs fois et voyez si le mouvement réel correspond à votre image mentale. Ajoutez ensuite de la couleur et de la précision à votre image. Rendez-la plus vivante, plus immédiate. Puis observez l'effet qu'elle produit sur le mouvement que vous vous efforcez de maîtriser.

La communication

Le développement de nouvelles formes de communication exige que nous fassions des progrès dans certains domaines : empathie, conscience de soi, absence d'agressivité et de compétitivité entre autres attitudes destructrices. Beaucoup de gens font appel à la thérapie pour explorer les tendances inconscientes qui les empêchent de nouer des contacts plus créatifs avec les autres.

Observer les interactions au sein d'un groupe. Avant d'entrer en interaction dans un groupe, que ce soit un repas de famille, une réunion de travail ou un événement informel, entraînez-vous à considérer les interactions des autres du point de vue du témoin (de l'observateur). Souvenez-vous que, quand les relations de groupe sont saines, la discussion passe facilement de l'un à l'autre sans que quiconque monopolise la conversation pour un motif non avoué. Pendant la réunion, observez-vous et observez les autres avec détachement, sans juger ni condamner. Ce type d'exercice peut contribuer à nous sensibiliser aux multiples problèmes qui surviennent entre individus, mais aussi à nous signaler des comportements inconscients qui affectent nos relations avec les autres.

Sensibilité télépathique. Nous avons parfois l'impression que la communication implique la télépathie. Pour développer ce type de sensibilité, entraînez-vous à deviner qui appelle quand le téléphone sonne. À la première sonnerie, prenez quelques secondes pour adopter la position du témoin en vous concentrant sur la personne qui appelle. Que ressentez-vous ? Savez-vous de qui il s'agit ? Faites-le pendant toute une journée et voyez combien de fois vous tombez juste. Continuez, avec la ferme intention d'améliorer votre score, puis comparez les résultats du premier jour avec ceux des jours suivants.

S'ouvrir à une énergie supérieure

Visualiser l'énergie. Après avoir choisi un lieu extérieur paisible, asseyez-vous, fermez les yeux et détendez-vous, physiquement et mentalement. Puis ouvrez les yeux et regardez autour de vous. Appliquez votre intention à voir plus de beauté et de luminosité dans les formes qui vous entourent. Fermez à nouveau les yeux et désirez voir le monde dans sa réalité quantique, comme une danse de l'énergie, l'énergie de chaque forme émanant d'une source énergétique unique. Affirmez votre connexion avec cette énergie, comme si l'ensemble de l'univers était une partie de vous-même regardant à travers vos yeux.

Ensuite, levez-vous en faisant partir le mouvement de votre centre, et essayez de rester en contact avec cette énergie permanente, sans cesse renouvelée. Voyez que votre corps en est rempli et qu'il flotte. Effectuez tous vos mouvements à partir de votre centre, persuadé de posséder, au cœur de votre être, une source d'énergie intarissable. Restez dans cet éprouvé tout le reste de la journée.

Magnifiez l'énergie des autres. Pendant une réunion de groupe, faites l'exercice suivant, qui repose sur une connexion supérieure entre individus et prouve son existence. Lorsqu'une personne prend la parole, visualisez un courant d'énergie, émanant de la Transcendance, passant par vous pour arriver jusqu'à elle et l'élever jusqu'à un alignement plus précis avec son propre potentiel, sa propre source énergétique. Voyez s'il se produit des différences dans ce qu'elle dit ou dans son comportement général.

Cet exercice peut aussi être pratiqué par tous les membres du groupe. Pendant que l'un ou l'une parle d'un sujet qui les concerne tous, les autres le ou la visualisent rempli d'énergie et hissé au summum de ses possibilités intellectuelles, spirituelles. Lorsque chaque membre du groupe a fait l'expérience, discutez-en ensemble.

Intervention silencieuse. Il est également possible d'aider des étrangers ou des personnes de rencontre par la télépathie. Dans un restaurant ou un magasin, par exemple, lorsque quelqu'un (votre voisin, la serveuse, le vendeur) vous paraît déprimé ou furieux, faites l'expérience. Comme dans l'exercice précédent, remontez le moral de cette personne en lui envoyant un courant d'énergie émanant d'une source supérieure. Voyez si son humeur ou son attitude change. Voyez comment elle réagit par rapport aux autres. Vous serez probablement surpris du résultat.

Plaisir, joie, extase

Prêter attention aux plaisirs subtils. Choisissez un moment où vous avez le temps et décidez de prêter attention aux plaisirs les plus subtils de l'existence. Commencez par ralentir votre respiration et par goûter ce que vous apporte chaque bouffée d'oxygène. Puis mettez-vous sur la pointe des pieds et levez les bras le plus haut possible. Restez longtemps dans cette position, puis asseyez-vous et éprouvez le plaisir que vous donne la détente. Restez dans ce plaisir. Savourez-le. Pensez à d'autres plaisirs minuscules et décidez de les savourer de la même façon.

Le plaisir du travail accompli. Vous arrivez à la fin d'un travail quelconque – œuvre de création personnelle, ou, tout simplement, nettoyage de la cuisine. Lorsque vous avez terminé, prenez le temps de considérer ce que vous avez accompli. Explorez les sentiments que cela vous procure, savourez à loisir le plaisir que vous ressentez. Décidez consciemment de le ressentir à chaque tâche accomplie, aussi minuscule soit-elle, pendant toute la journée. La nuit tombée, engagez-vous à développer cette attention au plaisir dans tous vos actes.

Rire et sourire consciemment. Lorsque vous manquez d'énergie, allez dans un endroit où personne ne peut vous voir ni vous entendre. Forcez-vous à sourire, comme si vous étiez de meilleure humeur. Riez à pleine gorge pendant plusieurs secondes en imaginant que vous vous amusez follement. Riez ensuite de façon plus nuancée pendant une bonne minute. Laissez-vous pénétrer par cette humeur volontairement joyeuse. Et conservez-la pendant le reste de la journée.

L'amour

Souvenir d'amour. Installez-vous dans un endroit tranquille et fermez les yeux. Répétez une phrase que vous aimez, une mélodie, un vers ou un texte pour vous ouvrir à une dimension supérieure de vous-même. Puis évoquez le souvenir d'un amour passé, amour d'enfant pour un parent ou un animal, amour-amitié ou amour-passion. Quand ce sentiment est là, mettez-le au présent sans le relier à personne en particulier. Imprégnez-vous simplement de ce sentiment au premier degré. Et engagez-vous à le conserver pendant le reste de la journée.

Retour à l'amour. Vous êtes bouleversé, en colère, frustré, ou tout simplement de mauvaise humeur. Asseyez-vous et souvenez-vous de l'amour que vous avez éprouvé en d'autres temps. Visualisez ce que vous ressentiez alors et laissez-vous imprégner, au présent, par ce sentiment, avec l'intention de le ressentir très profondément. Laissez ce sentiment venir au premier plan, comme s'il était plus proche de votre être réel que l'émotion qui vous perturbe. Laissez vos sentiments négatifs vous quitter comme s'ils se dissolvaient dans l'amour. Restez dans cet état tout le reste de la journée.

Connaissance transcendante

Clarifier ses intuitions. Après avoir pratiqué la méditation du témoin, observez tout ce qui se passe avec détachement. Continuez à observer vos sentiments et vos pensées pendant toute la journée. Centrez votre attention sur ce qu'on pourrait appeler des pensées analytiques, pendant que vous vous efforcez consciemment d'analyser un problème particulier. Mais notez en même temps celles qui semblent venir de nulle part – l'image soudaine d'un ami ou d'un collègue de travail, l'idée d'acheter telle ou telle chose qui vous manque, une divagation étrange. Demandez-vous pourquoi cette idée, cette image arrive en ce moment précis. À quoi est-elle reliée ? Est-ce qu'elle comporte les germes d'une intuition liée au problème que vous vous efforcez de résoudre ? Il est possible qu'elle intervienne pour vous guider vers la solution recherchée.

Identité transcendante

Découvrir sa mission. Commencez par fermer les yeux, vous détendre et repasser le film de votre vie, depuis le tout début, votre enfance. Notez les événements qui vous reviennent en mémoire tout en restant distancié. Cherchez les liens existant entre ces événements et ce qu'ils peuvent suggérer de plus vaste. Quelles expériences au début de la vie ont influencé vos objectifs profonds ? Quel style de relations, quels problèmes ? Comment y avez-vous réagi ?

Avancez dans le temps et considérer votre parcours scolaire. Quels professeurs avez-vous appréciés ? détestés ? Pourquoi ? Pourquoi vous êtes-vous lié d'amitié avec certaines personnes ? Qu'avez-vous appris ? Notez les synchronicités qui se sont produites à cette période et les expériences qu'elles ont rendues possibles. Quels petits boulots avez-vous cherchés ? Comment les avez-vous obtenus ?

Étudiez votre parcours professionnel et vos choix amoureux jusqu'au moment présent. Qu'avez-vous appris ? À côté de quoi êtes-vous passé ? Quel a été le thème général de votre film ? Que diriez-vous, à partir des expériences que vous avez vécues, à quelqu'un qui vous demanderait des conseils sur la façon de vivre plus pleinement sa vie ?

Puis comparez ces réponses à votre rêve le plus cher, celui que vous voulez absolument réaliser dans votre vie. Mettez-les en rapport avec ce qui vous tient le plus à cœur, le plus beau cadeau que vous voulez offrir au monde. Quel rapport pouvez-vous établir entre votre vie actuelle et le sentiment de cette mission ? Votre vie favorise-t-elle ou freine-t-elle son accomplissement ? Que faut-il que vous fassiez dès maintenant ?

Une volonté transcendant l'ego

Remémoration. Revoyez en imagination les moments de votre vie où vos actes s'accomplissaient comme spontanément, comme émanant d'une partie très profonde de vous-même – pendant une activité sportive, un discours ou toute autre prestation. Souvenez-vous comment les gestes, les paroles vous venaient sans effort, comme si un moi plus grand, un être, une capacité supérieurs vous les inspirait. Et puis reprenez votre vie habituelle avec l'intention de retrouver ce niveau de fonctionnement.

L'expérience de l'intégration

Synthétiser identité, énergie et connaissance. Asseyez-vous dans votre lieu favori et détendez-vous en adoptant la position du témoin. Visualisez l'univers comme jaillissant d'une source divine, prenant la forme de votre corps, en plus grand, et se regardant par vos yeux. Sentez que cette source d'énergie provient de vous et inonde tout ce que vous voyez. Laissez-la vous révéler votre identité essentielle et la façon dont vous pouvez contribuer à enrichir le monde. Après cette visualisation, examinez soigneusement vos pensées pour y détecter des indices provenant de votre moi profond et vous indiquant les actions immédiates qui iront dans le sens de votre mission essentielle.

Le flux intégral. Méditez tranquillement, regardez simplement passer le temps en observant votre vie d'un point situé au-dessus de vos sensations, sentiments et pensées. Reprenez ensuite le cours de votre journée, allez travailler, mettez-vous à table ou à une autre activité, mais en continuant à observer attentivement vos sentiments et vos pensées. Distinguez vos pensées habituelles de celles qui paraissent venir d'un lieu plus profond, plus inspiré de vous-même et, si ces dernières vous poussent à faire un acte spontané, potentiellement créateur, suivez-les dans un esprit d'exploration. Si, par exemple vous avez l'idée de vous rendre quelque part, et si ce n'est pas trop difficile, suivez votre intuition. Se produit-il quelque chose de magique ? Quand vous l'aurez fait, soyez particulièrement attentif à ce qui se produira après. S'agit-il d'événements que vous considérez comme signifiants ou synchroniquement ? Demandez-vous pourquoi ils se produisent justement à ce moment-là. Ont-ils quelque chose à voir avec une dimension plus vaste de votre vie ? Restez vigilants de façon à ne pas tirer de conclusions hâtives et à garder un juste équilibre entre ouverture et prudence. L'expérience nous apprend qu'il vaut mieux attendre que le vrai sens des choses apparaisse clairement. Voyez toujours l'aspect positif de tout événement, la pépite d'or qu'il recèle. Ce que vous venez de faire vous inspire-t-il une nouvelle intuition ? Laissez l'enchaînement se dérouler le plus longtemps possible.

Souvenez-vous que ces exercices peuvent toujours être adaptés à votre cas particulier. L'évolution nous a tous amenés au seuil d'une transformation. Jamais auparavant il n'y a eu une telle reconnaissance de notre potentiel inexploré, une telle abondance de ressources théoriques et pratiques, une telle ouverture par rapport aux mystères spirituels de l'existence. En s'exerçant de façon équilibrée et déterminée, chacun d'entre nous peut participer plus pleinement à l'aventure du monde – et contribuer à son évolution.

Une porte s'est ouverte devant nous. Notre destin est de passer cette porte.

17

BIBLIOGRAPHIE

Les connaissances concernant notre nature supérieure n'ont cessé de s'accumuler depuis la naissance de l'histoire et dans toutes les cultures. Si notre société a longtemps ignoré la plupart de ces textes, ils ont été redécouverts par des historiens, des chercheurs, des érudits religieux et sont maintenant disponibles en abondance. Et ils ont été complétés, élargis, précisés par les découvertes actuelles de la physique, de la biologie et des sciences humaines. Nous disposons donc aujourd'hui du plus grand nombre de textes concernant la transformation de la nature humaine qui ait jamais existé sur Terre.

Dans les pages qui suivent, nous présentons un échantillon de cette bibliothèque idéale, notamment ses plus grands classiques. Notre choix a pour but, non d'être exhaustif, mais de refléter la richesse et la force de cet extraordinaire héritage. Si la plupart des titres cités sont accessibles à tous publics, certains ne le sont pas et d'autres sont épuisés. Il nous a pourtant semblé important de les mentionner lorsqu'il s'agissait d'œuvres essentielles à l'avancée du savoir. Car ils ne doivent pas disparaître en tant que ressources spirituelles ni pour nous ni pour les générations futures.

Nous avons choisi de présenter ces livres en rapport avec les chapitres auxquels ils correspondent le mieux. Quelques-uns sont mentionnés dans plus d'un chapitre, donc plusieurs fois.

Il est souvent plus facile de s'investir durablement dans une pratique quand on s'appuie sur des textes, quand on se sent soutenu par les plus grands sages, saints, philosophes et scientifiques de tous les temps. Que cette liste vous y aide !

1. LE MYSTÈRE DE NOTRE ÊTRE

ALEXANDER, Samuel, *Space, Time and Deity*. vol. I et II, Peter Smith, 1979. Dans cette œuvre majeure, Alexander décrit son approche philosophique, dite « métaphysique empirique », c'est-à-dire une philosophie ouverte qui englobe les questions spirituelles et se fonde sur des données vérifiables. Pour Alexander, notre monde en développement possède cinq niveaux essentiels : l'espace-temps, la matière, la vie, l'esprit et la déité, qui émergent successivement l'un de l'autre.

BERGSON, Henri, *L'Évolution créatrice*, PUF, 2001. Le style aisé, non technique de ce philosophe français lui valut la reconnaissance d'un large public et un prix Nobel de littérature. Dans ce livre, son œuvre la plus connue, il émet l'hypothèse d'un élan vital que l'on peut voir comme « une supraconscience, ou Dieu » qui dirige l'évolution des animaux, des plantes et des êtres humains. Dans des œuvres ultérieures, notamment *Les Deux Sources de la morale et de la religion*, il suggère que les mystiques participent plus pleinement que les autres à l'amour de Dieu pour les hommes et que pour cette raison ils forment l'avant-garde de l'évolution. Toutefois, leurs esprits ne sauraient assurer le développement ultérieur de l'humanité sans devenir universels, c'est pourquoi la société doit être « ouverte », non autoritaire et tolérante à l'égard des idées spirituelles radicales.

BERRY, Thomas, et SWIMME, Brian, *The Universe Story*, HarperSan Francisco, 1992. Berry est catholique et historien des cultures, Swimme est philosophe et mathématicien cosmologiste. Ce livre est une méditation profonde sur l'évolution de l'univers et sur ses dimensions spirituelles. Berry considère ce type de réflexion comme une sorte de « littérature épique ».

BOHM, David, *La Plénitude de l'univers*, Le Rocher, 1987. David Bohm, éminent théoricien de la physique quantique, développe dans cet ouvrage une vision de la physique qui traite la totalité de l'existence, y compris la matière et la conscience, comme un tout indifférencié. Il avance l'idée que chaque élément indépendant de notre univers contient en lui la somme de tous les éléments, c'est-à-dire l'ensemble de toute l'existence.

BROAD, C.D., *The Mind and Its Place in Nature*, Routeledge and Kegan Paul, 1925. Broad, éminent philosophe britannique relie l'émergence de l'évolution à la matière, à l'esprit et à l'évidence que la conscience survit après la mort physique.

CHAISSON, Eric, *Cosmic Dawn*, Little Brown, 1981. Histoire de l'évolution depuis la naissance de l'univers jusqu'à l'apparition de la vie sur la Terre.

DARWIN, Charles, *The Correspondance of Charles Darwin*, vol. I-III, Cambridge University Press, 1985.

— *De la descendance de l'homme*, Complexe, coll. « De la science », 1981. Darwin étend ses propositions concernant l'évolution et la sélection naturelle au développement de l'homme depuis ses ancêtres primates.

— *L'Expression des émotions chez l'homme et les animaux*, Rivages, coll. « Rivages Poche », 2001. Étude historique et toujours actuelle de l'expression des émotions chez les hommes et les animaux basée sur une étude comparative de jeunes enfants, de peintures, de sculptures, d'animaux et de personnes dans différentes cultures, étude effectuée par Darwin lui-même.

— *L'Origine des espèces*, Flammarion, 1992. Cet ouvrage que l'on peut considérer comme l'une des plus importantes contributions à la science a suscité l'adhésion de scientifiques du monde entier à la thèse de l'évolution et à celle de la sélection naturelle comme l'un de ses mécanismes essentiels. Lors de sa publication, il provoqua un grand émoi tant dans la communauté scientifique que dans le public, en Europe comme aux États-Unis.

— *The Voyage of the « Beagle »*, Viking, 1989. C'est le journal tenu par Darwin pendant son fameux voyage en Amérique du Sud et aux îles Galápagos dans les années 1830. Il contient toutes sortes d'observations ayant contribué à l'élaboration de sa théorie de l'évolution.

DAVIES, Paul, *The Cosmic Blueprint : New Discoveries in Nature's Creative Ability to Order the Universe*, Simon & Schuster, 1988. Davies, mathématicien et physicien, présente ici ses idées sur l'auto-organisation qui préside à l'évolution des systèmes inorganiques et vivants vers des formes plus élaborées. Il montre aussi comment appliquer ces idées au tout que constitue l'univers.

— *L'Esprit de Dieu*, Hachette Littératures, 1998. Il s'agit d'une exploration de l'ordre et du dessein de l'univers en évolution. Davies apporte la preuve qu'il existe dans l'évolution une sorte de *telos*, une tendance fondamentale de l'univers à évoluer vers des niveaux supérieurs de complexité. (D'autres titres sont disponibles en français.)

ELGIN, Duane, *Awakening Earth*, William Morrow, 1993. Réflexion visionnaire sur l'évolution de la culture et de la conscience humaines depuis le passé lointain jusqu'à un avenir lointain.

ELRIDGE, Niles, *Reinventing Darwin : The Great Debat at the High Table*, John Wiley, 1995. C'est une analyse éclairante de la théorie évolutionniste et des débats qu'elle a suscités au sein de la communauté scientifique. Elridge est le théoricien qui, avec Stephen Jay Gould, a développé le modèle d'*équilibre ponctué*.

FERRIS, Timothy, *La Nuit du temps : histoire du cosmos de l'Antiquité au big bang*, Hachette Littératures, 1992. Ferris, écrivain scientifique de renom, relate ici de façon claire et autorisée l'évolution cosmique depuis ses débuts : le big bang, le développement des galaxies, des étoiles, des planètes et de la Terre.

GEBSER, Jean, *The Ever Present Origin*, Ohio University Press, 1986. Histoire générale du développement humain, tant individuel que collectif, depuis la préhistoire jusqu'à nos jours, reprenant les points de vue de l'esthétique, de la sociologie, de l'anthropologie, de la psychologie, de la religion et d'autres domaines encore. Gebser voit l'humanité donner naissance à une nouvelle conscience « intégrale » qui dépasse les limites de la conscience collective des temps anciens et l'individualité égocentrique de l'après-Renaissance. Cette conscience émergente appréhende le monde d'une façon plus intégrale, plus complète que les mentalités qui l'ont précédée du fait qu'elle vit les réalités spirituelles avec une plus grande intensité tout en tenant compte du temps et de l'éternité. Nous sommes, écrit Gebser, « façonnés et déterminés non seulement par hier et aujourd'hui mais aussi par demain ».

GLASS, Bentley, *et al.*, éds, *Forerunners of Darwin 1745-1859*, John Hopkins Press, 1959. Présentation des idées concernant l'évolution qui, au XVIIIe siècle, ont précédé et permis les découvertes de Darwin.

GOUDGE, T.A., « Emergent Evolution » in *The Encyclopedia of Philosophy*, vol. II. Macmillan, 1967. L'article résume les principales idées concernant l'émergence de l'évolutionnisme telles qu'elles sont développées par différents philosophes, notamment Alexander, Morgan et Polanyi.

GOULD, Stephen Jay, éd., *Le Livre de la vie*, Le Seuil, 1993. Recueil richement illustré d'essais, dus à d'éminents scientifiques, sur l'histoire de la vie sur Terre depuis ses origines jusqu'à l'*Homo sapiens*. Cet ouvrage, qui fait autorité, est d'une lecture facile avec ses dessins, photos et diagrammes qui illustrent l'immense panorama de la vie sur Terre.

— *Quand les poules auront des dents :* réflexions sur l'histoire naturelle, Le Seuil, 1991. Ce livre contient un essai, « L'évolution en tant que fait, que théorie », dont est tirée la citation du premier chapitre.

— *Ontogeny and Philogeny*, Harvard University Press, 1977. Ce livre, que l'on trouve en bibliothèque, est l'histoire en 190 pages des idées et des théories concernant l'évolution, depuis les anciens Grecs jusqu'à nos jours. Gould y démontre que, pendant plus de deux mille ans, des philosophes et des naturalistes ont deviné l'existence de l'évolution ainsi que certains aspects de la théorie évolutionniste actuelle. Il montre aussi comment la découverte de l'évolution a bénéficié d'intuitions inspirées et retrace les tours et détours passionnants qu'elle a empruntés. (D'autres titres sont disponibles en français.)

Graham, Peter W., éd., *The Portable Darwin*, Penguin, 1993. Introduction utile aux écrits les plus importants de Charles Darwin, avec des présentations claires et accessibles de sa pensée et de son importance historique.

Hegel, G.W.F., *Phénoménologie de l'esprit*, t. I et II Gallimard, 2002. Dans ce livre, dont l'influence devait être immense, Hegel propose l'hypothèse selon laquelle le monde est le développement dialectique de l'esprit (*Geist*) depuis la nature non réflexive jusqu'à la conscience de soi des êtres humains, évolution par laquelle l'esprit vient à se connaître lui-même. Pour Hegel, chaque étape de ce développement subsume (*aufheben*) les étapes qui l'ont précédé en les annihilant et en les accomplissant.

Kaufman, Stuart, *At Home in the Universe*, Oxford University Press, 1995. Kaufman est un pionnier de la théorie de la complexité, la science des systèmes vastes et complexes. Il présente dans ce livre l'hypothèse passionnante selon laquelle l'auto-organisation est une qualité naturelle des mondes inorganique, biologique et humain. Selon lui, un ordre spontané se manifeste dans presque tous les systèmes complexes, depuis les flocons de neige jusqu'aux entreprises commerciales en passant par les bactéries et l'homme.

Lamb, Simon et Sington, David, *Earth Story*, Princeton University Press, 1998. Histoire illustrée, très claire, de l'évolution géologique de la Terre et de ses relations avec le développement des espèces végétales et animales.

Lovejoy, Arthur O., *The Great Chain of Being : A Study of the History of an Idea*, Harvard University Press, 1974. Arthur Lovejoy, philosophe américain, fut le principal promoteur, aux États-Unis, de « l'histoire des idées » comme terrain de recherche. Dans ce livre, le plus important et le plus connu qu'il ait écrit, il étudie la notion de grande chaîne de l'être (la hiérarchie des formes inanimées, animales, humaines et surhumaines) depuis Platon et Aristote jusqu'au XIXe siècle et son influence depuis l'Antiquité et le Moyen Âge jusqu'aux Temps modernes.

MAYR, Ernst, *Histoire de la biologie : diversité, évolution, hérédité*, Fayard, 1989. Histoire complète de la pensée en biologie par l'une des autorités mondiales en la matière.

MORGAN, C. Llyod, *Emergent Evolution*, Henry Holt and Company, 1923. Morgan fut l'un des premiers à imaginer l'émergence de l'évolution, et il suggère que notre monde a quatre niveaux successifs : les événements psychophysiques, la vie, le mental et l'esprit ou Dieu. Chaque niveau émergent du monde : 1) provient et survient de ce qui existe déjà ; 2) est réellement nouveau dans l'univers ; 3) se produit d'une façon que les lois et conditions qui le précèdent ne permettent pas de prévoir ; 4) ne peut s'expliquer de façon naturaliste mais doit être accepté avec une « piété naturelle ».

MURPHY, Michael, *The Future of the Body*, Tarcher/Putnam, 1992. Ce livre, écrit à partir des archives de l'Institut Esalen (aujourd'hui installé à l'École de médecine de la Stanford University) sur le fonctionnement extraordinaire de l'être humain décrit un large éventail d'attributs humains et leur expression paranormale dans le contexte de l'évolution.

POLANYI, Michael, *Personal Knowledge*, Harper & Row, 1958. C'est l'un des plus grands livres du XXe siècle sur la philosophie des sciences. Polanyi, qui fut un scientifique éminent et un philosophe, démontre le rôle crucial de la subjectivité dans le savoir humain. Il avance également de solides arguments en faveur de la nature émergente du progrès de l'évolution. (D'autres titres sont disponibles en français.)

SATPREM, *Sri Aurobindo ou l'aventure de la conscience*, Buchet-Chastel/La barque du soleil, 1991. Biographie inspirée de l'une des plus grandes figures de la mystique moderne, et introduction à sa vision philosophique et au yoga intégral.

SCHELLING, Friedrich, *System of Transcendental Idealism*, University Press of Virginia, 1964. Schelling, philosophe allemand, fut parmi les premiers à voir dans l'évolution de la nature la manifestation progressive de Dieu. Pour lui, le monde était un « esprit assoupi » ou *Deus implicitus*, revenant par étapes vers sa source divine, *Deus explicitus*. Schelling, qui publia cet ouvrage en 1801, eut une forte influence sur son ami Hegel. (D'autres titres sont disponibles en français.)

SHELDRAKE, Rupert, *Une nouvelle science de la vie*, Le Rocher, coll. « Esprit-Matière », 1990. Sheldrake ne conçoit pas l'univers comme un mécanisme mais plutôt comme un organisme vivant. À la question : quelle est la nature de la vie et comment sont déterminés la forme et l'instinct des organismes vivants ? Il répond par l'hypothèse de la « causalité formative » selon laquelle la forme et la fonction de toute chose vivante sont transmises aux générations suivantes par l'intermédiaire de « champs morphogénétiques » qui se déploient à travers l'espace et le temps.

SIMPSON, George Gaylord, *The Meaning of Evolution : A Study of the History of Life and of Its Significance fot Man*, Yale University Press, 1961. Présentation classique de la théorie de l'évolution et de ce qu'elle suggère quant aux possibilités de progrès nouveaux de l'humanité.

STEBBINS, G.L., *The Basis of Progressive Evolution*, University of North Carolina Press, 1969. Dans cet ouvrage, Stebbins présente ses hypothèses sur la « gradation » (l'avance par degrés successifs) de l'évolution qui a permis aux créatures vivantes de progresser depuis les organismes unicellulaires jusqu'à l'homme.

SWIMME, Brian, *The Universe is a Green Dragon*, Bear & Company, 1985. Dialogue imaginaire entre une jeune personne et un conteur à propos des mystères, beautés et promesses de l'univers en évolution. Lecture conseillée aux jeunes comme aux moins jeunes.

— *The Hidden Heart of the Cosmos*, Orbis, 1996. Série de réflexions lyriques, souvent passionnées, sur le déploiement du cosmos et ses dimensions spirituelles.

THOMPSON, Darcy Wentworth, *Forme et croissance*, Le Seuil/Source du savoir, 1994. Présentation fort bien écrite des processus biologiques, que l'on peut lire en complément de l'ouvrage de Kaufman, *At Home in the Universe*. Selon un commentateur, l'auteur décrit « la forme des cornes, des dents, des moustaches, le saut des puces, le glissement des berniques, les bourgeons, les graines, les alvéoles des abeilles, les gouttes de pluie, les bulles de savon, le plouf d'un caillou tombant dans un étang ». Thompson qui fut un grand homme de science était aussi poète.

TEILHARD DE CHARDIN, Pierre, *Le Phénomène humain*, Le Seuil, Œuvres/Teilhard de Chardin. Jésuite et paléontologue, le père Teilhard allie savoir scientifique et intuition spirituelle dans une vision de l'évolution en plusieurs étapes, la « lithosphère », ou monde inorganique, la « biosphère » ou monde du vivant et la « noosphère », ou monde spirituel, pour tendre vers le « Point Oméga » où le monde serait plus étroitement uni à Dieu. De même que Hegel, Schelling et Aurobindo, le père Teilhard concevait le monde comme la manifestation progressivement révélée de sa divinité implicite.

WALLACE, Alfred Russel. *My Life : A Record of Events and Opinions,* vol. I et II, Dodd, Mead and Company, 1905. Wallace a découvert la sélection naturelle à peu près en même temps que Darwin, mais il croyait que les influences spirituelles étaient impliquées dans l'évolution humaine au même titre que les influences matérielles. Dans ces deux volumes, on trouvera, entre autres choses, ses thèses concernant le développement humain en relation avec les puissances supérieures.

WEINER, Jonathan, *The Beak of the Finch*, Vintage, 1994. C'est l'histoire de deux savants qui, en étudiant les pinsons décrits par Darwin sur les îles Galápagos, arrivent à la conclusion que l'évolution peut être bien plus rapide que ne le pensait Darwin. Le livre décrit les intéressants changements introduits dans la méthode et la pensée des biologistes depuis l'époque de Darwin.

WHITEHEAD, Alfred North, *Procès et réalité, essais de cosmologie*, Gallimard/Bibliothèque de philosophie, 1995. Whitehead, mathématicien et philosophe reconnu, considère l'énergie créatrice comme le trait essentiel de l'univers et suggère que toutes les entités, qu'elles soient inertes, animales ou humaines, restent en contact les unes avec les autres. Même les objets inanimés, selon lui, possèdent une part de subjectivité et de liberté qui leur permet de se rapprocher d'un alignement avec l'attraction divine. À mesure que le vivant évolue vers plus de complexité, subjectivité et liberté augmentent et permettent aux créatures de se mettre, si elles le désirent, dans une plus grande proximité avec la vie et les desseins de Dieu. C'est l'ouvrage le plus important de Whitehead.

WILBER, Ken, *Brève histoire de tout*, Mortagne, 1996. Wilber, l'un des leaders actuels de la systématique en philosophie, relie l'évolution à Dieu et aux possibilités supérieures de l'être humain. Ce livre, écrit sous forme de dialogue, est une excellente introduction au reste de son œuvre.

— *No Boundary*, Shambhala, 1981. Le développement humain est présenté ici par l'un des plus éminents philosophes de notre époque.

— *Sex, Ecology, Spirituality, The Spirit of Evolution*, Shambhala, 1995. C'est le livre le plus complet de Wilber. Il intègre les découvertes scientifiques, les études comparatives de religions, les arts et autres disciplines à une vision globale de notre univers dans sa dimension spirituelle. On peut considérer Wilber comme l'héritier de la doctrine du « panthéisme évolutionniste » (selon laquelle le divin transcende et habite l'univers en évolution) qui remonte à Hegel et Schelling mais inclut Bergson, Gebser, le père Teilhard et Sri Aurobindo.

2. LES PHASES DE RÉVEIL : HISTORIQUE

ADLER, Mortimer, *Aristotle for Everybody : Difficult Thought Made Easy*, Bantam, 1978. Ce petit volume, dû à l'un des éducateurs les plus honorés de notre époque, facilite la compréhension des œuvres du grand philosophe grec Aristote.

Arberry, A.J., trad., *The Koran Interpreted*, 2 vol. George Allen & Unwin, 1955. Certains pensent qu'Arberry réussit mieux que tout autre à traduire la richesse, la beauté et la puissance poétique du Coran en anglais. Le texte est précédé d'une préface sur l'histoire et les difficultés de la traduction du Coran et suivi d'une interprétation du texte à la lumière des connaissances actuelles.

ARISTOTE, *Œuvres complètes*, Belles Lettres, 1964-2001. Philosophie, politique, biologie, rhétorique, arts, animaux, âme humaine, physique, rien n'a été laissé de côté par cet élève de Platon et précepteur d'Alexandre le Grand, dont Dante a pu dire qu'il était « le maître de ceux qui savent ». L'universalité de son intelligence étonne et émerveille encore aujourd'hui.

ARMSTRONG, Karen, *Buddha*, HarperSanFrancisco, 2001. Evocation très accessible et poétique de la vie et de l'enseignement du Bouddha.

— *Muhammed : A Biography of the Prophet*, HarperSanFrancisco, 1992. Un regard nouveau sur Mahomet par une érudite contemporaine, spécialiste des religions.

ARNOLD, Edwin, *La Lumière de l'Asie*, éd. Adyar, 1981. Évocation poétique de la vie du Bouddha par un Anglais de l'ère victorienne. Ce livre a connu un immense succès populaire à la fin du XIXe siècle et au début du XXe, un succès mérité.

— *The Song Celestial*, David McKay Company, 1934. Certains considèrent ce livre comme la traduction poétique de la Bhagavad-Gita la plus proche de l'original en sanscrit.

ASSAGIOLI, Robert, *Psychosynthèse : principes et techniques*, Desclée de Brouwer, 1994. Assagioli est le fondateur de la psychosynthèse qui unit psychologie moderne et psychiatrie dynamique avec des pratiques spirituelles orientales et occidentales. Dans cet ouvrage, il propose un guide complet des principales techniques de la psychosynthèse.

AUGUSTIN (saint), *Confessions*, Institut d'études augustiniennes, 1992. Evelyn Underhill, l'une des grandes spécialistes de la littérature mystique, a dit de saint Augustin « ... personne ne peut lire les *Confessions* sans être frappé par l'intensité et l'actualité de son expérience spirituelle et par les formules typiquement mystiques selon lesquelles il appréhende la réalité... Aucun génie uniquement littéraire n'aurait pu produire les magnifiques chapitres des septième et huitième livres ni les innombrables passages dans lesquels transparaît sa passion pour l'Absolu. Les mystiques ultérieurs, le reconnaissant, se sont constamment réclamés de son autorité, et son influence sur la formation de l'école médiévale se situe juste après celle de la Bible. »

AUROBINDO, Sri, *La Vie divine*, Albin Michel /Spiritualités vivantes poche, 1992. C'est l'exposé le plus complet de la philosophie d'Aurobindo et peut-être la plus magnifique description jamais écrite du « panthéisme évolutionniste ».

— *The Collected Works of Sri Aurobindo*, Sri Aurobindo Ashram, 1972. Ces œuvres complètes comprennent la poésie, les nombreux livres, articles et lettres publiés par Sri Aurobindo à propos de philosophie, psychologie, politique, littérature et diverses pratiques transformatives. L'évolution de la nature humaine y est abondamment traitée, notamment la transformation du corps.

— *The Essential Aurobindo*, McDermott, Robert, éd., Lindisfarne Press, 1987. Anthologie des œuvres de Sri Aurobindo avec une intéressante postface de l'éditeur qui analyse la pertinence de ces œuvres pour les Occidentaux.

— *A Greater Psychology : An Introduction to the Psychological Thought of Sri Aurobindo*, Dalal, A.S., éd., Tarcher/Putnam, 2001. Dans sa préface à cette formidable anthologie, Ken Wilber écrit : « En ce qui concerne la "grande psychologie" – celle qui inclut corps, mental, âme, esprit –, Aurobindo a beaucoup à nous apprendre... Ce livre est sans doute le meilleur panorama de la pensée psychologique d'Aurobindo. » (D'autres titres sont disponibles en français.)

BACON, Francis, *Novum Organum*, PUF, 2001. Dans cette œuvre d'une ambition considérable, Bacon décrit les moyens de la pensée inductive qui devait devenir essentielle à la méthode scientifique lorsqu'elle s'est développée à la Renaissance et à l'âge des Lumières. (D'autres titres sont disponibles en français.)

BAMFORD, Christopher, éd., *Homage to Pythagoras : Rediscovering Sacred Science*, Lindisfarne Press, 1994. Recueil de neuf essais qui réexaminent Pythagore en tant que « génie de notre culture », ce livre symbolise la réconciliation des sensibilités scientifiques et religieuses.

BARNSTONE, Willis, *The Poetics of Ecstasy : Varieties of Ekstasies from Sappho to Borges*, Holmes & Meier, 1983. Essai d'analyse littéraire suggérant que l'extase a joué un rôle vital dans l'œuvre des grands auteurs depuis les temps anciens.

BARNSTONE, Willis, trad., *The Poems of St. John of the Cross*, New Directions, 1972. L'une des traductions les plus enflammées des poèmes du grand saint.

BASHAM, A.L., *The Wonder That Was India*, Grove Press, 1959. Ouvrage reconnu comme la meilleure introduction au développement de la culture indienne depuis ses origines dans la vallée de l'Indus jusqu'aux environs de l'an 1000.

BATESON, Gregory, *Vers une écologie de l'esprit*, Le Seuil, 1995. Formidable introduction à l'œuvre d'un théoricien social et pionnier de l'anthropologie, ce livre explore les relations entre corps et esprit, la cybernétique, la biologie de l'évolution, l'épistémologie, la philosophie, la logique et la science cognitive.

BECKER, Ernest. *The Denial of Death*, The Free Press, 1973. L'exploration, par un lauréat du prix Pulitzer, de l'emprise psychologique de la mort dans notre vie et de son rôle stimulant pour l'art, la création et l'héroïsme.

BLACK, Elk, *Élan noir parle*, éd. John G. Neihardt, 2000. Publié pour la première fois au début des années 1930, ce livre est généralement considéré comme l'un des meilleurs ouvrages sur la spiritualité des Indiens d'Amérique.

BLAKE, William, *Œuvres de William Blake*, Aubier-Flammarion, 2000. Blake est l'un des plus grands poètes et artistes visionnaires du monde. Sa vision s'adresse à tous ceux d'entre nous qui cherchent à transcender ce qu'il appelait le « sommeil de Newton », une vie de matérialisme strict, de perceptions habituelles et de pensée mécanique.

BUBER, Martin, *Je et Tu*, Aubier Montaigne, 1992. Le plus connu des maîtres du hassidisme au XXe siècle étudie ici la nature des relations entre deux êtres qui se rencontrent à un niveau supérieur aux besoins, désirs et réactions mécaniques ordinaires et choisissent de voir dans l'autre sa nature unique, inimitable et sa valeur intrinsèque, éternelle.

— *Le Chemin de l'homme*, éd. du Rocher, 1999. Ce livre étudie la nature et le but de la vie, de nos relations avec Dieu, et rassemble les enseignements de nombreux maîtres spirituels juifs.

BURCKHARDT, Jacob, *Civilisation de la Renaissance en Italie*, LGF poche, 1986. Ce livre a été considéré, pendant plusieurs dizaines d'années comme une référence définitive sur le sujet. L'idée maîtresse de l'historien suisse Burckhardt est que les cités italiennes, ayant transcendé la condition féodale antérieure, avaient créé l'atmosphère unique dans laquelle fleurirent l'individualisme et la Renaissance.

BURCKHARDT, Titus, *Alchimie : sa signification et son image du monde*, éd. Arché de Toth, 1979. Exposé intelligent et très documenté sur le symbolisme et les principales tendances de la pensée ésotérique occidentale connue sous le nom d'« alchimie ». Les enseignements de l'alchimie, comme l'illustre brillamment Burckhardt, étaient une sorte de code dans lequel l'essentiel de la pensée transformatrice de l'Occident fut préservé.

BURR, A.H., *The World's Rim : Great Mysteries of the North American Indians*, University of Nebraska Press, 1953. Excellente introduction aux diverses sensibilités spirituelles des Indiens d'Amérique.

BUTLER, *Les Saints Patrons*, éd. Brepols, 1996. L'original de cette œuvre monumentale fut publié entre 1756 et 1759. Thurston, qui édita cette version abrégée, était un jésuite et représentait, au XXe siècle, l'autorité absolue de l'Église catholique en matière de phénomènes paranormaux concernant les saints.

CAHILL, Thomas, *How the Irish Saved Civilization*, Doubleday, 1996. Regard innovant porté sur les débuts de l'histoire européenne, qui montre comment les moines irlandais ont pris la peine de copier des textes classiques grecs et romains, puis de les confier à des monastères du continent, préservant ainsi les connaissances jusqu'au moment où les lettrés italiens de la Renaissance les redécouvrirent.

CAMPBELL, Joseph, *Les héros sont éternels*, Seghers, 1987. C'est l'un des livres les plus connus du célèbre mythologiste, et il a influencé, outre le public de ses lecteurs, quantité de scénaristes et d'artistes, sculpteurs, danseurs, poètes. La thèse proposée par Campbell est qu'il existe un « monomythe », une histoire unique au cœur de toute quête initiatique.

CAPRA, Fritjof, *Le Tao de la physique*, Tchou, 1999. Cet essai analyse la rencontre de l'Orient et de l'Occident, les parallèles que l'on peut établir entre physique moderne et philosophie orientale et les idées qui naissent de cette rencontre.

CASSIEN, Jean, *Répondre à l'appel du Christ : la vie spirituelle à l'école des pères du désert*, éd. du Cerf, 1996. C'est le recueil des conversations qu'a eues Cassien avec les pères du désert au cours des sept années qu'il a passées auprès d'eux. Cet ouvrage a influencé saint Benoît (VIe siècle) dont la règle sert encore de modèle aux constitutions monastiques d'aujourd'hui, et saint Grégoire le Grand (540-604) dont les écrits eurent une influence considérable sur les contemplatifs chrétiens ultérieurs.

CELLINI, Benvenuto, *La Vie de Benvenuto Cellini écrite par lui-même, 1500-1571*, Scala-Écrits, 2001. Ce livre est à l'autobiographie ce que les *Essais* de Montaigne sont à l'essai : la révélation d'une personnalité que nous pourrions croiser dans la rue aujourd'hui. C'est l'une des pierres angulaires de la Renaissance. Dans son audacieuse affirmation de lui-même, cet artisan célèbre reflète l'esprit libérateur et parfois amoral de son époque qui se détourne des piétés de l'Europe médiévale.

CICÉRON, *Œuvres complètes*, Les Belles Lettres, 1952-2002 ; également chez Arléa, Gallimard, PUF, Hachette-éducation.

— *La République*, Les Belles Lettres, 1989. Considéré comme celui qui fit du latin, langue utilitaire, le langage rhétorique propre aux hommes d'État, Cicéron fut l'un des orateurs les plus convaincants de l'histoire, et en lisant ses œuvres on comprend pourquoi.

CLEARY, Thomas, *Awakening to the Tao*, Shambhala, 1990. Introduction au génie de la tradition taoïste par un excellent traducteur de textes spirituels orientaux.

—, trad., *Pensées de Confucius*, Pocket, 1995. Cette introduction aux enseignements essentiels de Confucius, sage, philosophe, éducateur et critique social, dessine un arrière-plan philosophique et historique solide aux aphorismes et commentaires de Confucius sur un grand nombre de sujets.

— *The Essential Koran*, Harper Collins, 1993. Présentation accessible et annotée de la sagesse spirituelle du Coran. Destiné aux non-musulmans, ce choix de textes révèle les idées centrales, la beauté et la puissance de la spiritualité islamique.

COLERIDGE, Samuel Taylor, *Œuvre poétique*, aux éditions Allia, Hazan, Corti, Belin. Coleridge faisait preuve d'une imagination spirituelle et d'une élévation mystique qui se retrouvent dans la plupart de ses poèmes, souvent magnifiques.

CONZE, Edward, *Le Bouddhisme*, Payot/Petite bibliothèque Payot, 1995. Solide introduction à la pensée et à la pratique bouddhistes par un grand spécialiste occidental de l'Orient.

COPERNIC, Nicolas, *Sur les révolutions des orbes célestes*, éd. Blanchard, 1987. Dans cet ouvrage, l'un des plus révolutionnaires jamais écrits, l'astronome polonais détrône la vision ptolémaïque d'un univers tournant autour de la Terre. En affirmant au contraire que la Terre tourne autour du Soleil,

Copernic contribua à faire de la science ce qu'elle est devenue, un défi aux théologiens.

CORBIN, Henri, *Creative Imagination in the Sufism of Ibn Arabi*, Princeton University Press, 1969. Ibn Arabi, grand mystique et métaphysicien de l'islam, alliait l'expérience spirituelle directe à une métaphysique lumineuse. Dans ce livre, le Français Henri Corbin, l'un des meilleurs érudits religieux du XXe siècle, aide le lecteur à comprendre la vision d'Ibn Arabi en comparant le mysticisme islamique à d'autres formes d'expérience spirituelle occidentales avec une grande rigueur et une authentique élévation spirituelle.

— *L'Homme de lumière dans le soufisme iranien*, Shambhala, 1978. Corbin décrit ici l'éducation des perceptions qui permet aux soufis de voir les auras et autres énergies spirituelles. Dans les textes qu'il cite, on voit bien que cette capacité est reconnue par la tradition soufie depuis plusieurs siècles. (D'autres titres sont disponibles en français.)

COUSINEAU, Phil., éd., *Soul : An Archeology : Readings from Socrates to Ray Charles*, HarperSanFrancisco, 1995. Vaste panorama du concept et de l'imagerie de l'âme depuis le gnosticisme égyptien et les philosophes grecs de l'âge classique jusqu'à des artistes comme Kandinsky et des musiciens comme Ray Charles.

CROSSAN, John Dominic, *The Historical Jesus : The Life of a Mediterranean Jewish Peasant*. HarperSanFrancisco, 1992 ; et *Jesus : A Revolutionary Biography*, HarperSanFrancisco, 1994. Crossan est un homme d'esprit et de culture. Ces biographies de Jésus provocantes, captivantes, soulèvent des polémiques. Le premier livre est un peu long ; le second est une version plus courte, plus populaire du premier.

DANTE, Alighieri, *La Divine Comédie*, Larousse, 2001 ; également chez Flammarion, D. de Selliers, L'Âge d'homme, Gallimard. L'une des œuvres majeures du génie humain, l'une des descriptions les plus vastes et les plus incisives des royaumes transcendants.

DESCARTES, René, *Œuvres philosophiques*, 3 vol., Garnier, 1998-2001. Lecture indispensable à tous ceux qui s'intéressent aux fondements du rationalisme moderne dans l'œuvre du grand philosophe.

DEUSSEN, Paul, *The Philosophy of the Upanishads*, T and T Clark, 1906 ; Dover, 1966. Un classique écrit au tournant du siècle et, à certains égards, jamais égalé. C'est une étude complète, bien documentée et passionnante qui redonne vie à la pensée et au monde des Upanishad.

DICKINSON, Emily, *Poésie*, aux éditions Gallimard, E. Brunet, Corti, Aubier, Nouveau Commerce, Belin, Dogana. La vision et les vers d'Emily Dickinson sont dans la tradition des transcendantalistes américains, de Jonathan Edwards à Ralph Waldo Emerson. Ses poèmes respirent le génie, l'esprit et la grandeur d'âme.

DODDS, E.R., *The Ancient Concept of Progress*, Clarendon Press, 1973. Dissertation sur l'idée de progrès à l'époque grecque et romaine par un grand classiciste britannique.

DOYLE, Brendan, éd., *Meditations with Julian of Norwich*, Bear & Company, 1983. Traduction émouvante du célèbre mystique anglais du XIVe siècle.

DURKHEIM, Émile, *Les Formes élémentaires de la vie religieuse : le système totémique en Australie*, PUF, 1990. Ouvrage classique du fondateur de la sociologie des religions, ce livre prend pour exemple les populations aborigènes d'Australie pour montrer que la religion est une conséquence du besoin humain d'ordre social et de cohésion.

ECKHART, Maître, *Traités et sermons*, Flammarion, 1993. Considéré comme l'un des plus grands mystiques chrétiens, Maître Eckhart a profondément influencé des philosophes comme Hegel, Fichte et Heidegger. Dans son expérience mystique et dans sa métaphysique (qui célèbre l'unité essentielle de l'âme avec Dieu) on trouve des correspondances frappantes avec la philosophie et la pratique spirituelle orientales. (D'autres titres sont disponibles en français.)

EDGERTON, Franklin, trad., *Bhagavad-Gita*, Harper Torchbook, 1964. Jamais surpassée, cette traduction littérale du grand texte indien est accompagnée d'un long essai d'interprétation très clair et très puissant. La Bhagavad-Gita est l'un des textes spirituels suprêmes de tous les temps.

EINSTEIN, Albert, *Comment je vois le monde*, Flammarion, 1989. C'est une série de réflexions parfois surprenantes du grand savant sur les questions spirituelles et la vie en général.

ELIADE, Mircea, *Le Chamanisme et les techniques archaïques de l'extase*, Payot/Bibliothèque historique, 1992. Étude majeure du chamanisme dans les cultures du monde entier. Eliade, qui définit le chamane comme un « spécialiste des techniques de l'extase », propose une bibliographie complète mais non commentée.

ELIOT, T.S., *Poèmes et pièces*, aux éditions Seuil, Granit, Climats, Gallimard, P. Castella. Né en Amérique, Eliot a su capter mieux que personne le vide spirituel et la vanité de la vie moderne. Mais cette vision caustique est contrebalancée par l'un des plus grands poèmes spirituels du XXe siècle : *Quatre Quatuors*.

EMERSON, Ralph Waldo, *Essais*, Rivages ; M. Houdiard ; 1997-2000. Surnommé « le Yankee hindou », Emerson fut profondément influencé par l'idéalisme de Schelling et par la Bhagavad-Gita. Avec Henri Thoreau, c'est le philosophe transcendantaliste le plus connu des États-Unis, connu pour sa croyance en la confiance en soi et en une âme supérieure.

ÉPICTÈTE, *The Art of Living*, HarperSanFrancisco, 1998. Cette œuvre du grand philosophe stoïcien (qui fut esclave pendant de longues années) a récemment été tirée de l'oubli par Sharon Lebell qui en a célébré la vertu, la liberté et la sagesse pratique.

EVANS-WENTZ, W.Y., *Milarépa ou Jetsun-Kahbum : vie de Jetsun Milarépa*, J. Maisonneuve, 1980. Milarépa est révéré par les Tibétains comme l'un de leurs plus grands poètes mystiques et adeptes spirituels. Cette biographie, traduite du tibétain, a été annotée par Evans-Wentz, un spécialiste des religions.

FADIMAN, James, et Robert Frager, éds., *Essential Sufism*, Harper Collins, 1997. Cette introduction au mysticisme musulman contient plus de trois cents contes, poèmes et prières dus à des prophètes, poètes, professeurs et sages soufis anciens et modernes.

FICINO, Marcilio, *Letters*, 3 vol., Shepheard-Walwyn, 1975. Ce grand philosophe platonicien, précepteur et traducteur florentin de la Renaissance était aussi un merveilleux épistolier. Ce recueil témoigne de son inspiration mystique, de sa foisonnante imagination, de sa métaphysique originale et de son sens de l'amitié. Comme Plotin, Ibn Arabi et d'autres mystiques réalisés qui furent aussi de grands penseurs, Ficino ouvre la voie à une métaphysique de la révélation pour notre temps.

— *The Book of Life*, Spring Publications, 1980. Ce qui fut l'un des livres les plus influents de la Renaissance italienne contient des conseils avisés sur la nourriture, la dépression, l'astrologie, la santé et la longévité.

Frazer, sir James, *Le Rameau d'Or*, Robert Laffont/Bouquins. Ouvrage essentiel sur les religions et la magie « primitives » écrit au début du XXe siècle et dont l'influence fut considérable.

French, R.M., trad. *The Way of a Pilgrim*, HarperSan Francisco, 1991. Ce prétendu compte rendu de la vie d'un simple laïc russe du XIXe siècle qui prend l'habitude de pratiquer la prière du cœur est un regard émouvant sur les profondeurs d'une vie chrétienne.

Freud, Sigmund, *Œuvres complètes*, PUF, 1991-2000. Freud est l'un des plus grands révolutionnaires de la vie moderne. Presque tous les domaines de la connaissance sont tombés sous son influence, de la psychologie et l'anthropologie jusqu'aux arts et à la religion en passant par l'éducation et l'histoire. Si l'on considère généralement aujourd'hui qu'il a exagéré l'importance du trauma enfantin et de la sexualité, ses découvertes sur l'inconscient, les mécanismes de défense psychologiques et le pouvoir curatif de la psychothérapie restent essentielles – et indispensables – à toute connaissance concernant le potentiel humain.

Galilée, *Dialogue sur les deux grands systèmes du monde*, Le Seuil, 1992. Le grand astronome et physicien italien va beaucoup plus loin que publier ses propres découvertes – lunes de Jupiter, taches solaires et étoiles nouvelles, il prend hardiment la défense de Copernic en publiant ce *Dialogue*. Pour prix de son audace, il fut condamné par l'Inquisition à ne plus sortir de chez lui jusqu'à la fin de ses jours. Galilée est l'un des principaux fondateurs de la science moderne.

Gibbon, Edward, *Histoire du déclin et de la chute de l'Empire romain*, Le Seuil/L'école des lettres, 1994. Dans ce livre d'histoire, l'un des plus grands jamais écrits, l'historien britannique Gibbon retrace la gloire et la décadence de l'Empire romain depuis ses tout débuts jusqu'au Moyen Âge.

GINZBERG, Louis. *Les Légendes des Juifs*, 3 vol., éd. du Cerf, 1997-2001. C'est une monumentale étude de tout ce que l'imagination des Juifs a fait de leur héritage biblique.

GOETHE, Johann Wolfgang von, *Faust*, Librio, 1995. Faust, l'une des œuvres littéraires les plus marquantes du monde, demeure inscrite dans l'imagination contemporaine comme une allégorie sur la damnation de l'âme en échange du savoir.

GOVINDA, Lama, *The Way of the White Cloud : A Buddhist Pilgrim in Tibet*, Shambhala, 1970. Écrit par un converti au bouddhisme, ce récit de voyage et d'aventure spirituelle au Tibet et en Inde est tour à tour merveilleux, étrange et informatif. Govinda, né allemand, a été initié et fait moine dans l'école sudiste (Theravada) mais il a ensuite choisi la tradition tibétaine. (D'autres titres sont disponibles en français.)

GREEN, Elmer et Alyce, *Beyond Biofeedback*, Knoll Publishing, 1977. Pionniers de leur discipline, les Green présentent ici leurs propres recherches et leurs implications. Ils se penchent sur l'autorégulation dans la création, la méditation, la guérison ainsi que sur les pouvoirs des médiums, des guérisseurs et des mystiques.

GRIFFITHS, Bede, *Une nouvelle vision de la réalité : l'influence de l'Orient sur notre monde*, éd. Le Jour, 1998. Superbe et vaste anthologie de textes sacrés, avec une introduction générale et des introductions à chaque partie, écrite par un moine catholique qui a passé presque toute sa vie en Inde et a été profondément influencé par ses traditions spirituelles.

GURDJIEFF, Georges, *Meetings with Remarkable Men*, Penguin Arkana, 1999. Description picaresque de la vie et des maîtres du grand mystique Gurdjieff dont la « quatrième voie » – chemin menant à l'illumination par la vie quotidienne – a attiré de plus en plus d'adeptes au cours des vingt dernières années, en Europe et en Amérique.

— *Récits de Belzébuth à son petit-fils*, éd. du Rocher, 1995. Écrite avec un humour décapant et une formidable compassion pour la condition humaine, cette œuvre majeure contient un trésor de savoir ésotérique et des descriptions d'une voie vers l'éveil spirituel. (D'autres titres sont disponibles en français.)

GUTHRIE, W.K.C., *The Greek Philosophers : From Thales to Aristotle*, Harper Torchbook, 1960. Guthrie fut un grand spécialiste anglais de la philosophie grecque. Ceux qui s'intéressent aux racines de la pensée qui ont permis l'explosion de la philosophie athénienne avec Socrate, Platon, Aristote, les stoïciens et les épicuriens trouveront là un bon point de départ.

HAFEZ, *L'Amour, l'Amant, l'Aimé*, Sindbad/Unesco, 2000. Une œuvre de louange qui déborde de l'exubérance et de la joie de son auteur, poète mystique soufi.

HANH, Thich Nhat, *Le Cœur des enseignements du Bouddha : les quatre nobles vérités, le noble sentier des huit pratiques justes et autres enseignements du bouddhisme*, La Table ronde, 2000. Introduction simple et poétique aux enseignements essentiels du bouddhisme. L'auteur, moine bouddhiste bien connu, cite des histoires traditionnelles classiques, des anecdotes contemporaines et propose une interprétation de leur signification profonde. (D'autres titres sont disponibles en français.)

HARNER, Michael, *La Voie spirituelle du chamane*, Pocket, 1999. L'anthropologue Michael Harner qui a étudié auprès de sorciers sud-américains est à la fois un spécialiste, un pratiquant et un zélateur du chamanisme. Ce livre est une excellente introduction aux idées directrices et aux pratiques d'une tradition que l'auteur a contribué à revivifier.

HARVEY, Andrew, éd., *The Essential Mystics : The Soul's Journey into Truth*, HarperSanFrancisco, 1996. Ce recueil contient des témoignages de la relation mystique avec le divin empruntés à toutes les grandes traditions. On y trouve les enseignements de visionnaires amérindiens, australiens et africains, mais aussi des sources taoïstes, bouddhistes, juives, chrétiennes, hindoues, musulmanes et grecques. Il émane de tous ces textes le même désir de l'âme de s'unir au divin – et le même besoin de s'engager pleinement dans ce monde pour réaliser cette union. Facile à lire, ce livre permet de s'informer sur un grand nombre de traditions mystiques.

HEINBERG, Richard, *Memories and Visions of Paradise : Exploring the Universal Myth of a Lost Golden Age*, Quest, 1995. Dans ce panorama des légendes et des rêves d'un âge d'or, l'auteur distingue la simple nostalgie d'un passé imaginaire du besoin permanent des hommes de trouver ou de créer de meilleures conditions de vie.

HESCHEL, Abraham, *Dieu en quête de l'homme*, Le Seuil, 1968. Selon un géant de l'érudition juive, ce livre est « un exposé de la théologie judaïque classique écrit avec amour et un immense savoir, la meilleure introduction possible à l'héritage intellectuel du judaïsme ».

Hick, John, *An Interpretation of Religion*, Yale University Press, 1989. L'auteur est l'un des plus grands philosophes des religions actuels. Chrétien, il a étudié les autres traditions religieuses du monde avec sympathie et érudition. Dans ce livre, son œuvre majeure, il expose brillamment sa conviction que la religion est une réponse culturelle variée à une Transcendance réelle et diversement nommée.

— *Death and Eternal Life*, Harper & Row, 1976. Nulle part les religions ne paraissent plus opposées que dans leurs doctrines concernant la survie après la mort. Hick s'attaque à cette question et, avec une érudition consommée, élabore une nouvelle théorie de la destinée humaine post mortem. Que l'on soit ou non d'accord avec ses conclusions, on découvrira avec plaisir ses idées et ses hypothèses pleines d'imagination.

Hildegarde de Bingen, *Écrits*, aux éditions du Cerf, Albin Michel, J. Million, 1988-1997. Cette abbesse bénédictine du XIIe siècle qui fut à la fois musicienne, poétesse, peintre, théologienne, guérisseuse, biographe, auteur de théâtre et mystique connaît aujourd'hui une nouvelle célébrité auprès des chercheurs d'absolu.

Hillman, James, *Revisioning Psychology*, Harper & Row, 1975. Revisionner la psychologie veut dire, pour Hillman, redécouvrir l'âme et lui rendre sa place essentielle dans la vie ; cesser de se focaliser, en psychothérapie, sur la pathologie pour insister sur la créativité et l'imagination. (D'autres titres sont disponibles en français.)

Hixon, Lex, *Coming Home : The Experience of Enlightenment in Sacred Traditions*, Anchor, 1978. Dans ce livre très bien écrit, Hixon, spécialiste des religions, s'intéresse à l'illumination des grandes figures du tantrisme, du zen, du christianisme, du judaïsme, du soufisme et du taoïsme.

— *Great Swan : Meetings with Ramakrishna*, Shambhala, 1992. Cette magnifique introduction à l'esprit lumineux du grand mystique bengali Sri Ramakrishna (1936-1986) offre des conseils pratiques, une élévation spirituelle et une description vivante des extases et de la présence magnétique de Ramakrishna.

HOMÈRE, *Iliade* et *Odyssée*, aux éditions D. de Selliers, Flammarion, Actes Sud, Les Belles Lettres, 1927-2000. Ces deux poèmes épiques comptent parmi les fondements de la culture occidentale. Ce sont des sources inépuisables d'histoire, de psychologie et d'art qui rappellent à chaque génération la puissante et l'éternelle beauté des grands classiques.

HUDDLESTON, Roger, *Little Flowers of St. Francis*, Templegate, 1988. Recueil de légendes, fables et histoires concernant saint François d'Assise, sans doute le plus aimé des saints de la chrétienté.

HUME, R.E., trad., *The Thirteen Principle Upanishads*, Oxford University Press, 1931. L'une des meilleures et des plus savantes traductions en langue anglaise, avec une introduction et des notes.

HUXLEY, Aldous, *Les Portes de la perception*, éd. du Rocher, 2000. Inspiré du « mot » célèbre de William Blake : « Lorsque seront nettoyées les portes de la perception, toute chose apparaîtra à l'homme telle qu'elle est, infinie », cet essai étudie les dimensions spirituelles des deux formes de perception, normale et supranormale.

— *La Philosophie éternelle*, Le Seuil, 1977. Essai sur l'unité spirituelle profonde de toutes les religions. Des citations nombreuses empruntées à diverses traditions sont magnifiquement commentées par Huxley.

ISHERWOOD, Christopher, *Ramakrishna, une âme réalisée*, éd. du Rocher, 1995. Excellente introduction à la vie et à l'œuvre de l'un des plus grands mystiques du monde par un romancier et essayiste célèbre.

JAMES, William, *Les Variétés de l'expérience religieuse*, Exergue, 2001. C'est un classique toujours influent de la psychologie des religions écrit par James, philosophe éloquent et père de la psychologie américaine ; il contient des essais sur le mysticisme, la conversion et les pathologies de la vie religieuse.

JUNG, Carl Gustav, *Ma vie, souvenirs, rêves et pensées*, Gallimard, 1991. Cette autobiographie haute en couleur, relatée à Aniela Jaffé, dévoile le monde intérieur de Jung, notamment une formidable collection de rêves, prémonitions, synchronicités, recherches alchimiques et détails étranges de la crise qu'il subit à la quarantaine.

— *Synchronicité et Paracelsica*, Albin Michel, 1988. Premier et déjà définitif exposé sur ce que Jung appelait les « coïncidences signifiantes ». Souvent difficile à lire parce que écrit pour la communauté scientifique, le texte est illustré d'exemples passionnants de précognition, clairvoyance et télépathie qui, pour Jung, ne pouvaient s'expliquer que par la notion de synchronicité.

KHAN, Inayat et WITTEVEEN, H.J., éd., *The Heart of Sufism : Essential Writings of Hazrat Inayat Khan*, Shambhala, 1999. Hazrat Inayat Khan a importé le soufisme en Occident et fondé l'ordre soufi en 1910. Witteveen, directeur exécutif du Mouvement soufi international, offre ici l'essentiel de la pensée de Khan à partir des seize volumes de son œuvre complète. On y trouvera l'enseignement de Khan sur le poète Rumi. Khan a dit : « Ce n'est pas en se réalisant lui-même que l'homme trouve Dieu, c'est en réalisant Dieu que l'homme se trouve lui-même. »

KHAN, Pir Vilayat. *L'Éveil au quotidien*, éd. Vivez Soleil, 2001. Le maître soufi Pir Vilayat Khan, fils de Hazrat Inayat Khan, guide le lecteur au-delà de son moi par des pratiques méditatives, visualisation, tournoiements et dhikr, le rituel soufi traditionnel servant à inviter la divine présence dans son cœur. *L'Éveil au quotidien* est l'ouvrage le plus facile de son auteur sur les principes du soufisme et de l'autotransformation.

KANDINSKY, Vassily, *Du spirituel dans l'art et dans la peinture en particulier*, Gallimard/Folio-Essais, 1988. Le grand peintre contemporain décrit l'artiste comme celui ou celle qui devine la vie intérieure de toutes choses. Dans un langage qui rappelle la description de la montée de la kundalini par les yogis orientaux, Kandinsky affirme que la fonction de l'art est d'« élever le triangle spirituel ».

KANT, Emmanuel, *Critique de la raison pure*, PUF, 2001. C'est l'un des ouvrages essentiels de la philosophie occidentale. L'auteur y prétend que l'on ne peut connaître *das Ding an Sich*, la « chose en soi » parce que notre savoir est façonné par des catégories mentales intrinsèques à travers lesquelles nous appréhendons l'ensemble du monde.

KAPLEAU, Philip, *Questions zen*, Le Seuil, 1992. Description vivante de la façon dont le zen est pratiqué dans le Japon moderne, avec des conférences de maîtres zen, des interviews de pratiquants, des lettres et des témoignages.

KAVANAUGH et RODROQUEZ, O., *The Collected Works of St. John of the Cross*, ICS Publications, 1973. Saint Jean de la Croix qui, avec sainte Thérèse d'Avila, réforma l'ordre des carmélites en Espagne, est généralement considéré comme l'un des plus grands mystiques de la chrétienté. Ses œuvres complètes comptent parmi les plus beaux récits de la vie contemplative.

KEMPIS, Thomas, *L'Imitation de Jésus-Christ*. Salvator-Spirituel/Temoi, 1999. Guide spirituel classique et source d'inspiration depuis plus de cinq siècles à l'usage des non-chrétiens comme des chrétiens.

KERENYI, Carl, *Eleusis : Archetypal Image of Mother and Daughter*, traduit par Ralph Manheim, Bollingen Series 55, Princeton University Press, 1967. Étude des anciens mystères d'Éleusis et de leurs implications pour la psychologie moderne. (D'autres titres sont disponibles en français.)

KNITTER, Paul, *No Other Name ? A Critical Survey of Christian Attitudes Toward World Religions*, Orbis, 1985. Pour le chrétien qui s'intéresse aux théories de l'unité religieuse et à l'histoire de l'attitude des chrétiens envers les autres religions, il n'y a pas de meilleure lecture. L'auteur, chrétien, affirme qu'il faudrait une nouvelle théologie globale dans laquelle le christianisme ne pourrait pas revendiquer de place privilégiée.

KRIPAL, Jeffrey, *Kali's Child : The Mystical and the Erotic in the Life and Teachings of Sri Ramakrishna*, University of Chicago Press, 1998. Étude passionnante de Sri Ramakrishna dans laquelle l'auteur, professeur de religion, étudie les dimensions érotiques de la vie et de l'œuvre du grand mystique indien.

KUHN, Thomas, *La Structure des révolutions scientifiques*, Flammarion, 1983. Critique classique de la méthode et des pratiques scientifiques dans laquelle Kuhn introduit la notion de « glissement paradigmatique » pour décrire les transitions décisives de la théorie scientifique.

LAO-TSEU, *Le Tao Te King*, éd. du Rocher, 1991. Un grand classique chinois de l'art de vivre et de voir la réalité.

LE MEE, Jean, trad., *Hymns of the Rig-Veda*, Knopf, 1975. Soigneusement sélectionnés et traduits, ces extraits du Rig-Veda sont accompagnés de belles photos qui ajoutent à la richesse de l'ouvrage.

LÉONARD DE VINCI, *Leonardo da Vinci*, William Morrow, 1956. Aucune vision de la Renaissance ne serait complète sans un regard sur les œuvres complètes, écrits, dessins techniques et artistiques de Léonard de Vinci qui, plus que tout autre, incarne l'« homme de la Renaissance ». Il fut peintre, sculpteur, architecte, ingénieur, savant, poète, musicien, inventeur et expérimentateur hors pair.

LIN, Yutang, *The Wisdom of Confucius*, Modern Library, 1938. Introduction séduisante à l'œuvre du grand sage, avec les commentaires d'un spécialiste de la philosophie chinoise.

LUTHER, Martin, *Œuvres choisies*, Labor et Fides, 1967. En « protestant » contre les abus de l'Église au XVIe siècle, Luther fut l'un des artisans de la Réforme. Ces œuvres donnent un bon aperçu de sa foi et de ses convictions.

MANN, W. Edward et HOFFMAN, Edward, *Wilhelm Reich : The Man Who Dreamed of Tomorrow*, Tarcher/Putnam, 1980. Biographie du psychanalyste autrichien qui décrivit le rôle de l'armure corporelle (les tensions musculaires en grande partie inconscientes) de la personnalité humaine, les effets destructeurs des régimes politiques autoritaires et la remise en mouvement de l'énergie vitale par la psychothérapie, l'auto-analyse et les disciplines somatiques.

MARC AURÈLE, *Pensées*, Les Belles Lettres, 1947. Le grand empereur romain était aussi un stoïcien. Sa philosophie qui embrasse le social, la politique et la spiritualité s'accorde avec la vision de la transformation intégrale que nous proposons dans ce livre.

MASCARÒ, Juan, *The Bhagavad Gita*, Penguin Classics, 1965. Dialogue sacré entre Krishna et Arjuna sur la nature du bien et du mal, l'amour et la guerre, l'*atman* et le *brahman*.

— *The Dhammapada : The Path of Perfection*, Penguin Classics, 1974. L'un des classiques du bouddhisme.

— *Upanishads,* Penguin Classics, 1965. Moins proche du texte que celle de Hume, cette traduction rend bien l'esprit de sept Upanishad et d'extraits de cinq autres. Dans l'introduction, l'auteur relie les Upanishad au reste de la littérature mystique.

MASLOW, Abraham, *Vers une psychologie de l'être*. Fayard/ Expérience et psychologie, 1972. C'est l'un des textes fondateurs de la psychologie humaniste et transpersonnelle.

— *The Farther Reaches of Human Nature,* Viking, 1971. Ouvrage essentiel d'exploration de notre potentiel par l'un des fondateurs de la psychologie humaniste et transpersonnelle.

MERTON, Thomas, *Semences de contemplation*, Le Seuil/ Livre de vie, 1997. Ce livre, un vrai petit bijou, réédité avec une préface du maître zen vietnamien Thich Nhat Hanh (qui connut Merton dans les années 1960) distille l'expérience personnelle et les lectures de Merton sur la prière contemplative. Il s'inspire de saint Jean de la Croix, des pères du désert et d'autres grandes figures du mysticisme chrétien.

— *The Seven Story Mountain*, Harvest Books, 1999. Le premier livre de Merton relate ses premiers doutes, sa conversion au catholicisme et sa décision de devenir trappiste. C'est devenu l'un des ouvrages modernes les plus influents sur la vie contemplative chrétienne. (D'autres titres sont disponibles en français.)

MEYER, Marvin W., éd., *The Ancient Mysteries : A Sourcebook of Sacred Texts of the Mystery Religions of the Ancient Mediterranean World*, HarperSanFrancisco, 1987. Recueil de textes sacrés qui illustrent le pouvoir qu'ont le rituel, les cérémonies et les lieux sacrés de déclencher des expériences transformatrices.

MILTON, John, *Le Paradis perdu*. Imprimerie nationale, 2001. Dans ce poème épique, peut-être le plus grand de la littérature anglophone, Milton décrit la création de l'homme, sa chute et sa rédemption. Lu à la lumière des réveils spirituels dont nous avons parlé, il révèle des niveaux successifs de sens et de beauté.

MITCHELL, Stephen, *The Gospel According to Jesus : A New Translation and Guide to His Essential Teachings for Believers and Unbelievers*, Harper Collins, 1991. Mitchell présente la vie et l'enseignement de Jésus dans une nouvelle traduction de ce qu'on peut appeler l'évangile essentiel. Éliminant les passages ajoutés par l'Église, Mitchell a pris dans Matthieu, Marc, Luc et Jean les passages qu'il choisit de commenter.

MONTAIGNE, Michel de, *Les Essais*, 3 vol., PUF, 1999. On attribue généralement à Montaigne l'invention de cette forme, l'essai, qui servait parfaitement son objectif, la tentative de connaissance de soi et du monde. Ses *Essais* ont constamment été réédités depuis leur première publication, en 1580.

NEEDLEMAN, Jacob, *The Heart of Philosophy : An Introduction to Philosophy with the Magic Left In*, HarperSanFrancisco, 1982. Avec autant de chaleur que d'érudition, Needleman explore les enseignements les plus essentiels et pertinents des grands philosophes de ce monde et montre que la philosophie reste un outil inestimable pour la transformation individuelle.

NEWTON, sir Isaac, *Principes mathématiques de la philosophie naturelle*, éd. J. Gabay, 1990. L'un des livres les plus importants de l'histoire des idées, dans lequel le grand physicien présente ses découvertes sur la gravitation et les lois du mouvement.

NICHOLSON, R., *Studies in Islamic Mysticism*, Cambridge University Press, 1967 ; *The Idea of Personality in Sufism*, Cambridge University Press, 1923 ; *The Mystics of Islam*, G. Bell & Sons, 1914. L'érudition de Nicholson et ses qualités littéraires confèrent à son œuvre une valeur toujours estimable. Certains spécialistes de l'islam considèrent que le dernier ouvrage constitue, avec le *Sufism* d'Arberry, la meilleure introduction possible à l'étude du soufisme.

NOVAK, Philip, *The World's Wisdom*, HarperSanFrancisco, 1994. Anthologie claire et judicieuse d'extraits des écritures saintes.

OTTO, Rudolph, *Le Sacré : l'élément non rationnel dans l'idée du divin et sa relation avec le rationnel*, Payot, 2001. Importante étude des dimensions sacrées de l'expérience religieuse par un éminent spécialiste allemand des religions.

OUSPENSKY, P.D., *In Search of the Miraculous*, Harcourt, Brace, Jovanovitch, 1949, 1977. Ouspensky commence par raconter sa première rencontre avec Gurdjieff, dans une salle de conférence moscovite, en 1915, et décrit ensuite tout ce qu'il a appris auprès de lui au cours des huit années suivantes. La clarté d'esprit d'Ouspensky, sa perspicacité et son sens profond de l'aventure spirituelle font de ce livre une excellente introduction à l'enseignement de Gurdjieff.

— *The Fourth Way*, Vintage, 1957, 1971. Recueil de citations d'entretiens avec Gurdjieff avec les questions de ses adeptes entre 1921 et 1946.

— *L'Homme et son évolution possible*, éd. Accarias-L'originel, 1999. Excellente introduction à l'enseignement du grand maître Gurdjieff et à ses thèses psychologiques sur la conscience et le développement spirituel.

OVIDE, *Les Métamorphoses*, Flammarion, 2001. Ce long poème est considéré depuis plusieurs siècles comme la principale source d'informations sur l'Antiquité grecque et comme un témoignage inestimable sur les perpétuelles « métamorphoses » de la nature humaine.

PAGELS, Elaine, *The Gnostic Gospels*, Vintage, 1981. Inspiré par la découverte, en 1945, de textes gnostiques chrétiens à Nag Hammadi en Égypte, ce livre, facile à lire, présente la connaissance de soi comme la voie menant à l'union avec Dieu et démontre que le christianisme se serait sans doute développé autrement si les textes gnostiques avaient été intégrés aux canons de l'Église.

PANNIKAR, Raimundo, *The Vedic Experience : Mantramanjari*, University of California Press, 1977. Riche introduction à la pensée védique, ces textes superbement choisis, traduits, présentés et analysés donnent au lecteur un bon aperçu de l'univers védique.

PARACELSE, *Œuvres*, aux éditions Dervy, Presses universitaires de Strasbourg, Arfuyen, Bussière, PUF, Arché de Toth, 1968-2002. Paracelse, médecin célèbre de la Renaissance versé dans l'astrologie, le mysticisme et l'occultisme, reflète la transition culturelle opérée en Occident entre l'âge de la foi et celui des Lumières.

PATANJALI, *Yoga-Sutras*, Albin Michel/Spiritualités vivantes, 1991. L'une des meilleures traductions d'un texte hindou de premier plan, assortie d'un commentaire accessible et bienvenu.

PLATON, *Œuvres*, aux éditions Belles Lettres, Gallimard, Flammarion, Dessain, Aire, LGF, Nathan. 1951-2002. *Dialogues* et *Lettres* dans différentes collections.

— *Phédon*, Les Belles Lettres, 1964. Récit des dernières heures de Socrate, avec un dialogue passionnant entre le philosophe et ses amis sur l'immortalité de l'âme.

— *Le Banquet*, Le Livre de poche. Le Banquet, l'un des plus appréciés des *Dialogues* de Platon, est une exploration de la nature de l'amour qui culmine dans deux interventions, celle de Socrate qui décrit l'évolution de l'amour comme une ascension vers la Beauté et celle d'Alcibiade, louange à Socrate dans laquelle Platon exprime son profond amour de l'homme.

PLOTIN, *Ennéades*, Les Belles Lettres, 1963-1998. Plotin, l'un des plus grands mystiques-métaphysiciens du monde, fut le fondateur du néoplatonisme dont l'influence sur le mysticisme chrétien, judaïque et islamique ultérieur devait être considérable.

PROGOFF, Ira, trad., *The Cloud of Unknowing*, Dell, 1957. La splendide introduction de Progoff prépare le lecteur à apprécier ce classique anonyme de la spiritualité qui recommande une complète ouverture de l'esprit et le « non-savoir » à qui veut découvrir la présence vivante de Dieu.

RADHAKRISHNAN, S., *The Principle Upanishads*, Harper and Brothers, 1953. L'un des philosophes indiens les plus connus du siècle propose ici les textes complets de dix-huit Upanishad, avec une introduction historique et philosophique ainsi que des notes explicatives.

RAMAKRISHNA, Sri, *Les Entretiens de Ramakrishna*, éd. du Cerf, 1996. Recueil de conversations entre Ramakrishna et ses disciples retranscrites entre 1882 et 1886 par son disciple « M ».

ROUSSEAU, Jean-Jacques, *Les Confessions*, Flammarion, 2002. L'œuvre centrale d'un romantique français qui fut l'un des pères du siècle des Lumières.

RUMI, Jellaladin, *The Essential Rumi*, HarperSanFrancisco, 1995. Sept siècles après sa mort, ce grand poète soufi reste l'une des figures marquantes du mysticisme et de la poésie.

(D'autres titres sont disponibles en français au nom de Galal-al-Din – ou Djalal al-Din – Rumi.)

SATPREM, *Sri Aurobindo ou l'aventure de la conscience*, Buchet-Chastel, 1993. Introduction vivante à la vie et à l'œuvre du grand philosophe mystique indien Sri Aurobindo.

SCHELLING, Friedrich, *Exposition de mon système de la philosophie : sur le vrai concept de la philosophie de la nature*, Vrin, 2000. C'est l'ouvrage dans lequel le grand philosophe allemand introduit le concept de « panthéisme évolutionniste », la doctrine selon laquelle notre univers serait le déploiement d'un « esprit assoupi », un passage du *deus implicitus*, le divin implicite au *deus explicitus*, Dieu pleinement manifesté. (D'autres titres sont disponibles en français.)

SCHIMMEL, Anne-Marie, *Mystical Dimensions of Islam*, University of North Carolina Press, 1975. Vue d'ensemble très complète du mysticisme islamique par l'une des principales spécialistes contemporaines, avec une excellente bibliographie.

SCHOLEM, Gershom, *Les Grands Courants de la mystique juive*, Payot, 1994. Un classique du mysticisme juif par l'un des plus grands érudits en la matière. (D'autres titres sont disponibles en français.)

SCHUON, Frithjof, *De l'unité transcendante des religions*, éd. Sulliver, 2000 ; *Regards sur les mondes anciens*, éd. Nataraj, 1997 ; *Logique et transcendance*, éd. Traditionnelles, 1982. Ce maître soufi d'origine suisse, spécialiste des traditions mystiques du monde entier, ne s'efforce pas de persuader, il affirme et proclame. Si son style n'est pas du goût de tout le monde, il est indéniable que, pour les lecteurs convaincus de l'unité spirituelle de toutes les religions, les livres de Schuon sont singulièrement beaux, forts et passionnants. (D'autres titres sont disponibles en français.)

SHAH, Idries, *Contes derviches*, Courrier du livre, 1983. Riches de multiples niveaux de signification, porteurs de vérités essentielles, ces délicieuses et amusantes histoires ne doivent pas être considérées comme de simples fables. Ce sont d'authentiques enseignements, présentés de façon à remettre en question les croyances habituelles concernant la vie quotidienne et la pratique spirituelle.

— *The Sufis*, Anchor, 1971. Dans ce livre, Shah explore la tradition soufie dans ses divers aspects et son impact sur le développement de la civilisation occidentale à partir du VIIe siècle. Il montre que beaucoup des grandes traditions, des idées et des découvertes de l'Occident remontent aux enseignements des maîtres soufis. Plus qu'un exposé historique, c'est un livre de sagesse dans la tradition des grands classiques soufis. (D'autres titres sont disponibles en français.)

SHAKESPEARE, William, *Œuvres complètes*, aux éditions Robert Laffont, L'Âge d'homme, Les Belles Lettres. Considéré par un critique littéraire comme « l'inventeur de l'humain », Shakespeare reste le plus grand dramaturge de la langue anglaise et l'un des plus fins psychologues de tous les temps.

SMITH, Huston, *The World's Religions*, Harper San Francisco, 1991. Régulièrement réimprimé depuis plus de quarante ans, ce livre a initié d'innombrables lecteurs aux principales religions. Smith n'essaie pas de tout dire sur toutes les traditions, mais il sait plonger directement au cœur de chacune.

— *Forgotten Truth*, Harper & Row, 1976. Dans ce petit livre, Smith présente avec éloquence sa conception de la structure profonde commune aux visions du monde de toutes les religions traditionnelles et il critique le pouvoir et les limitations de la science moderne comme outil de compréhension du monde.

— *Why Religion Matters : The Fate of the Human Spirit in an Age of Disbelief*, HarperSanFrancisco, 2001. Étude passionnée du besoin de vie spirituelle dans ce que l'auteur considère comme un monde postmoderne matérialiste étouffant, spirituellement inculte et de plus en plus appauvri par le scientisme.

SMITH, Wilfred Cantwell, *The Meaning and End of Religion*, Fortress Press, 1991 ; *Faith and Belief*, Princeton University Press, 1979 ; *Towards a World Theology*, Westminster Press, 1981. Grande érudition et humanisme profond caractérisent chaque page de ces réflexions sur l'unité spirituelle de l'humanité dues à l'un des plus grands spécialistes actuels des religions comparées.

SOGYAL Rinpoche, *Le Livre tibétain de la vie et de la mort*, La Table ronde, 1993. Adaptant l'enseignement ancien à la mentalité moderne, Sogyal présente des anecdotes et des histoires empruntées aux traditions religieuses de l'Orient et de l'Occident. Il initie le lecteur aux fondements du bouddhisme tibétain et insiste sur l'importance de la mort et du pouvoir qu'elle a de toucher le cœur, d'éveiller la conscience.

SUZUKI, Daisetz, *Essai sur le bouddhisme zen*, Albin Michel, 1972. Trésor d'informations et de sagesse par l'érudit japonais qui fit du mot « zen » un mot anglais. (D'autres titres sont disponibles en français.)

SUZUKI, Shunryu, *Esprit zen, esprit neuf*, Le Seuil/Point Sagesses, 1977. Sermons lumineux et exposés pratiques par le maître qui fonda le Centre zen de San Francisco. Ce livre est une excellente introduction à la pratique du bouddhisme zen.

TARNAS, Richard, *The Passion of the Western Mind : Understanding the Ideas That Have Shaped Our World View*, Harmony, 1991. Vaste panorama de l'histoire de la pensée occidentale à la lumière d'un point de vue transpersonnel.

THÉRÈSE D'AVILA (sainte), *Le Château intérieur*, Rivages, 1998. Classique spirituel du christianisme écrit par une femme qui sut concilier une activité pratique considérable avec une vie intérieure très profonde.

THOMAS D'AQUIN (saint), *Basic Writings of St. Thomas Aquinas*, éd. A.C. Pegis, 2 vol., Random House, 1947-48. Superbe recueil des écrits du grand théologien chrétien de la fin du Moyen Âge, qui illustre la magnifique synthèse qu'il opère entre théologie et philosophie.

— *Somme théologique : traité des origines de l'homme*, éd. du Cerf, 1963. Ce traité, l'une des œuvres les plus influentes de la théologie chrétienne, témoigne de la volonté de son auteur de réunir tout ce qui pouvait être connu sur Dieu en faisant appel à la foi comme à la raison.

TILLICH, Paul, *Le Courage d'être*, éd. du Cerf/textes, 1999. Dans ce livre de tout premier plan, l'un des plus éminents théologiens contemporains expose le dilemme de l'homme moderne et propose une voie de résolution du problème de l'angoisse. Il affirme que, pour être, il faut avant tout du courage… le courage de résister à la tentation de l'apparence pour s'ouvrir au mystère, à la puissance et à l'enchantement d'être.

TORRANCE, Robert, M., *The Spiritual Quest : Transcendance in Myth, Religion and Science*, University of California Press,

1994. L'auteur suggère que les quêtes spirituelles de la préhistoire et des traditions historiques diffèrent dans leurs nuances mais pas dans leur essence et que la démarche spirituelle est profondément enracinée dans la biologie, la psychologie et le langage des hommes. Passionnant, fort bien documenté, sérieux et accessible, ce livre s'accompagne d'une bibliographie complète.

UNDERHILL, Evelyn, *Mysticisme : une étude sur la nature et le développement de la conscience spirituelle de l'homme*. Diffusion rosicrucienne, 1994. Publié il y a plus d'un siècle, c'est l'un des livres les plus célèbres sur le mysticisme chrétien et une contribution originale à la littérature spirituelle.

WALEY, Arthur, *The Analects of Confucius*, Macmillan, 1938. Cette traduction demeure, soixante ans plus tard, l'une des plus appréciées. Waley donne aussi une excellente introduction à la pensée et à la pratique confucéennes.

— *The Way and Its Power*, G. Allen and Unwin, 1934. Une excellente introduction à la philosophie du taoïsme.

WALSH, Roger, *The Spirit of Shamanism*, Tarcher/Putnam, 1990. Les pratiques chamaniques sont présentées en fonction de leur pertinence par rapport à l'évolution personnelle et à la guérison ainsi que comme outils pour combattre la crise écologique mondiale.

— *Les Chemins de l'éveil : les valeurs essentielles de la vie*, éd. Le Jour, 2001. Dans un langage simple et avec de multiples anecdotes, ce psychiatre, philosophe et passionné des religions décrit les sept objectifs pratiques qu'il a identifiés dans toutes les traditions sacrées du monde et propose au lecteur des exercices spécifiques permettant de s'en rapprocher. C'est un manuel pratique doté d'une profondeur inhabituelle.

WATTS, Alan, *The Supreme Identity : An Essay on Oriental Metaphysics and the Christian Religion*, Vintage, 1972 ; *Behold the Spirit : A Study in the Necessity of Mystical Religion*, Vintage, 1947-1971. Surtout connu comme interprète du bouddhisme zen et du taoïsme en Occident, Watts s'est aussi intéressé au mysticisme chrétien et aux thèmes universels que celui-ci partage avec d'autres traditions. Ce sont deux de ses meilleurs livres.

— *Tao : The Watercourse Way*, Pantheon, 1975. C'est le dernier livre de Watts, un magnifique travail d'érudition et de beauté. Watts puise à des sources anciennes et modernes pour interpréter la philosophie chinoise du tao à l'usage de l'Occident.

— *L'Esprit du zen*, éd. Dangles, 1990. Avec beaucoup de clarté, d'intuition, de richesse et de profondeur, Watts entraîne le lecteur à travers l'histoire du zen jusqu'à son expression dans la vie et l'art japonais. (D'autres titres sont disponibles en français.)

WHITMAN, Walt, *Feuilles d'herbe*, Grasset/Les cahiers rouges, 1989. Publié pour la première fois en 1855, *Feuilles d'herbe* ne comptait que douze poèmes. Au cours de sa longue vie, Whitman, l'a réécrit, remanié, enrichi, réédité en de nombreuses versions. Ralph Waldo Emerson a affirmé que c'était « la plus extraordinaire œuvre de sagesse et d'esprit que l'Amérique ait jamais produite ».

WIESEL, Elie, *Célébration hassidique : portraits et légendes*, Le Seuil/Points, Sagesses, 1976. Ce brillant écrivain juif, rescapé d'Auschwitz, revient sur les histoires et légendes des maîtres du hassidisme.

WORDSWORTH, William, *Le Prélude et autres poèmes*, Gallimard, 2001. Le grand poète anglais a écrit certains des plus beaux poèmes mystiques de la langue anglaise.

YAMPOLSKY, Philip, *Zen Master Hakuin : Selected Writings*, Columbia University Press, 1971. Les principales œuvres du maître zen Hakuin traduites et présentées par un spécialiste respecté du zen.

YEATS, W.B. *William Butler Yeats, choix de poèmes*, Aubier, 1989. Yeats fut l'un des plus grands poètes du XXe siècle et l'un des artisans du renouveau celtique en Irlande, renouveau qui a marqué la spiritualité, la littérature, la linguistique, la mythologie et la politique.

YOGANANDA, Paramahansa, *Autobiographie d'un yogi*, éd. Adyar, 1999. Ce récit de la vie de Yogananda, qui a inspiré des millions de lecteurs, est considéré comme un classique religieux et spirituel moderne.

ZIMMER, Heinrich, *Les Philosophies de l'Inde*, Payot/Bibliothèque philosophique, 1997. Étude fort sérieuse et néanmoins plaisante de la pensée philosophique indienne, écrite dans un style vigoureux et coloré.

ZWEIG, Connie, et ABRAMS Jeremiah, *Meeting the Shadow : The Hidden Power of the Dark Side of Human Nature*, Tarcher/Putnam, 1991. Des guides spirituels, des psychologues et des critiques sociaux explorent la puissance et les ressources cachées de la part d'ombre chez l'homme.

3. ÉLARGISSEMENT DE NOS PERCEPTIONS

ACKERMAN, Diane, *Le Livre des sens*, Grasset, 1991. Célébration des sens à la fois poétique et bien informée avec des descriptions d'expériences sensorielles intenses, libératrices, profondément plaisantes. Ackerman divise ces expériences en six catégories, selon qu'elles concernent l'odorat, le toucher, le goût, l'ouïe, la vision ou une synthèse (comme lorsqu'on entend l'herbe pousser).

— *The Taste of Vanilla*, Random House, 1992. Ackerman se concentre ici sur le sens du goût et cite quantité d'anecdotes qui montrent que l'on peut cultiver une extraordinaire richesse d'expériences sensorielles. (D'autres titres sont disponibles en français.)

CAMPBELL, Don, *L'Effet Mozart : les bienfaits de la musique sur le corps et l'esprit*, éd. Le Jour, 1998. Étude des effets curatifs de la musique classique sur notre état physique, émotionnel et spirituel, tant dans les salles de classe que dans les maternités et les cliniques psychiatriques.

CASTANEDA, Carlos, *Les Enseignements d'un sorcier yaqui*, Gallimard, 1985. Premier récit des expériences de Castaneda avec Don Juan Matus, qui conserve tout son pouvoir, toute son originalité. Les enseignements de Don Juan proposent une nouvelle perception de la réalité et ouvrent des portes donnant sur des domaines situés par-delà notre vision habituelle.

DOSSEY, Larry, *Recovering the Soul : A Scientific and Spiritual Search*, Bantam, 1989. Dossey propose l'idée que le mental humain n'est pas « local », c'est-à-dire qu'il est connecté à une conscience universelle non confinée aux corps. En tant que médecin et réformateur de la médecine, il présente des arguments médicaux, scientifiques et spirituels convaincants à l'appui du concept de « mental unique » et développe les implications extraordinaires qu'il a pour chaque individu en particulier et pour l'humanité en général. (D'autres titres sont disponibles en français.)

DROSCHER, V., *The Magic of the Senses*, Dutton, 1969. Étude bien documentée d'expériences sensorielles exceptionnelles comprenant des témoignages et le compte rendu d'études scientifiques.

GURNEY, Edmund, MYERS, Frederic et PODMORE, Frank . *Phantasms of the Living*, 1886-1970. Facsimiles & Reprints. Très important recueil d'études de cas comprenant l'apparition de vivants et de morts et toutes sortes d'autres phénomènes paranormaux.

HUXLEY, Aldous, *L'Art de voir : l'histoire d'une cure miraculeuse*, Payot, 1984. Publié pour la première fois en 1942, écrit dans une prose merveilleusement lucide, c'est le récit de la guérison d'Huxley lui-même après une attaque qui le rendit pratiquement aveugle. Il explore les façons dont la mémoire, l'imagination, la peur, l'anxiété et les préjugés affectent les capacités visuelles.

LABERGE, Stephen, *Le Rêve lucide : le pouvoir de l'éveil et de la conscience dans nos rêves*, éd. Oniros, 1991. Écrit par l'un des leaders de la recherche sur le sommeil et plus précisément sur le rêve lucide (où le rêveur est conscient de rêver), cet ouvrage rend compte de ses travaux de recherche et de pratiques permettant de s'ouvrir au vaste royaume des rêves.

LINDBERGH, Charles, *Mon avion et moi*, Arthaud, 1996. Dans ce récit de sa fameuse traversée de l'Atlantique, Lindbergh décrit ses expériences de perception extrasensorielle.

MILNE, L. et M., *The Senses of Animals and Men*, Atheneum, 1972. Recueil bien documenté de récits anecdotiques et scientifiques divers concernant les capacités sensorielles des animaux et des hommes.

MURPHY, Michael et DONOVAN, Steven, *The Physical and Psychological Effects of Meditation*, Institute of Noetic Sciences, 1997. Enquête portant sur presque deux mille études dont certaines démontrent que la méditation peut améliorer la vue, l'ouïe et les autres sens.

MURPHY, Michael et WHITE, Rhea, *In the Zone: Transcendant Experiences in Sports*, Penguin Arkana, 1997. Enquête sur des faits et des perceptions extraordinaires, des états modifiés de conscience pendant l'activité sportive, avec une étude du sport en tant que pratique transformatrice.

OH, Sadharu, et FALKNER, David, *Sadharu Oh: A Zen Way of Baseball*, New York, Vintage, 1985. Il s'agit non seulement d'une excellente biographie sportive mais aussi d'un témoignage déterminant sur les modifications physiques et perceptives que peut entraîner la pratique d'un sport. Oh, qui fut pendant de longues années le plus grand joueur de base-ball du Japon, a étudié l'aïkido et d'autres techniques d'évolution personnelle afin d'atteindre les sommets de son art.

O'NEILL, Eugene, *Long voyage du jour à la nuit*, éd. Arche, 1996. L'un des plus beaux portraits psychologiques de la solitude, fléau de la vie citadine du XXe siècle.

REDA, Jacques, *Les Ruines de Paris*, Gallimard/Poésie, 1993. Série de courts essais et de poèmes en prose sur les effets de la pratique de l'auteur qui lui permettent de voir les rues de sa ville d'une façon nouvelle tous les dimanches après-midi.

ROGO, D. Scott, *NAD : A Study of Some Unusual « Other-World » Experiences*, vol. I, University Books, 1970 ; et *NAD. A Psychic Study of the « Music of the Spheres »*, vol. II, University Books, 1972. Deux recueils de témoignages directs de « clairaudience » d'individus qui entendent musique, voix et autres sons n'ayant apparemment aucune source physique.

TARG, Russel, et KEITH, Harry, *L'Énergie de l'esprit : télépathie, prémonition, vision à distance*, Flammarion, 1985 ; Targ,

Russel, et Harold Putoff, *Mind-Rearch : Scientists Look at Psychic Ability*, Delta, 1997 ; et Targ, Russel, Charles Tart et Harold Putoff, *Mind at Large*, Praeger, 1979. Ces trois livres décrivent des études de clairvoyance ou « vision à distance » réalisées au SRI International sous l'égide du Département d'État à la Défense. À partir de leurs recherches, les auteurs décrivent la manière dont on peut cultiver la vision à distance.

TART, Charles. *States of Consciouness. Psychological Processes*, 1983. Étude systématique du pourquoi et comment se produisent les états modifiés de conscience et analyse de leur place dans la nature humaine en évolution, ce livre est un classique de la conscience humaine et de ses capacités encore inexploitées.

VAN DER POST, Laurens. *Le Monde perdu du Kalahari : voyage au cœur de l'Afrique*, Payot, 1996. Précieuse incursion dans une culture préhistorique vivante, par l'une des grandes voix de la conscience du XXe siècle.

WALSH, Michael, éd., *Butler's Lives of the Saints*, Concise Edition Revised and Updated. HarperSanFrancisco, 1991. L'un des classiques de la littérature spirituelle mondiale. (Voir notes du chapitre 2.)

4. LE MYSTÈRE DU MOUVEMENT.

DAVID-NEEL, Alexandra, *Mystiques et magiciens du Tibet*, Pocket, 1988. Récit autobiographique de voyages au Tibet au début du siècle, avec des descriptions de pouvoirs supranormaux dont Mme David-Neel fut le témoin.

FEURERSTEIN, Georg, *The Yoga Tradition : Its History, Litterature, Philosophy and Practice*, Hohm Press, 1998. Histoire complète illustrée de la tradition yogique dont l'histoire remonte au chamanisme et se prolonge dans l'hindouisme et le bouddhisme. L'ouvrage propose à la fois une analyse théorique et des conseils pratiques.

GOVINDA, Lama, *The Way of the White Cloud : A Buddhist Pilgrim in Tibet*, Hutchinson, 1968. Un Allemand, converti au bouddhisme, raconte ses aventures et ses expériences spirituelles au Tibet et en Inde.

MING-DAO, Deng, *Scholar Warrior : An Introduction to the Tao in Everyday Life*, HarperSanFrancisco, 1990. Introduction à la voie spirituelle du tao comprenant des références à des capacités de mouvement supranormales par des exercices à la fois physiques, mentaux et spirituels. (D'autres titres sont disponibles en français.)

MYERS, Frederic. *La Personnalité humaine, sa survivance et ses manifestations supranormales*, éd. Exergue, 2000. L'un des meilleurs ouvrages sur les capacités humaines extraordinaires, par l'homme qui a contribué à fonder la recherche psychique moderne et inventé le mot « télépathie ». Les sorties hors du corps, que Myers décrit avec un grand luxe de détails, impliquent un type de mouvement supranormal tel que nous l'avons défini dans ce livre.

5. AMÉLIORER LA COMMUNICATION

DOSSEY, Larry, *La Prière, un remède pour le corps et l'esprit*, éd. Le Jour, 1998. Dans ce livre qui a fait date, l'auteur expose les preuves des liens qui unissent prière, guérison et médecine. Des exemples authentiques et des anecdotes personnelles illustrent son propos.

— *Le Surprenant Pouvoir de la prière*, éd. G. Trédaniel, 1998. L'auteur, médecin, décrit des études cliniques et expérimentales concernant le pouvoir curatif de la prière et donne des conseils pratiques à ce sujet.

EHRENWALD, Jan, *Telepathy and Medical Psychology*, Norton, 1948. L'auteur, un psychiatre, élabore à partir de travaux de Freud, une thèse selon laquelle la télépathie est tenue à l'écart de la conscience par les mécanismes de défense impliqués dans le traitement de l'information sensorielle. Il décrit comment la télépathie et notre manière de nous en défendre influent sur la psychothérapie et sur notre vie quotidienne.

GROF, Stanislas et Christina, éds., *Spiritual Emergency : When Personal Transformation Becomes a Crisis*, Tarcher/Putnam, 1989. Recueil d'essais dus au couple Grof et à d'autres psychologues et enseignants spirituels sur les dynamiques des crises d'évolution personnelle considérées comme des « urgences spirituelles ». (D'autres titres sont disponibles en français.)

KEATING, Thomas, *Intimacy with God*, Crossroad, 1994. Ce beau livre, à la fois profond et pratique, débordant de sagesse, montre comment la prière peut, en nous recentrant, approfondir notre intimité avec Dieu et nous amener à la puissance transformatrice de l'amour qui nous lie au Divin.

ULLMAN, Montague, KRIPPNER, Stanley et VAUGHN, Alan, éds., *Dream Telepathy : Experiments in Nocturnal ESP*, MacFarland & Co. Inc., 1989. Description d'importants travaux de recherche, effectués par Ullman et Krippner, qui tendent à démontrer qu'une communication télépathique peut se produire entre dormeurs, par l'intermédiaire du rêve.

6. S'OUVRIR À UNE ÉNERGIE SUPÉRIEURE

BENSON, H., *Beyond the Relaxation Response*, Times Books, 1984. Description d'expériences faites par une équipe de l'université de Harvard avec des lamas tibétains qui se montrent capables de contrôler la température de leur corps.

BRUNTON, Paul, *A Search in Secret India*, Samuel Weiser, 1970. Fascinant récit d'un voyage tant intérieur qu'extérieur qui comprend la rencontre avec l'un des plus grands sages de l'Inde, Ramana Maharshi. (D'autres titres sont disponibles en français.)

ELIADE, Mircea, *Le Chamanisme et les techniques archaïques de l'extase*, Payot/Bibliothèque historique, 1992. Étude majeure du chamanisme et de ses implications pour la psychologie moderne par un célèbre professeur d'histoire des religions. Eliade décrit le « cœur magique » et autres phénomènes proches de la kundalini, avérés chez les chamanes dans de nombreuses parties du monde.

GENDLIN, Eugene, *Focusing*, Bantam, 1981. Le « focusing » est une technique qui enseigne comment écouter notre corps (corps-esprit, plus exactement), notre meilleur maître pour tout ce qui touche au cœur et à l'âme, celui qui sent et qui sait, sans référence à la logique ni à la morale, sans culpabilité.

KATZ, Richard, *Boiling Energy : Community Healing Among the Kalahari Kung*, Harvard University Press, 1982. Récit par un anthropologue de pratiques d'initiation et de guérison chez les Kung, peuplade vivant dans le désert du Kalahari. Beaucoup de ces pratiques impliquent le « n/um bouillant », énergie extraordinaire qui ressemble à la « chaleur magique » décrite par Eliade dans *Le Chamanisme* (voir ci-dessus) et les expériences de kundalini du yoga hindo-bouddhiste.

SANELLA, Lee, *The Kundalini Experience : Psychosis or Transcendance ?*, Integral Publishing, 1987. La psychiatre Lee Sanella décrit des expériences, vécues par des Américains contemporains, qui rappellent les descriptions traditionnelles liées à la kundalini dans le yoga hindo-bouddhiste.

THURNSTON, Herbert, *The Physical Phenomena of Mysticism*, Burns Oates, 1952. Recueil descriptif de phénomènes tels que le « feu de l'amour » et les stigmates, effets secondaires de l'expérience mystique. L'auteur, catholique, était une autorité en matière de pouvoirs supranormaux suscités par la vie contemplative. (Voir notamment le chapitre 8.)

7. L'EXTASE

ABRAM, David, *The Spell of the Sensuous : Perception and Language in a More-Than-Human World*, Vintage, 1996. L'auteur, philosophe et magicien, concilie chamanisme, mythes, contes, conscience écologique et poésie dans cet appel à l'humanité qu'il somme de reprendre sa place naturelle dans le monde.

ACKERMAN, Diane, *Le Livre des sens*, Grasset, 1991. Célébration à la fois poétique et bien informée du plaisir sensuel et de l'évolution sensorielle de l'être humain. (D'autres titres sont disponibles en français.)

AUROBINDO, Sri, *The Collected Works of Sri Aurobindo*, Sri Aurobindo Ashram, 1972. Sri Aurobindo, mystique réalisé et plus grand philosophe indien du XXe siècle, décrit avec éloquence et en détail l'immense variété des extases produites par le yoga intégral, pratique transformatrice. (D'autres titres sont disponibles en français.)

BARNSTONE, Willis, *The Poetics of Ecstasy : Varieties of Ecstasies from Sappho to Borges*, Homes & Meier, 1983. Étude passionnante du rôle de l'extase dans l'art poétique et l'activité créatrice en général, avec des essais sur Sapho, Dickinson, saint Jean de la Croix et Borges.

BAKER-ROSHI, Richard, *Original Mind : Zen Practice in the West*, Riverhead, 2002. Ouvrage majeur sur le bouddhisme par l'un des maîtres contemporains les plus créatifs du monde occidental.

CAMPBELL, Joseph, avec Bill Moyers, *Puissance du mythe*, J'ai Lu, 1997. L'un des livres les plus populaires sur Campbell où le grand mythologiste dialogue avec un réalisateur de films documentaires. La conversation va des aventures de l'âme dans la mythologie, l'art et la littérature au conflit actuel entre science et spiritualité.

JOHNSON, Robert A., *Ecstasy : Understanding the Psychology of Joy*, Harper & Row, 1987. Livre facile à lire et pourtant savant d'un psychologue jungien sur la nature et les vertus de l'extase ainsi que sur les conséquences tragiques de sa longue répression dans la société occidentale.

KABIR, *The Kabir Book : Forty-Four of the Ecstatic Poems of Kabir*, Beacon Press, 1977. Le poète islamique est ici traduit en anglais dans un langage accessible et beau par le poète Robert Bly. (D'autres titres sont disponibles en français.)

MURPHY, Michael, *The Future of the Body*, Tarcher/Putnam, 1992. Ce livre décrit, à partir des archives de l'Institut Esalen, les attributs extraordinaires de l'être humain dans leurs relations avec l'évolution et analyse les pratiques transformatrices qui les favorisent.

8. L'AMOUR

FROMM, Éric, *L'Art d'aimer*, Desclée de Brouwer, 1995. L'auteur parle avec sensibilité et poésie des différentes formes de l'amour et des conséquences tragiques de l'aliénation qui marque la vie moderne.

GILBERT, Jack, *The Great Fires : Poems 1982-1992*, Knopff, 1992. Recueil incendiaire de poèmes inspirés par les souffrances et l'extase de l'amour.

MAY, Rollo, *Amour et volonté*, Stock/Monde ouvert, 1971. L'auteur, célèbre humaniste et psychologue existentialiste, affirme avec force que la déshumanisation provient en partie d'une incapacité à comprendre le pouvoir transformateur de l'amour.

NEEDLEMAN, Jacob, *A Little Book on Love*, Delta, 1996. Essai pratique, savant et lumineux sur l'amour à travers les prismes du mythe, de la philosophie, de la poésie, de la théologie et de la vie quotidienne. Needleman, un philosophe, conclut que nous ne pouvons nous connaître nous-mêmes si nous n'apprenons pas à aimer.

PLATON, *Le Banquet*, Le Livre de poche. Ce dialogue, classique de Platon, est une exploration de l'amour d'un point de vue différent selon les orateurs : mythique pour Phèdre, sophiste pour Pausanias, poétique pour Agathon, comique pour Aristophane et philosophique pour Socrate.

RILKE, Rainer Maria, *Lettres à un jeune poète*, aux éditions Gallimard, Mille et une nuits, Flammarion, Grasset, LGF. Écrites par un très grand poète allemand, ces lettres magnifiques éclairent la vocation d'écrivain, la nature de la poésie et la façon dont les êtres sont appelés à vivre plus pleinement l'amour et la vie.

STEINDL-RAST, David, *Gratefulness : The Heart of Prayer,* Paulist Press, 1984. Moine bénédictin de Silos, l'auteur explore dans ce livre les relations entre la prière et la reconnaissance qui naît avec l'amour qu'il situe au centre de la condition humaine. « Bénir ce qui est, simplement parce que c'est, voilà pour quoi nous sommes faits, en tant qu'êtres humains », écrit-il. Reliant contemplation et action, il affirme que la meilleure façon de réaliser la contemplation c'est d'« agir dans l'amour ». (D'autres titres sont disponibles en français.)

WELWOOD, John, *Journey of the Heart : The Path of Conscious Love*, Harper Collins, 1990. L'auteur voit dans la relation intime un lent processus de découverte spirituelle dont les difficultés réveillent nos forces et nos ressources les plus profondes. (D'autres titres sont disponibles en français.)

WIESEL, Elie, *Célébration hassidique : portraits et légendes*, Le Seuil/Points Sagesses, 1976. Recueil d'histoires sur les maîtres du mysticisme, notamment le Baal Shem Tov, le Maggid de Mezeritch et Israël de Rizhin, écrit avec amour.

9. IDENTITÉ TRANSCENDANTE

ALMAAS, A.H., *Introduction à l'approche du diamant*, éd. du Relié-Prétextes, 1997. Synthèse des approches occidentales et orientales du développement psychologique et spirituel, le travail d'Almaas s'inspire des traditions anciennes et modernes ainsi que de la théorie psychologique. Ce livre explore la réalité essentielle en tant que vérité de notre être lorsque nous transcendons l'ego.

EMERSON, Ralph Waldo, *Essais*, éd. M. Houdiard, 2000. Les essais du grand philosophe américain concernent des sujets aussi variés que l'histoire, l'amour, l'amitié, la poésie et la politique.

HESSE, Herman, *Siddharta*, LGF, 1975. Récit de la vie du Bouddha à travers les yeux d'un jeune Indien qui s'efforce de découvrir sa propre destinée.

HUXLEY, Aldous, *La Philosophie éternelle*, Le Seuil/Points Sagesses, 1977. Étude du mysticisme occidental et oriental qui aborde tour à tour la connaissance de Dieu et de soi-même, la libération spirituelle, l'identité transcendante, la prière et la méditation contemplative.

NIKHILANDANANDA, Swami, *The Gospel of Sri Ramakrishna*, Ramakrishna-Vivekananda Center, 1977. Biographie du grand mystique indien par son disciple « M ». Voir notamment le récit de l'initiation par Ramakrishna de son fameux disciple Narenda (qui devint par la suite Vivekananda) qui vécut une formidable expérience de transcendance.

PILGRIM, Peace, *Peace Pilgrim : Her Life and Work in Her Own Words*, Ocean Tree, 1994. Le testament d'une femme qui, à la suite d'une révélation, entama un pèlerinage autour des États-Unis, qui doit durer jusqu'à ce que règne la paix dans le monde. Cette révélation lui permit, à la quarantaine, de devenir vraiment elle-même, de découvrir son « identité transcendante ».

PLOTIN, *Ennéades*, Belles Lettres, 1964-1992. Plotin affirmait que chacun de nous possède une identité éternelle enracinée dans le *Nous*, monde divin des formes. Sa description de cette identité rappelle ces moments où nous reconnaissons intuitivement notre « vrai moi ».

RUMI, *The Essential Rumi*, Harper Collins, 1995. Figure majeure de la littérature et de la philosophie, Rumi reste aujourd'hui un poète extrêmement populaire. Sa reconnaissance de l'identité transcendante paraît évidente dans ces vers : « Pendant des années j'ai frappé à la porte de Dieu / et lorsque enfin elle s'est ouverte / j'ai vu que je frappais de l'intérieur. » (D'autres titres sont disponibles en français.)

10. CONNAISSANCE TRANSCENDANTE

BATESON, Gregory et Mary C., *La Peur des anges : vers une épistémologie du sacré*, Le Seuil/La couleur des idées, 1989. Gregory Bateson et sa fille Mary Catherine étudient l'intuition religieuse et la sensibilité esthétique en partant de l'hypothèse que ce sont des voies de connaissance aussi valides que la science et la logique.

BUCKE, Richard, *Cosmic Consciousness*, Dutton, 1969. Ce classique écrit en 1901 mais toujours populaire se penche sur l'évolution du mental humain et sur son voyage vers la conscience cosmique. Bucke s'appuie sur plusieurs exemples d'éveil, notamment ceux du Bouddha, de Plotin, de Jésus, d'Emerson et de Walt Whitman.

FRANKL, Viktor, *Découvrir un sens à sa vie avec la logothérapie*, éd. Exergue, 2001. Le récit autobiographique des années que Frankl a passées à Auschwitz fait date dans la littérature. Il y décrit des moments de haute spiritualité bien faits pour confirmer le lecteur dans sa foi et son désir de vivre, même aux pires moments de sa vie.

JAMES, William, *Les Variétés de l'expérience religieuse*, éd. Exergue, 2001. Célèbre étude du mysticisme, de la conversion religieuse, des pathologies de la vie spirituelle et des relations entre croyance et savoir transcendant.

KOESTLER, Arthur, *The Act of Creation*, Macmillan, 1964. Traité de l'invention en art, en science et en humour qui, comme le montre Koestler, implique souvent des intuitions qui proviennent apparemment d'au-delà de soi. (D'autres titres sont disponibles en français.)

MANDELA, Nelson, *Un long chemin vers la liberté : autobiographie*, LGF, 1996. Véritable monument de conscience, d'amour et de courage, l'autobiographie de Mandela témoigne du fait que la volonté politique peut être influencée par une vie fondée sur la philosophie et la connaissance transcendante.

NASR, Seyyed Hossein, *La Connaissance et le Sacré*, L'Âge d'homme-Delphica, 1999. Ce brillant ouvrage d'un éminent lettré religieux explore l'aspect sacré du savoir et les relations entre réalisation spirituelle et intelligence essentielle.

VAUGHAN, Frances. *L'Éveil de l'intuition*, La Table ronde, 1984. Cet excellent ouvrage sur l'intuition étudie ses aspects personnels et transpersonnels et offre des conseils pratiques sur les façons de la cultiver.

YATES, Francis, *The Art of Memory*, University of Chicago Press, 1966. Traité sur le système de « mémoire artificielle » des anciens Grecs et Romains, dont se servaient orateurs, comédiens, artistes, dramaturges et philosophes.

11. UNE VOLONTÉ SUPÉRIEURE À L'EGO

CSIKSZENTMIHALYI, Mihaly, *Optimal Experience*, Cambridge University Press, 1988 ; *Flow : The Psychology of Optimal Experience*, Harper & Row, 1990 ; *Creativity : Flow and the Psychology of Discovery and Invention*, Harper Collins, 1996. Une trilogie essentielle qui explore l'« expérience optimale » et le « flux », cet état de conscience créateur que l'auteur et ses collègues ont étudié dans différentes cultures du monde.

DASS, Ram, *Be Here Now*, Lama Foundation, 1979. Authentique guide de vie spirituelle présenté sous la forme de l'histoire classique du psychologue occidental qui découvre le mysticisme oriental. (Un autre titre est disponible en français.)

DAUMAL, René, *Le Mont Analogue : roman d'aventures alpines, non euclidiennes et symboliquement authentiques*, Gallimard L'Imaginaire, 1999. Merveilleux récit d'une quête du sens de la vie éclatant de beauté, de poésie et de vérité.

DOSSEY, Larry, *Le Surprenant Pouvoir de la prière*, éd. G. Trédaniel, 1998. Un livre qui relie pouvoir spirituel et science médicale afin de fournir des preuves empiriques du rôle de la prière et de la foi dans les arts de la guérison.

DOSTOÏEVSKI, Fedor. *Les Frères Karamazov*, aux éditions Gallimard, LGF, Actes Sud, 1987-2002. L'histoire de Fedor

Karamazov et de ses fils, dernier roman et chef-d'œuvre de Dostoïevski explore les implications psychologiques et spirituelles de la quête de Dieu et la nature de la foi à travers les aléas de l'amour et de la haine.

HÉRACLITE, *Les Fragments d'Héraclite*, Fata Morgana, 1991. Les seuls fragments qui nous soient restés de l'œuvre de l'un des grands philosophes de l'Antiquité qui influença les penseurs depuis Socrate jusqu'à Heidegger et dont le message essentiel – Tout change, tout passe – anticipe la philosophie et la physique modernes.

HILLMAN, James, *Le Code caché de votre destin*, Robert Laffont/Réponses, 1999 ; J'ai lu n° 7256. Dans cet ouvrage, Hillman nous recommande de pousser vers le bas, comme le gland qui s'enracine avant de devenir chêne. Il affirme que caractère et vocation sont le résultat de notre nature essentielle qui s'affirme avec l'aide d'un guide ou *daimon* bien décidé à nous amener jusqu'à la réalisation de notre vocation particulière.

MURPHY, Michael et LEONARD, George, *The Life We Are Given*, Tarcher/Putnam, 1995. Description de la pratique transformatrice intégrale (ITP), programme destiné à promouvoir le développement harmonieux du mental, du corps, du cœur et de l'âme. Cette pratique implique l'éducation de la volonté à force d'affirmations et par un « abandon centré » aux énergies et aux influences transformatrices provenant d'une dimension autre que le moi ordinaire.

REDFIELD, James, *Le Secret de Shambhala : la quête de la onzième révélation*, Robert Laffont, Aventures de l'esprit, 2001 ; J'ai lu n° 6784. Témoignage romancé sur le pouvoir de la prière et de l'intentionnalité dans le processus d'évolution personnelle.

TCHOUANG-TSEU, *Œuvres complètes*, Gallimard, 1985. Le vieux sage chinois donne avec humour et à travers des anecdotes les voies menant au tao dans la vie quotidienne et permettant de vivre dans la bonté, l'harmonie et la joie.

BOLEN, Jean, *Le Tao de la psychologie*, Mercure de France, 1983. Un livre facile à lire qui établit un lien entre synchronicité et développement personnel, pouvoirs paranormaux et intégration.

GOLEMAN, Daniel, *L'Intelligence émotionnelle*, Robert Laffont, 1999 ; J'ai lu n° 7130 et 7202. Cet ouvrage très bien fait s'inspire des dernières découvertes de la psychologie et des neurosciences pour montrer comment nos facultés émotionnelles et rationnelles s'associent pour influencer notre caractère et notre destinée. Goleman montre comment développer l'intelligence émotionnelle de façon à améliorer différents domaines de notre vie.

JUNG, Carl Gustav, *Synchronicité et Paracelsica*, Albin Michel, 1988. Dans cet essai, Jung introduit sa notion de « coïncidence signifiante » qui, selon lui, constituerait une des clés de la destinée individuelle.

PROGOFF, Ira, *Synchronicity and Human Destiny*, Dell, 1973. Ce livre éclaire la notion parfois difficile à comprendre de synchronicité, plaçant le phénomène dans le contexte de l'évolution personnelle.

REDFIELD, James. *La Prophétie des Andes*, Robert Laffont, 1998 ; J'ai lu n° 4113. Illustration romancée d'idées culturelles et personnelles dans leurs rapports avec la destinée humaine.

TART, Richard, *Waking Up: Overcoming the Obstacles to Human Potential*, Shambhala, 1986. Séduisante introduction à l'œuvre de Gurdjieff, avec des chapitres utiles sur l'observation et la remémoration de soi.

WEBER, Renée, *Dialogues avec des scientifiques et des sages*, éd. du Rocher/L'esprit et la matière. 1996. Pour discuter des relations souvent difficiles entre science et spiritualité, l'érudite scientifique Renée Weber a interrogé David Bohm, Rupert Sheldrake, le dalaï-lama, Bede Griffith, Krishnamurti et d'autres afin de rechercher un terrain d'entente entre les différentes fois religieuses et les différentes façons d'acquérir les connaissances.

13. TRANSFORMER LA CULTURE

ARISTIDE, Jean-Bertrand, *Eyes of the Heart: Seeking A Path for the Poor in the Age of Globalization*, Common Courage Press, 2000. Anthologie de courts essais, écrits par le premier président d'Haïti démocratiquement élu, qui combinent passion et sens pratique pour chercher une solution à la faim et à la misère dans le monde. (D'autres titres sont disponibles en français.)

BENNIS, Warren et BIEDERMAN, Patricia Ward, *Organizing Genius: the Secret of Creative Collaboration*, Perseus, 1998. Warren Bennis s'est intéressé au leadership dans des œuvres comme *Learning to Lead, Beyond Leadership* et *On Becoming a Leader*. Son but, dans ces livres, était de faire le portrait des individus qui excellent dans l'art du commandement. Dans celui-ci, Bennis aborde la question de la collaboration et de la réunion d'équipes puissantes. À partir de six cas dont la campagne de Clinton en 1992 et les studios d'animation Disney, il décrit avec Patricia Ward Biederman, les caractéristiques des collaborations réussies, montrant comment on peut en réunissant des talents, obtenir des résultats bien supérieurs à ceux qu'un seul individu est capable de produire.

BERRY, Thomas, *The Dream of the Earth*, Sierra Club Books, 1998. Célébration visionnaire de notre planète, qui affirme que nous sommes arrivés à un moment décisif de l'histoire où il faut rendre à la nature sa magie et faire du respect de l'évolution un devoir sacré.

COLLOPY, Michael, et Jason Gardner, éds., *Architects of Peace : Visions of Hope in Words and Images*, New World Library, 2001. Recueil de photos et d'interviews de militants sociaux et de dirigeants politiques visionnaires, notamment Nelson Mandela, Cesar Chavez et Mikhaïl Gorbatchev.

DASS, Ram. *How Can I Help ?* Knopf, 1985. Guide pratique de l'action compassionnelle dans la vie quotidienne, avec des exemples émouvants de souffrance et de bonté.

ELGUIN, Duane, *Voluntary Simplicity*, Quill/Morrow, 1993. C'est un excellent livre sur l'harmonie de la vie et la simplicité volontaire, qui préconise la conscience écologique alliée à l'évolution personnelle pour améliorer en même temps notre vie et notre planète.

HANH, Thich Nhat, *Being Peace*, Parallax Press, 1987. L'auteur présente la pratique spirituelle comme une forme d'activisme social et un moyen de guérison pour soi-même et pour le monde. (D'autres titres sont disponibles en français.)

HAWKEN, Paul, *L'Écologie de marché ou l'économie quand tout le monde gagne*, éd. Souffle d'or, 1995. Un livre original qui concilie les dures réalités du marché et des innovations susceptibles de promouvoir un développement durable.

KEEN, Sam, *Retrouver le sens du sacré : éveil de la spiritualité dans la vie de tous les jours*, J'ai lu n° 4892. Keen nous invite à explorer de nouveaux mythes pour notre temps, de nouveaux rituels signifiants et de nouvelles manières de rendre à l'ordinaire sa dimension sacrée.

LEONARD, George, *Education and Ecstasy*, Delacorte, 1968. Leonard affirme que le destin ultime de l'homme est d'apprendre et de continuer à apprendre jusqu'à sa mort et il ajoute qu'apprendre est l'activité la plus joyeuse qui soit. Il décrit un environnement éducatif informatisé destiné à enseigner les bases aux jeunes enfants.

MUIR, John, *The Wilderness World of John Muir*, Houghton Mifflin, 1954. Recueil d'essais au pouvoir hautement évocateur par l'un des pères spirituels du mouvement écologiste américain. (D'autres titres sont disponibles en français.)

ORWELL, George, *1984*, Gallimard, 1954 ; et Huxley, Aldous, *Le Meilleur des mondes*. Deux romans satiriques qui s'opposent à l'idée de progrès et d'utopie. Leurs titres évoquent

aujourd'hui les dangers du totalitarisme et d'une science sa
conscience.

REDFIELD, James, *La Vision des Andes*, Robert Laffont, 1998 ; J'ai lu n° 5427. Présentation simple de diverses idées, personnelles ou pas, concernant l'éveil spirituel de l'humanité.

ROZAK, Theodore, *The Voice of the Earth : An Exploration of Ecopsychology*, Touchstone, 1992. Étude des relations entre l'être intime de l'homme et le monde extérieur. Rozak se penche sur des sujets comme le principe d'entropie, l'hypothèse Gaïa, le mysticisme, la religion et l'écologie, affirmant que le souci de l'âme et le souci de la nature sont inséparables.

SENGE, Peter, *La Cinquième Discipline : guide de terrain*, First Edition, 2000. À partir d'idées empruntées à différents domaines allant de la planification du développement à la pratique contemplative, Senge explique pourquoi il est important d'organiser l'apprentissage, propose des outils pour y parvenir et montre comment son système est vécu par ceux qui l'appliquent.

14. L'APRÈS-VIE ET LES ROYAUMES ANGÉLIQUES

BECKER, Ernest, *The Denial of Death*, Free Press, 1973. L'idée centrale du livre est que nos plus grands problèmes proviennent du fait que nous nions à la fois la mort et notre terreur de la mort. L'auteur affirme que l'ouverture vers la transcendance est notre seule voie de libération.

EVANS-WENTZ, W.Y., *Le Livre des morts tibétain ou les expériences d'après la mort*, éd. J. Maisonneuve, 1987. L'introduction et les notes d'Evans-Wentz ajoutent clarté et profondeur à cet ancien manuel tibétain qui permet de guider l'âme à travers les *bardos*, ou vies intermédiaires, entre cette vie et l'ultime libération.

GODWIN, Malcolm, *Angels : An Endangered Species*, Simon & Schuster, 1990. Une étude des « messagers » ailés de l'autre

…ns … puis la mythologie et la littérature jusqu'à la religion … ure populaire.

…, Stanislas et Christina, *Beyond Death : The Gates of …ousness*, Thames and Hudson, 1980. Exposé illustré et …que des concepts concernant la mort et l'après-vie dans …rentes cultures. Les Grof suggèrent un parallèle entre ré… traditionnels, témoignages d'expériences de proximité de … mort et expériences de mort-et-renaissance vécues par les malades mentaux.

HASTINGS, Arthur, *With the Tongues of Men and Angels : A Study of Channeling*, H. Holt and Co., 1991. Ce livre fort intéressant examine les contributions de la médiumnité et du *channeling* sous toutes ses formes aux grandes traditions spirituelles et explore leurs manifestations actuelles.

HEAD, Joseph et CRANSTON, S.L., *Le Livre de la réincarnation : le phénix et le mystère de sa renaissance*, LGF, 1998. Recueil de citations, de réflexions et de spéculations à propos de la réincarnation et de la vie après la mort. Plus de quatre mille figures de l'histoire y sont citées, de Plotin à Thoreau en passant par Lindbergh et Walt Whitman.

KÜBLER-ROSS, Elizabeth, *On Death and Dying*, Collier, 1970. C'est dans cet ouvrage que le docteur Kübler-Ross expose pour la première fois les cinq étapes de notre relation à la mort : déni et repli sur soi, colère, chantage, dépression et acceptation. À travers des exemples vécus et des interviews, elle explore l'impact de la mort sur tous ceux qui y sont confrontés, patient, famille du patient, soignants et toutes les personnes qui sont en contact avec lui. (D'autres titres sont disponibles en français.)

LEEMING, David A., *Flights : Readings in Magic, Mysticism, Fantasy and Myth*, Harcourt Brace Janovich, 1974. Brillant recueil de textes littéraires, poétiques, anthropologiques et mythologiques qui révèlent l'éternelle fascination de l'homme pour ce que l'auteur appelle « l'au-delà du matériel ». On y trouvera des essais sur le chamanisme, des poèmes de Yeats, Merton, entre autres poètes, des extraits de l'Ancien Testament, des contes de Grimm et des nouvelles de Poe, Vonnegut ou Fitzgerald.

LEVINE, Stephen. *Qui meurt ? Une investigation du processus conscient de vivre et mourir*, éd. Souffle d'or, 1991. Avec sagesse et compassion, Levine parle de l'énormité que représente le fait de vivre avec la mort tout en considérant la vie comme la meilleure préparation à ce qui doit venir après. Il explore les sources de la joie et de la souffrance et illustre son propos à l'aide de surprenantes anecdotes personnelles.

— *Healing into Life and Death*, Doubleday, 1987. Ce beau livre étudie le pouvoir guérisseur de la conscience miséricordieuse. L'auteur y propose des méditations et des exercices pour travailler sur la souffrance et le chagrin.

LINDBERGH, Charles, *Mon avion et moi*, Arthaud, 1996. Dans ce récit de sa traversée de l'Atlantique, le célèbre aviateur décrit des expériences étranges avec des entités désincarnées.

MALLASZ, Gitta, *Dialogues avec les anges*, Aubier-Montaigne, 1990. Ce livre extraordinaire est la fidèle transcription de dix-sept mois de conversations hebdomadaires entre des voix qui pourraient être des anges et quatre jeunes gens, dans l'enfer de la Hongrie occupée par les nazis. Gitta Mallazs, seule survivante du groupe, affirme n'être que « le scribe des anges » dont le message reste aussi signifiant et urgent aujourd'hui qu'il l'était il y a un demi-siècle.

MITCHELL, Stephen, trad., *The Book of Job*, Harper Collins, 1992. Nouvelle version de l'histoire de Job et du débat à propos des origines et de la signification de la souffrance humaine.

MONROE, Robert, *Le Voyage hors du corps : les techniques de projection du corps astral*, éd. du Rocher/Âge du verseau, 1996. À partir de son expérience personnelle, l'auteur explore les voyages astraux et la façon de les provoquer.

— *Fantastiques expériences de voyage astral*, Robert Laffont/Les énigmes de l'univers, 1990. Dix ans de recherches au-delà des dimensions de la réalité physique permettent à l'auteur d'offrir, en plus de ses expériences personnelles, des techniques permettant de sortir de son corps et des lignes directrices pour poursuivre l'exploration du phénomène.

MOODY, Raymond, *La Vie après la vie*, Robert Laffont, 1967. Étude d'une centaine de cas de voyages aux frontières de la mort. Les témoignages offrent des ressemblances frappantes, notamment leur aspect formidablement positif. Ils donnent un aperçu de l'« autre monde » et des descriptions de l'amour inconditionnel et de la paix qui nous attendent.

MYERS, Frederic, *La Personnalité humaine : sa survivance et ses manifestations supranormales*, éd. Exergue/Les essentiels de la métaphysique, 2000. Monumentale étude de phénomènes tels que télépathie, apparitions, génie et inspiration, qui posent la question de l'existence post mortem et des possibilités de survie de la personnalité après la mort.

OSIS, Karlis, et Erlander Haraldson, *At the Hour of Our Death*, Hastings House, 1986. Très importante étude sur les visions, apparitions et extases qui se produisent au moment de la mort.

POORTMAN, J.J., *Vehicles of Consciouness : The Concept of Hylic Pluralism*, The Theosophical Publishing Company, 1978. Le plus grand travail jamais réalisé sur les doctrines concernant le corps-esprit des temps anciens à nos jours. L'auteur, un Hollandais, retrace l'histoire de l'existence extraphysique depuis les cultures préhistoriques, l'Égypte ancienne, l'Inde, la Grèce, Rome et la Perse antiques, jusqu'aux cultures modernes des quatre continents.

RING, Kenneth, *Life and Death : A Scientific Investigation of the Near-Death Experience*, Quill, 1982. Pendant deux ans, avec toute la rigueur d'un scientifique, Ring a mené son enquête auprès de plus de cent personnes rappelées à la vie après une mort clinique.

RINPOCHE, Guru, *The Tibetan Book of the Dead : The Great Liberation Through Hearing the Bardo*, Shambhala, 1975. Manuel tibétain traditionnel permettant d'accompagner les mourants et de guider leur âme dans les royaumes d'après la mort.

ROGO, D. Scott, *NAD: A Study of Some Unusual « Other-World » Experiences*, vol. I, University Books, 1970 ; et *NAD. A Psychic Study of the « Music of the Spheres »*, vol. II, University Books, 1972. Deux recueils de témoignages directs de « clairaudience » impliquant apparemment la rencontre avec des dimensions extraphysiques.

SLOCUM, Joshua, *Seul autour du monde sur un voilier de onze mètres*, éd. Chiron, 2000. Le navigateur solitaire raconte son voyage autour du monde et l'apparition d'un « marin fantôme » qui l'aurait aidé à sauver son voilier lors d'une tempête épouvantable. Ce type d'apparitions est depuis longtemps rapporté par des marins, des alpinistes et autres aventuriers.

STEVENSON, Dr. Ian, *Réincarnation et biologie : la croisée des chemins*, Dervy, 2002 ; *Les enfants qui se souviennent de leurs vies antérieures : de la réincarnation*, Sand, 1995. Dans ces deux ouvrages, l'auteur rapporte les résultats d'une gigantesque enquête auprès de personnes, des enfants, notamment, qui se souviennent de vies antérieures. Des marques de naissance et des difformités paraissent confirmer ces souvenirs.

TANSLEY, David V., *Subtle Body: Essence and Shadow*, Thames and Hudson, 1977. Ouvrage bien écrit et bien illustré sur les énergies et les formes subtiles. (D'autres titres sont disponibles en français.)

THOMPSON, Keith, *Angels and Aliens*, Addison-Wesley, 1991. Intéressante interprétation du phénomène « ovni » qui se présente sous des formes diverses. Thompson suppose que bien des rencontres avec des extraterrestres pourraient en fait être des percées dans les mondes extraphysiques.

TYRELL, G.N.M., *Apparitions*, G. Duckworth & Co., 1943. Grand classique du genre qui aborde les questions de la diversité des apparitions, de leur uniformité à travers les cultures, de leurs causes apparentes et de leurs effets sur ceux qui les perçoivent.

WILLIAMSON, C.J., « The Everest Message », in *The Journal of the Society for Psychical Research* (sept.) 48 : 318-20. Description des phénomènes psychiques qui se produisirent lors de l'ascension du mont Everest par des alpinistes anglais.

15. INCARNATION LUMINEUSE

BLOFELD, John, *Taoism : The Road to Immortality*, Random House, 2000. Recueil de croyances taoïstes concernant la transformation du corps et les pratiques permettant d'y parvenir. (D'autres titres sont disponibles en français.)

DODD, C.H., *The Meaning of Paul Today*, Fontana Books, 1958. Étude de la philosophie vivante de saint Paul et de sa signification pour le monde d'aujourd'hui.

FOX, Matthew, *Sheer Joy : Conversations with Thomas Aquinas on Creation Spirituality*, HarperSanFrancisco, 1992. L'œuvre de l'un des plus grands génies de l'Europe médiévale revisitée sous la forme d'un dialogue sur la nécessité de resacraliser la vie moderne. (D'autres titres sont disponibles en français.)

GROSSO, Michael, *Frontiers of the Soul : Exploring Psychic Evolution*, Quest, 1992. Vaste exploration des phénomènes paranormaux, y compris la résurrection des corps.

GUARDINI, Romano, *The Lost Things*, Burns & Oates, 1954. Ce théologien catholique contemporain interprète le dogme du corps de gloire comme l'indication que corps et âmes vont continuer à évoluer jusqu'à leur divinisation.

TANSLEY, David V., *Subtle Body : Essence and Shadow*, Thames and Hudson, 1977. Richement illustré ce livre reprend l'idée antique selon laquelle le corps serait un reflet de l'anatomie subtile. Pour l'auteur, il faudra que l'homme parvienne à une profonde connaissance de soi avant de devenir cocréateur de l'univers avec le divin. (D'autres titres sont disponibles en français.)

WALSH, Roger, *The Spirit of Shamanism*, Tarcher/Putnam, 1990. Les pratiques chamaniques sont ici étudiées en fonction de leur pertinence par rapport à la guérison et à l'évolution personnelle et en tant qu'outils de résolution des problèmes écologiques mondiaux.

16. PRATIQUES FAVORISANT LA TRANSFORMATION

ALMAAS, A.H., *Introduction à l'approche du diamant*, éd. du Relié, 1997. C'est le premier d'une série de quatre recueils des séminaires d'Almaas qui, en approfondissant progressivement son enseignement, conduit le lecteur sur le chemin de l'illumination.

BRUSSAT, Frederic et Mary Ann, *Spiritual Rx : Prescriptions for Living a Meaningful Life*, Hypérion, 2000. Guide de la pratique spirituelle sous forme d'un dictionnaire qui commence avec Attention et Beauté, et se termine par Transformation, Unité, Vision et Zèle.

CAMERON, Julia, *Libérez votre créativité : osez dire oui à la vie!* éd. Dangles, 1995. Programme de trois semaines destiné à libérer notre créativité naturelle. Le ton est encourageant et l'auteur rappelle que la joie doit être au cœur de toute pratique.

CLEARY, Thomas, *Unlocking the Zen Koan*, North Atlantic Books, 1993. Cleary propose une traduction et une interprétation intéressantes de *koan* chinois anciens et propose une méthode permettant de déchiffrer leur mystère en cinq étapes. Cette pratique peut aider le lecteur à s'impliquer plus profondément dans des lectures difficiles. (D'autres titres sont disponibles en français.)

CSIKSZENTMIHALYI, Mihaly, *Finding Flow : The Psychology of Engagement With Everyday Life*, Basic Books, 1997. L'auteur complète son étude du « flux » en proposant une réflexion sur diverses pratiques de transformation, notamment l'attention consciente et la sacralisation.

DEROPP, Robert, *The Master Game*, Delacorte, 1968. Guide de l'éveil, acerbe mais intelligent, écrit avec humour, qui parle de tous les « jeux » que propose la vie, jeux d'argent, de pouvoir, jeux sexuels et drogue comme de préludes au grand jeu de la transformation de soi.

GOLDSTEIN, Joseph, *L'Expérience de la clarté intérieure : un guide simple et direct de la méditation bouddhique*, éd. Adyar, 1997. Aborde de façon claire et pratique tous les aspects de la méditation bouddhique (*vipassana*).

KABAT-ZINN, John, *Full Catastrophe-Living*, Delacorte, 1990. L'auteur, qui a fondé le programme de réduction du stress à l'école de médecine de l'université du Massachusetts, explique comment utiliser l'attention consciente en cas de maladie ou de frustration quotidienne.

KEEN, Sam et VALLEY-FOX, Anne, *Your Mythic Journey : Finding Meaning in Your Life Through Writing and Storytelling*, Tarcher/Putnam, 1989. Exercices individuels ou collectifs de verbalisation des aspects importants de sa vie. Les auteurs établissent une distinction utile entre les mythes traditionnels, souvent restrictifs, et les mythes créatifs qui permettent à chacun de réinventer le roman de sa vie et de se dépasser.

KORNFIELD, Jack, *Périls et promesses de la vie spirituelle*, La Table ronde, Les chemins de la sagesse, 1998. Inspiré de vingt-cinq ans de pratique et d'enseignement de la voie spirituelle, ce guide chaleureux et personnel indique comment trouver la paix et la vérité dans notre vie quotidienne.

LEONARD, George, *Mastery*, Dutton, 1991. Leonard montre comment une pratique longue et variée (de l'aïkido au jardinage) peut mener à l'évolution personnelle et à la transformation. Ce petit livre sage et incisif devrait devenir un classique de la transformation.

METZNER, Ralph, *The Unfolding Self : Varieties of Transformative Experience*, Origin Press, 1998. Méditation sur les diverses voies d'évolution personnelle existant dans différentes cultures, chacune étant organisée autour d'une métaphore courante comme « se réveiller d'un rêve », « sortir de captivité », « lever le voile de l'illusion » ou « passer de l'ombre à la lumière ».

MURPHY, Michael, et LEONARD, George, *The Life We Are Given*, Tarcher/Putnam, 1994. Le programme intégral de transformation décrit dans ce livre (ITP), qui permet de cultiver les capacités émergentes du corps-esprit, du cœur et de l'âme, a été appliqué par les auteurs en 1992 et en 1993.

PECK, Scott, *Le Chemin le moins fréquenté : apprendre à vivre avec la vie*, Robert Laffont, Les aventures de l'esprit, 2001 ; J'ai lu n° 2839. Psychiatre, l'auteur allie aux techniques modernes de la psychiatrie, les valeurs chrétiennes de la discipline et de la responsabilité pour élaborer une approche du développement personnel.

TRUNGPA, Chogyam, *Pratique de la voie tibétaine : au-delà du matérialisme spirituel*, Le Seuil, 1976. Trungpa examine l'aveuglement, les distorsions et les dérives qui menacent le parcours spirituel et insiste sur le courage et la conscience nécessaires pour suivre la vraie voie. La pratique spirituelle n'a pas pour but d'arriver quelque part ni de réussir quelque chose. Elle est un but en soi.

— *Shambhala : The Sacred Path of the Warrior*. Shambhala, 1988. Cette moderne exploration de la voie du guerrier présente des pratiques tibétaines anciennes qui, par la conscience méditative, favorisent l'équilibre, la compassion, le courage et la vulnérabilité dans la vie quotidienne. (D'autres titres sont disponibles en français.)

UHLEIN, Gabriele, *Meditations with Hildegard of Bingen*, Bear and Company, 1982. Cette traduction moderne de la grande mystique du Moyen Âge est aussi un merveilleux exercice de « centrage » et de méditation sur sa poésie.

UNDERHILL, Evelyn, *Practical Mysticism*, Dover, 2000. L'auteur reprend les idées de son précédent ouvrage, *Mysticism* (disponible en français) dans ces essais sur la méditation et la contemplation qui sont pour elle les clés de la vie mystique. Pour elle, la discipline permet de rassembler les forces de l'âme et d'offrir « un regard de contemplation amoureuse » à la présence de Dieu dans toute la création.

VAUGHAN, Frances, *L'Éveil de l'intuition*, La Table ronde, 1984. Par des exercices spécifiques associés à un examen approfondi du rôle de l'intuition, l'auteur guide le lecteur vers l'épanouissement de ses propres facultés intuitives et rationnelles.

Remerciements

Nous tenons à remercier les personnes suivantes pour leur contribution à cet ouvrage : John Austin pour le respect des échéances ; Phil Novak dont les recherches sur les grandes religions nous ont été précieuses ; John Diamond pour son obstination à chercher où placer ce projet ; Mitch Horowitz, principal éditeur chez Tarcher/Putnam qui nous a soutenus et encouragés ; Jeremy Tarcher et Joel Fotinos qui ont cru à ce livre ; mais surtout Phil Cousineau pour toutes les heures qu'il a passées en travaux de recherche et d'organisation.

Table

Première partie

LE RÉVEIL

Deuxième partie

ÉMERGENCE DE L'ÊTRE HUMAIN

Troisième partie

S'IMPLIQUER

Quatrième partie

EXERCICES ET LECTURES

COLLECTION
AVENTURE SECRÈTE

La spiritualité, l'ésotérisme et la parapsychologie offrent des perspectives fascinantes au monde moderne. Les sciences d'aujourd'hui rejoignent les traditions d'hier : l'invisible et les pouvoirs de l'esprit sont une réalité.

« Aventure Secrète » vous invite à porter un regard neuf sur vous et sur l'univers en répondant aux plus grandes questions de tous les temps.

ÉNIGMES

Edouard Brasey • L'énigme de l'Atlantide
Graham Hancock • Le mystère de l'arche perdue
Pierre Jovanovic • Enquête sur l'existence des anges gardiens
Chris Morton • Le mystère des crânes de cristal
Joseph Chilton Pearce • Le futur commence aujourd'hui
Lynn Picknett & Clive Prince • La révélation des templiers

ÉPANOUISSEMENT PERSONNEL

Melody Beattie • Les leçons de l'amour
Deepak Chopra • Les sept lois spirituelles du succès
Deepak Chopra • Les clés spirituelles de la richesse
Deepak Chopra • Les sept lois pour guider vos enfants sur la voie du succès
Deepak Chopra • Le chemin vers l'amour
Marie Coupal • Le guide du rêve et de ses symboles
Wayne W. Dyer • Les dix secrets du succès et de la paix intérieure
Joseph Murphy • Comment utiliser les pouvoirs du subconscient
Joseph Murphy • Comment réussir votre vie

PARANORMAL / DIVINATION / PROPHÉTIES

Édouard Brasey • Enquête sur l'existence des fées et des esprits de la nature
Jean-Charles de Fontbrune • Nostradamus, biographie et prophéties jusqu'en 2025
Dorothée Koechlin de Bizemont • Les prophéties d'Edgar Cayce
Maud Kristen • Fille des étoiles
Rupert Sheldrake • Les pouvoirs inexpliqués des animaux
Sylvie Simon • Le guide des tarots

POUVOIRS DE L'ESPRIT / VISUALISATION

Marilyn Ferguson • La révolution du cerveau
Shakti Gawain • Techniques de visualisation créatrice
Shakti Gawain • Vivez dans la lumière
Bernard Martino • Les chants de l'invisible
Éric Pier Sperandio • Le guide de la magie blanche

LOBSANG T. RAMPA

Le troisième œil
Les secrets de l'aura
La caverne des Anciens
L'ermite

JAMES REDFIELD

La prophétie des Andes
Les leçons de vie de la prophétie des Andes
La dixième prophétie
L'expérience de la dixième prophétie
La vision des Andes
Le secret de Shambhala
(Avec Michael Murphy et Sylvia Timbers) Et les hommes deviendront des dieux

ROMANS ET RÉCITS INITIATIQUES

Deepak Chopra • Dieux de lumière
Laurence Ink • Il suffit d'y croire...
Gopi Krishna • Kundalinî – autobiographie d'un éveil
Shirley MacLaine • Danser dans la lumière
Shirley MacLaine • Le voyage intérieur
Shirley MacLaine • Mon chemin de Compostelle
Dan Millman • Le guerrier pacifique
Marlo Morgan • Message des hommes vrais
Marlo Morgan • Message en provenance de l'éternité
Michael Murphy • Golf dans le royaume
Scott Peck • Les gens du mensonge
Scott Peck • Au ciel comme sur terre
Baird T. Spalding • La vie des Maîtres

SANTÉ / ÉNERGIES / MÉDECINES PARALLÈLES

Janine Fontaine • Médecin des trois corps
Janine Fontaine • Médecin des trois corps. Vingt ans après
Caryle Hishberg & Marc Ian Barasch • Guérisons remarquables
Caroline Myss • Anatomie de l'esprit
Pierre Lunel • Les guérisons miraculeuses
Dr Bernie S. Siegel • L'amour, la médecine et les miracles

SPIRITUALITÉS

Jacques Brosse • Le Bouddha
Deepak Chopra • Comment connaître Dieu
Deepak Chopra • La voie du magicien
Sam Keen • Retrouvez le sens du sacré
Thomas Moore • Le soin de l'âme
Scott Peck • Le chemin le moins fréquenté
Scott Peck • La quête des pierres
Scott Peck • Au-delà du chemin le moins fréquenté
Ringou Tulkou Rimpotché • Et si vous m'expliquiez le bouddhisme ?
Baird T. Spalding • Treize leçons sur la vie des Maîtres

VIE APRÈS LA MORT / RÉINCARNATION / INVISIBLE

Vicki Mackenzie • Enfants de la réincarnation
Daniel Meurois & Anne Givaudan • Récits d'un voyageur de l'astral
Raymond Moody • La vie après la vie
Raymond Moody • Lumières nouvelles sur la vie après la vie
Jean Prieur • Le mystère des retours éternels
James Van Praagh • Dialogues avec l'au-delà
Brian L. Weiss • Nos vies antérieures, une thérapie pour demain
Brian L. Weiss • Il n'y a que l'amour
Neale D. Walsch • Conversations avec Dieu

7382

Composition Nord Compo
Achevé d'imprimer en France (La Flèche)
par Brodard et Taupin
le 15 septembre 2004 - 25508
Dépôt légal septembre 2004. ISBN 2-290-33900-8

Éditions J'ai lu
84, rue de Grenelle, 75007 Paris
Diffusion France et étranger : Flammarion